WARRIORS

貓戰士

棘爪 Brambleclaw

族別：（雷族）
眼珠：琥珀色
性格：勇敢機智，具領導特質。
特徵：短毛暗棕色虎斑貓，是星族選出聆聽新預言的成員，常因父親是虎爪而遭質疑。

戰士格鬥技：縱身鎖定

晨星出版

WARRIORS

貓戰士

三力量

三部曲之VI

拂曉之光
Sunrise

艾琳・杭特 (Erin Hunter) 著
鐘岸真 譯

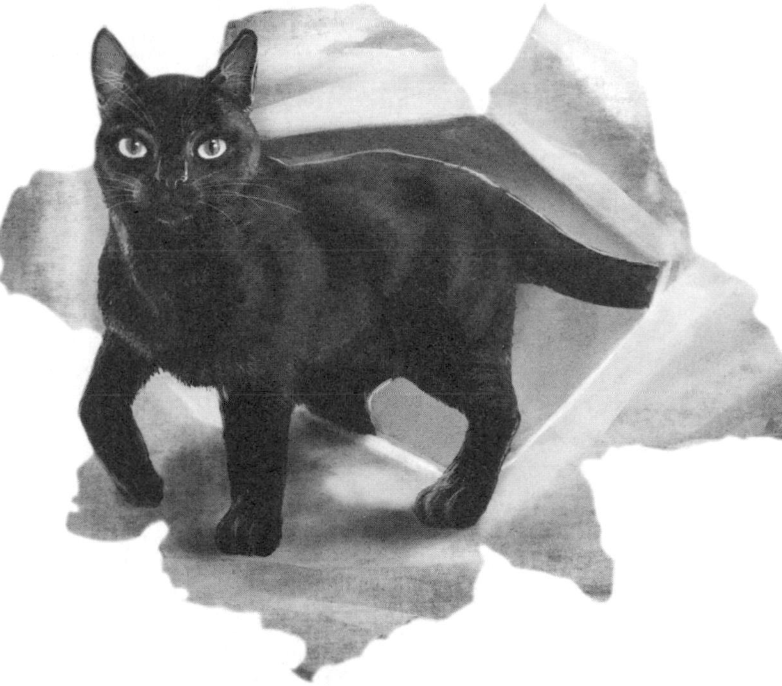

晨星出版

由衷感謝琳恩和史帝夫・維曼
特別感謝基立・鮑德卓

鼠鬚：灰白色公貓。

獅焰：琥珀色眼睛的金色虎斑公貓。

冬青葉：綠眼睛的黑色母貓。

煤心：灰色母虎斑貓。

罌粟霜：雜黃褐色的母貓。

蜜蕨：淺棕色母虎斑貓。

見習生　（六個月大以上的公貓，正在接受戰士訓練）

狐掌：毛色泛紅的公虎斑貓。導師：松鼠飛。

冰掌：白色母貓。導師：白翅。

貓后　（正在懷孕或照顧幼貓的母貓）

蕨雲：綠眼睛、身上有深色斑點的淺灰色母貓。

黛西：來自馬場的乳白色長毛母貓，她和蛛足生下小玫瑰（深乳色的母貓）和小蟾蜍（黑白相間的公貓）。

蜜妮：藍色眼睛，嬌小的銀灰色虎斑寵物貓，她和灰紋生下小薔（暗褐色母貓）、小蜂（淺灰色黑條紋公貓）、小花（背脊有深條紋的淺棕色母貓）。

長老　（退休的戰士和退位的貓后）

長尾：有暗黑色條紋的淺色公虎斑貓，因失明而提前退休。

鼠毛：嬌小的黑棕色母貓。

本集各族成員

雷族 *Thunderclan*

族長　火星：有火焰般毛色的薑黃色公貓。

副手　棘爪：琥珀色眼睛、暗棕色的公虎斑貓。

巫醫　葉池：琥珀色眼睛、白色腳掌、嬌小的淺褐色母虎斑貓。

松鴉羽：藍色盲眼的灰色虎斑公貓。

戰士　（公貓，以及沒有年幼子女的母貓）

松鼠飛：綠眼睛的暗薑黃色母貓。見習生：狐掌。

塵皮：黑棕色的公虎斑貓。

沙暴：淡薑黃色的母貓。

雲尾：白色的長毛公貓。

蕨毛：金棕色的公虎斑貓。

刺爪：金棕色的公虎斑貓。

亮心：白色帶薑黃色斑點的母貓。

栗尾：琥珀色眼睛，雜黃褐色的母貓。

蛛足：琥珀色眼睛，四肢修長，下腹部棕色的黑色公貓。

白翅：綠眼睛的白色母貓。見習生：冰掌。

樺落：淺棕色公虎斑貓。

灰紋：灰色的長毛公貓。

莓鼻：奶油色公貓。

榛尾：嬌小的灰白色母貓。

焦掌：深灰色公貓。導師：蛇尾。
紅掌：棕色和薑黃色相間的雜色公貓。導師：白水。

貓后　雪鳥：純白色母貓。

長老　杉心：暗灰色公貓。
高罌粟：有雙長腿、淡褐色的母虎斑貓。

風族 *Windclan*

族長　一星：棕色的公虎斑貓。

副手　灰足：灰色母貓。

巫醫　吠臉：短尾的棕色公貓。見習生：隼掌。

戰士　裂耳：公虎斑貓。
鴉羽：暗灰色公貓。
鴞鬚：亮棕色的公虎斑貓。
白尾：嬌小的白色母貓。
夜雲：黑色母貓。
豆尾：藍眼睛的淺灰白相間母貓。
鼬毛：有白掌的薑黃色公貓。
兔躍：棕白相間的公貓。
葉尾：琥珀色眼睛的深色公虎斑貓。

影族 *Shadowclan*

族長　**黑星**：白色大公貓，腳掌巨大黑亮。

副手　**枯毛**：暗薑黃色的母貓。

巫醫　**小雲**：非常嬌小的公虎斑貓。見習生：焰掌。

戰士　**橡毛**：嬌小的棕色公貓。見習生：虎掌。

花楸爪：薑黃色公貓。

煙足：黑色公貓。見習生：鴞掌。

藤尾：黑白褐三色母貓。

蟾蜍足：暗棕色公貓。

鴉霜：黑白色的公貓。見習生：橄欖掌。

毛球：母虎斑紋貓，全身長滿直挺挺的長毛。

鼠疤：棕色公貓，背上有長長一條疤紋。見習生：鼩鼱掌。

蛇尾：深棕色的公貓，有著虎斑條紋的尾巴。見習生：焦掌。

白水：白色長毛母貓，一眼是瞎的。見習生：紅掌。

褐皮：綠色眼睛，雜黃褐色母貓。

見習生　**焰掌**：薑黃色公貓。導師：小雲。

虎掌：深棕色公虎斑貓。導師：橡毛。

鴞掌：淺棕色虎斑公貓。導師：煙足。

橄欖掌：玳瑁色母貓。導師：鴉霜。

鼩鼱掌：灰色母貓，腳是黑色的。導師：鼠疤。

戰士 黑爪：煙黑色的公貓。

鼠牙：矮小的棕色公虎斑貓。見習生：鯉掌。

蘆葦鬚：黑色公貓。

苔皮：藍眼睛的雜黃褐色母貓。見習生：卵石掌。

櫸毛：淺棕色公貓。

漣尾：暗灰色公虎斑貓。見習生：錦葵掌。

灰霧：淡灰色虎斑母貓。

曙花：淺灰色母貓。

斑鼻：身上有斑點的灰色母貓。

撲尾：黃白相間的公貓。

薄荷毛：淡灰色公虎斑貓。見習生：蕁麻掌。

獺心：深棕色母貓。見習生：噴嚏掌。

松毛：毛非常短的母虎斑貓。見習生：知更掌。

雨暴：藍灰色公貓。

暮毛：雜色斑點棕色母虎斑貓。見習生：銅掌。

見習生 鯉掌：深灰色母貓。導師：鼠牙。

卵石掌：雜灰色公貓。導師：苔皮。

錦葵掌：淺棕色虎斑公貓。導師：漣尾。

蕁麻掌：深棕色虎斑公貓。導師：薄荷毛。

噴嚏掌：灰白相間的公貓。導師：獺心。

知更掌：玳瑁色和白色相間的公貓。導師：松毛。

銅掌：深薑黃色母貓。導師：暮毛。

露珠：灰色母虎斑貓。見習生：莎草掌。。

柳爪：灰色母貓。見習生：燕掌。

蟻皮：一耳是黑色的棕色公貓。

燼足：灰色公貓，兩隻腳掌是黑色的。見習生：陽掌。

石楠尾：藍眼睛的淡棕色母虎斑貓。

風皮：琥珀色眼睛的黑色公貓。

見習生　隼掌：有斑點的灰色公貓。導師：吠臉。

莎草掌：淺棕色的虎斑母貓。導師：露珠。

燕掌：深灰色母貓。導師：柳爪。

陽掌：玳瑁色母貓，額上有一大塊白色斑點。導師：燼足。

長老　晨花：很老的玳瑁色母貓。

網足：暗灰色公虎斑貓。

河族 *Riverclan*

族長　豹星：帶有少見斑點的金色母虎斑貓。

副手　霧足：藍眼睛的暗灰色母貓。

巫醫　蛾翅：琥珀色眼睛、漂亮的金色母虎斑貓。柳光：灰色的母虎斑貓。

其他動物

午夜：一隻懂占卜的母獾，住在海邊。

貓后　冰翅：藍眼睛的白貓，是小甲蟲、小刺、小花瓣和小草的母親。

長老　燕尾：暗色母虎斑貓。

石流：灰色公貓。

族外的貓

索日：淡黃色眼睛，棕色和玳瑁色相間的長毛公貓。

小灰：灰白相間的壯碩公貓，住在馬場的穀倉裡。

絲兒：灰白相間的嬌小母貓，住在馬場的穀倉裡。

波弟：年老微胖的獨行虎斑貓，口鼻處是灰色的。

晶果：深棕色的母虎斑貓。

胡撒：肩膀寬大的灰色公貓。

斑點：有斑點的棕色母貓，育有四隻小貓。

費里茲：黑白相間的公貓，有一隻裂傷的耳朵。

帕德：瘦巴巴的棕色公貓，口鼻處是灰色的。

傑特：黑色的長毛公貓。

瑪莉：黃白相間的母貓。

小啾：淡灰色的公虎斑貓。

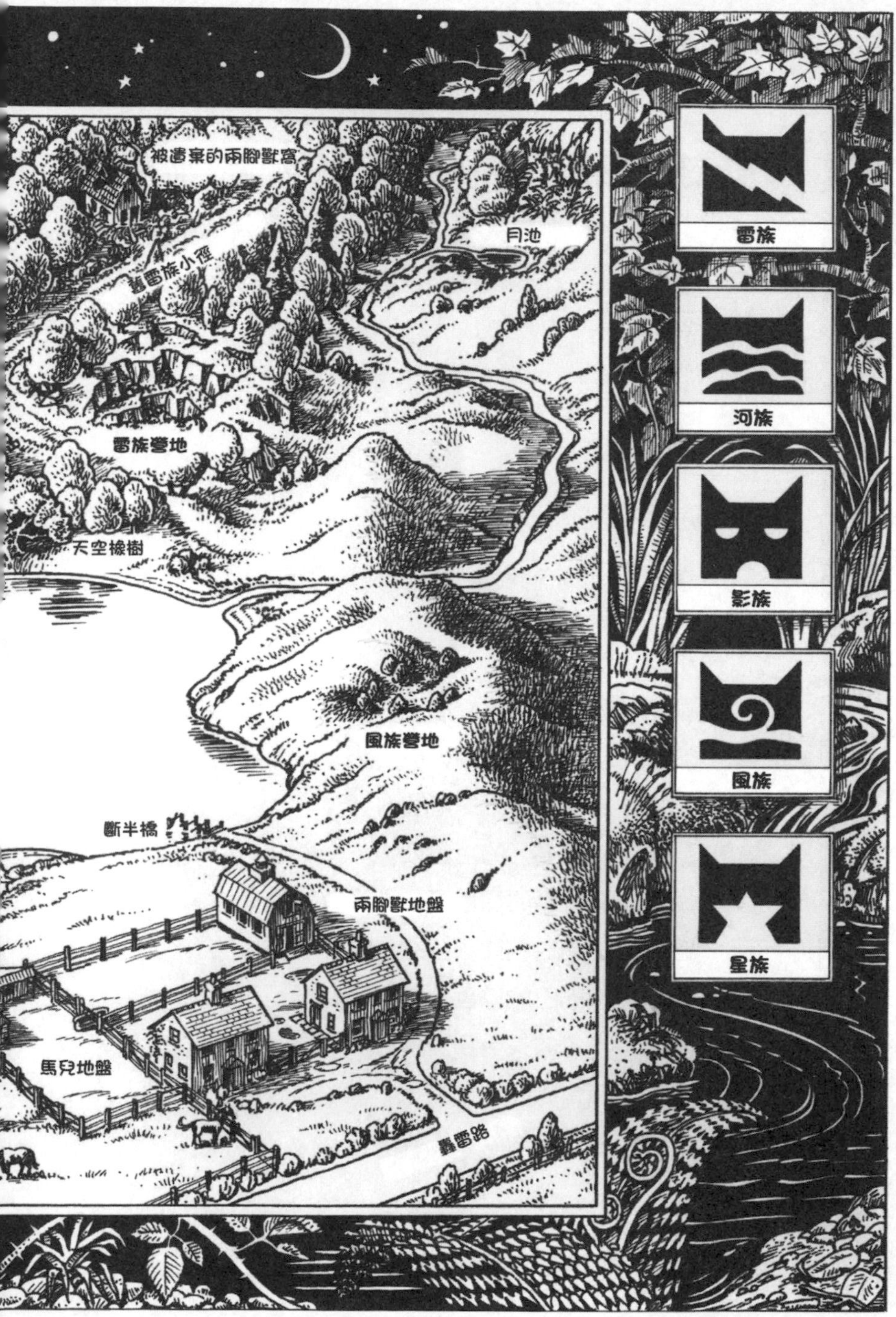

被遺棄的兩腳獸窩
月池
舊雷族小徑
雷族營地
天空橡樹
風族營地
斷半橋
兩腳獸地盤
馬兒地盤
轟雷路
雷族
河族
影族
風族
星族

綠葉
兩腳獸地盤
兩腳獸窩
空地
兩腳獸小徑
兩腳獸小徑
影族營地
半橋
小轟雷路
綠葉
兩腳獸地盤
湖
半橋
小河
小島
河族營地
小河

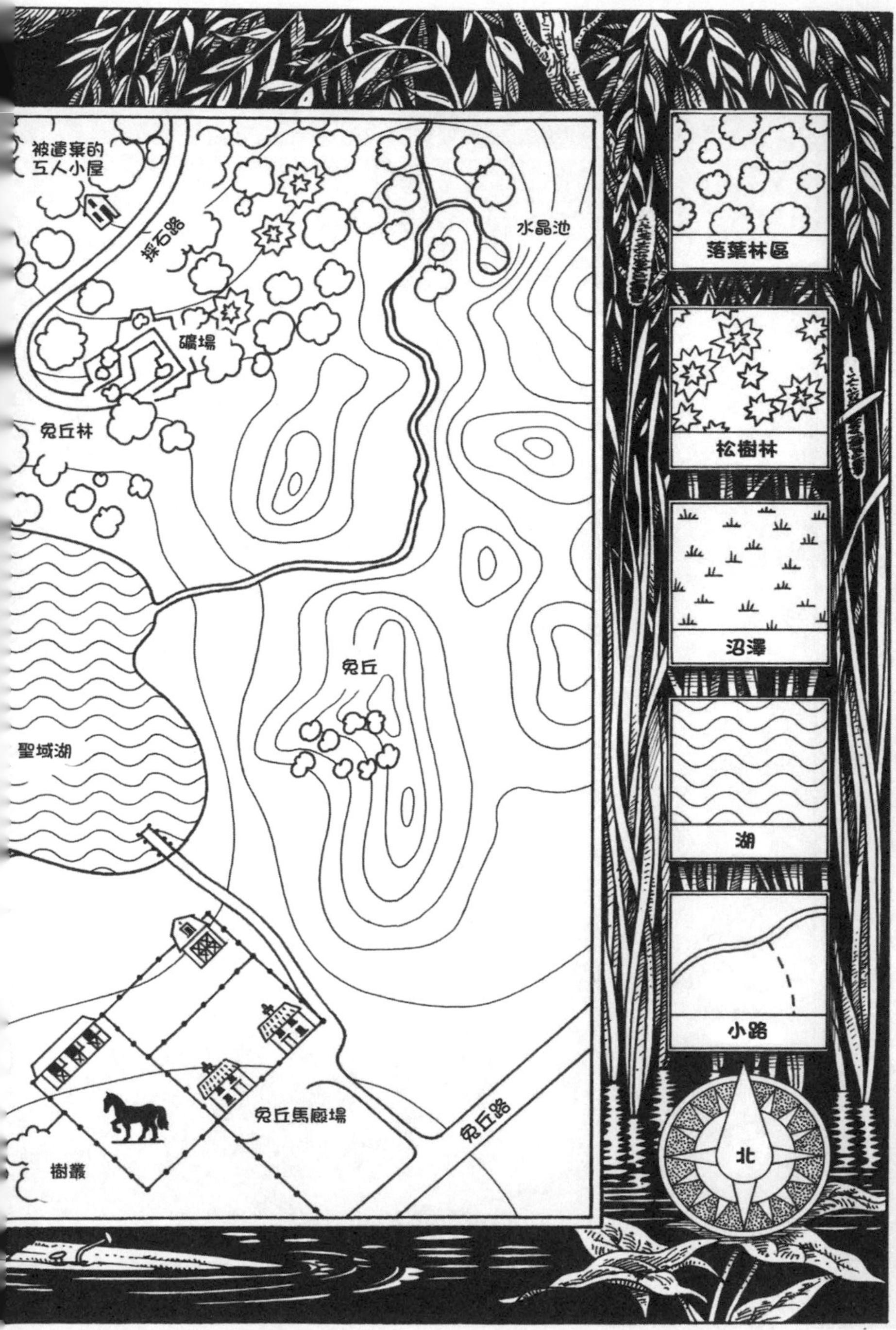

被遺棄的
工人小屋
採石路
礦場
水晶池
兔丘林
聖域湖
兔丘
兔丘馬廄場
兔丘路
樹叢
落葉林區
松樹林
沼澤
湖
小路
北

觀兔露營區
聖域農場
塞德勒森林區
小松路
小松乘船中心
小松島
艾柏河
魏特高奇路

序章

月光灑落石頭山谷，使得山谷亮得如同白晝，但是在灌木叢和峭壁的下方，陰影就像爪子般伸展開。葉池蹲在灰毛癱軟的身軀旁邊，慘白的光線將灰色的毛皮映照成銀色，她正在幫他梳理毛皮，為他的葬禮做準備。

葉池抬頭凝視著戰士祖先閃爍的光芒，「灰毛，願星族照亮你的路。」在寒冷的空氣中，她柔和的聲音重複著無數的歲月裡，巫醫皆說過的話語，「願你長眠後盡情奔馳，找到美好的食物及住所。」

應許殞落的戰士可以擁有永久美好的生活，這些話語原本能寬慰葉池，減輕她的椎心之痛。但當她看到灰毛脖子上整齊的齒痕時，內心卻痛苦不堪。如果說傷口是狗留下的又太小，說是狐狸又太整齊，說是獾又太銳利。

唯有貓才會留下那樣的傷口。但又是哪隻貓?誰會這麼恨他?並用這麼冷血的方式殺死他，甚至連一點打鬥的痕跡都沒有留下。難道這只是單純的越界衝突，或者是盜獵事件所引發的？**這件事是風族貓做的嗎？還是路過的無賴貓？拜託，星族，就讓事情單純一點吧！**

一想到謀殺灰毛的凶手也有可能是雷族貓，葉池不禁毛骨悚然。灰毛是那麼的坦率敢言、意志堅強，同時也是一個忠誠又值得尊敬的戰士。想必族貓沒有任何理由要置他於死地……

葉池傾身向前，開始清理死亡戰士掌墊中的泥沙。一樣輕柔的東西飄向她的口鼻；她取出灰毛爪子中的一撮毛一看。

不！不會是真的！葉池再仔細聞那撮毛，**我認得這氣味！**

她拚命地想說服自己，灰毛是在風族邊界的溪流裡被發現，那撮毛不過是幫忙運送灰毛的貓所掉落的。可是，那撮毛不像是從某隻貓的身上脫落，反而帶有強烈的溪水氣味。而灰毛現在的爪子軟弱無力，也不至於在搬運時拔下一撮毛。

唯一的可能，這撮毛是來自凶手身上。

葉池內心一震，悄悄地取下那撮毛，並將它帶回巫醫窩。她顫抖地把毛放在葉片上，包裹得緊緊的，然後把它塞到儲藏室的最深處。灰毛死亡的真相絕對不能洩露出去。

這種比死還難過的痛苦是她無法想像的，她自問：**難道這全是我的錯嗎？**

黃牙一陣怒吼地撲向藍星，將她壓制在繁茂的星族森林草地上。「這都是妳的錯！」她怒斥著，「如果不是妳任由那不能說的祕密在雷族發酵，這一切都不會發生。」

藍星用後腿踢著黃牙的腹部，但是仍舊無法掙脫前任巫醫的掌控。「妳是怎麼回事？」她嘶吼著，「別忘了我是妳的族長。」

黃牙對前任族長的所有敬意都已經煙消雲散，他們共有的歷史，也因為她預見到雷族的悲慘未來而灰飛煙滅了。

「妳的祕密就像是一隻已經吃掉蘋果核的蛆，」黃牙怒吼著，她咧著牙靠近藍星的耳朵，「雷族已經爛到核心了——在真相大白之前，還得流更多的血。」

「妳不了解。」藍星抗議，奮力要甩開對手。

「就算是瞎眼的兔子也看得出來！真相終究會大白，午夜已經把所有的事情告訴索日，而且妳我都知道，索日會再回到雷族。」

藍星使出訓練有素的戰士本能，用頭撞擊黃牙的前胸，試著要從一邊掙脫。突然間黃牙鬆手跳開，站起來甩甩她那一身灰色蓬亂的毛髮。

藍星踉蹌地站起來，喘著氣。「我們打架有什麼意義？」她厲聲說，「傷害已經造成了——不管妳怎麼說，這不是我的錯。」

黃牙哼了一聲。

「我還是無法相信午夜會出賣我們，」藍星繼續說，「是我交託她看顧雷族。」

「真正的叛徒並不是午夜，」黃牙毛髮倒豎地說，「背叛從第一個謊言就開始了，從這些日子以來妳所隱藏的祕密開始，雷族就是一個活生生的謊言！如果這三隻貓真如預言所說的那麼有力量，他們就應該可以應付這一切。除非妳認為我們一開始對他們的想法就是錯的。」

「絕對不是這樣的！」藍星駁斥道，「除了他們三個以外，還會有誰呢？我並不想說謊！」她繼續說，語氣升高轉為悲泣，「但是我什麼時候才可以告訴他們？他們一直都這麼快樂，松鼠飛和棘爪也都是好父母，告訴他們事情的真相又有什麼好處呢？」

「我們很快就會發現的，」黃牙怒吼，「再久遠的祕密也是無法永遠隱藏。」她甩了一下尾巴掉頭離去；然後又停下來轉頭說，「如果這三隻貓不夠強悍，無法承受事實的真相，」接著又說，「那麼妳，藍星，將一手毀掉妳摯愛的貓族……」

第一章

獅焰穿過森林時，枯葉在他的腳底下窸窣作響。光禿禿的樹梢上方，天空一片漆黑空洞。年輕戰士因恐懼而全身不斷地顫抖著。

這是一個星族亮光從未照耀過的地方。

他繼續前行，繞過蕨葉叢的邊緣，穿過灌木林，但並沒有發現其他貓的蹤影或氣味。

我受夠了，他心想。把尾巴從拖曳的荊棘中拉出，看著樹林間延伸的無盡黑暗，他心中一陣恐慌。**萬一我永遠找不到路怎麼辦？**

「在找我嗎？」

獅焰嚇一跳地轉身看，「虎星！」

壯碩的戰士出現在荊棘叢邊緣，他的虎斑毛皮閃耀著一種怪異的光芒，這讓獅焰聯想起枯樹上的黴菌，那種讓他作嘔的色澤。

「你錯過了很多訓練，」虎星邊說邊朝他走去，與他距離一條尾巴時停下來，「你應該早一點回來才對。」

「不，不應該！」獅焰脫口而出，「我根

本不應該來的，而且你根本就不該訓練我。棘爪不是我的父親！你和我沒有血緣關係！」

虎星眨了一下眼睛，但一點也沒有驚訝的表情。他琥珀色的眼睛瞇成一條小縫，似乎在等待獅焰多說些什麼。

「你……你本來就知道！」獅焰感到一陣天旋地轉，**松鼠飛並不是唯一藏有祕密的貓！**

「我當然知道，」虎星聳聳肩，「這並不重要，重要的是你願意跟我學習，不是嗎？」

「但是——」

「血緣並不代表一切，」虎星露出利牙咆哮著，「就像火星一樣。」

獅焰一股怒氣流竄全身，「火星是一名好戰士，比你強多了。」

「別忘了，你跟他也沒有血緣關係，」虎星低聲嘶吼，「現在為他辯護根本毫無意義。」

獅焰盯著幽暗中的戰士，**他知道我真正的父親是誰嗎？**「所以一直以來你都知道我和火星沒有血緣關係，」他怒吼著，「而你讓我相信一個謊言！」

虎星抽動著一隻耳朵，「那又怎樣？」

憤怒沮喪衝擊著獅焰，他一躍撲向虎星，想攻擊虎斑戰士的頭和肩膀，並亮出爪子想撕裂對手的皮。但他被怒火沖昏頭，動作變得笨拙，只能胡亂出招，連虎星的皮都沒抓到。

高大的虎斑貓放鬆身體側向一邊，伸出腳掌勾住獅焰的腿，讓他無法保持平衡。獅焰跌撞到荊棘叢中，猛然吐了口氣。瞬間，他感覺到一隻巨大的腳掌抓住他的肩膀，把他壓制在地。

「我教過你的不只是這樣而已，小戰士，」虎星奚落他，「你缺乏練習。」

獅焰深吸一口氣，奮力地爬起來。虎星向後一躍，蹲伏在距離一條狐狸尾巴遠之處，琥珀色的眼睛燃燒著。

「我要讓你瞧瞧是誰缺乏練習。」獅焰喘著氣說。

他強迫自己平息怒氣，冷靜判斷——所有他學過的格鬥招式都在他爪尖呼之欲出。當虎星撲向他，他早有防備；低身衝向對手的腹部。就在虎星落地時，獅焰猛然轉身，在他的臀部重擊數下，再遠遠跳開。

虎星轉身面向他，「好多了，」他帶著嘲笑的語氣說，「我把你調教得不錯。」

獅焰還沒來得及回話，這隻巨大的虎斑貓就衝向他，在最後關頭急速轉向，擦身而過並同時揮出前掌。獅焰感覺到虎星的爪子劃過身側，血液從抓痕處汩汩流出。一陣恐懼襲向他，**如果他在這裡殺了我會怎麼樣？我會真的死掉嗎？**

他思慮恢復後，虎星又再度撲向他。獅焰向一邊快閃，瞄準後再出擊，但是爪子卻毫無殺傷力地滑過虎斑貓的毛皮。

「有夠慢，」虎星挑釁道，「你還得再多下點功夫，現在你知道那則預言說的根本不是你，它說的是跟火星有血緣關係的貓，不是嗎？」

獅焰知道這隻虎斑公貓是故意激怒他，讓他無法全力應戰。**我不聽！我現在要做的是打贏這場仗！**

他又撲向虎星，使出空中扭轉的招式，這是虎星在那些漫漫長夜中教過的。他平穩地落在虎斑貓的壯碩肩膀上，把爪子刺進去，再用利牙箝住虎星的脖子。

虎星使出舊招，癱軟身體要把獅焰拉下來，但是這一次獅焰已經做好準備。他扭動著掙脫那巨大身軀的壓制，用後掌猛踢虎星的腹部。

「我不會上兩次當的！」他嘶叫著。

虎星掙扎著起身，但血液從他腹部的傷口湧出，然後他又倒下，翻滾仰臥在一旁。獅焰一隻前掌壓住虎星的胸膛，另一隻前掌抵住他的脖子。

這隻虎斑貓仰望著他，就在一瞬間，他琥珀色的眼睛閃過一絲恐懼。「你真的以為你殺得了我？」他怒吼，「你永遠沒辦法的。」

「不，」獅焰收回爪子，往後退，「你已經死了。」

他轉身離去，身上的毛髮仍然警覺地豎立著，防備虎星又撲向他。但黑暗戰士就這樣留在那無垠的樹林中，沒有發出一點聲響。

獅焰的心思盤旋著，他打敗虎星了！**或許我真的有神奇的力量……但是怎麼可能，如果我不是那三隻貓其中之一的話？**

他停下來，恐懼地看著四周糾結的矮樹叢和黑暗的森林，**我真的想知道我的父母是誰嗎？**他自問，**這很重要嗎？**或許最好還是讓族貓們接受他現在的身分，這樣他還可以在格鬥技巧上繼續精進。**我已經是雷族最棒的戰士了，我知道我可以成為一個偉大的戰士。**

「灰毛已經死了，」他大叫著，「松鼠飛也不會把她的祕密跟任何貓說。如果讓大家知道她長久以來都對大家說謊，這對貓族將是一大傷害。何不就讓事情保持原樣？」

獅焰感覺到陽光照耀而醒來，大部分的貓都已經離開窩內；獅焰只看到鼠鬚灰白色的身影，他昨晚負責看守營地。

獅焰打了呵欠，「感謝星族，我不是黎明巡邏隊。」他咕噥著。

當他要起床時，感覺到全身每一塊肌肉都承受著劇烈的疼痛。尤其是他的身側，金色的虎斑毛皮因沾著血跡而糾結在一起。

希望誰也沒注意到！他一邊想著，一邊低頭快速地舔著毛皮。

和虎星打鬥不是一場夢嗎？獅焰不明白為什麼會感覺到疼痛和疲倦。而且他還受傷，就像被活生生的戰士爪子劃過一般……他試著不去想。**沒關係，因為我再也不要回到那裡，**他告訴自己，**結束了。**

清理後他覺得好多了，蓬起的毛剛好可以遮住傷口。他隱約聽到外頭幾隻貓的講話聲，他好奇地站起身，弓背伸展全身後，穿過荊棘走進空地。

刺爪站在幾條狐狸尾巴遠的地方，蛛足就坐在附近，而雲尾在他們面前來回踱步，白色的尾尖還抽動著。雲尾的伴侶亮心則和蕨雲、蕨毛、栗尾坐在一起，焦慮地望著他。蜜蕨和莓鼻也蹲伏在一邊，眼睛盯著刺爪。

「灰毛是被風族貓殺死的！」金棕色的公貓說，「這是唯一可能的答案。」

獅焰看到有些貓兒點頭表示贊同，有些則彼此交換懷疑的眼神。

蜜蕨發表不同的意見，「火星說凶手也有可能在我們之中。」她的語氣聽起來有些緊張。

「族長也有判斷錯誤的時候，」雲尾說，「火星並非都是對的。」

「我相信我們之中不會有誰想殺死灰毛，」蕨雲也溫和的附和，「誰會這麼做？灰毛並沒有仇敵！」

我也希望如此，獅焰心想。

不管他多麼想要忘掉這件事，那個充滿火焰的暴風雨夜晚還是不斷浮現在腦海。他在峭壁頂端聽著烈焰的呼嘯，而火舌快要吞噬他們，灰毛卻擋住樹枝盡頭的逃生路口。這時松鼠飛的自白在耳邊響起：她告訴灰毛，獅焰、冬青葉和松鴉羽都不是她的孩子。這是拯救他們的唯一方法，她假裝一點也不在乎他們，但是也給了灰毛一項比火炬更可怕的武器。獅焰知道灰戰士會在大集會裡揭發這件事；只有死才能讓他永遠閉嘴，不洩露祕密。

「獅焰！嘿，獅焰，你聾了嗎？」

獅焰把思緒拉回山谷，他看到蛛足正用尾巴招喚他。

「你是灰毛從前的見習生，」黑毛戰士催促著他，獅焰心不甘情不願地走向群眾，「你知道他跟誰吵過架嗎？」

「尤其是跟哪個風族貓？」刺爪意有所指地抽動了一下頰鬚。

獅焰搖搖頭，「呃……不知道。」他笨拙的回答。就算他希望如此，他也不能謊稱灰毛跟風族的誰吵過架。如果族貓們信以為真，雷族和風族一定會全面開戰。「灰毛死前，我並不常和他在一起。」他補充說。

他們總算不再追問他，獅焰終於鬆了一口氣。

「如果灰毛和族裡的誰有過節，我們一定會知道。」蕨毛堅稱，「在這裡是很難保密的。」

要是你們知道就好了！獅焰想。

「蕨毛說的沒錯，」栗尾用鼻尖輕觸伴侶的耳朵。「但同樣的，我們也無法確定是風族的貓——」

「灰毛死在風族的邊界，」蛛足插嘴，「妳還需要什麼證明？」

他嚴厲的語氣使栗尾頸部的毛豎了起來，她轉身面向他，「除了在那裡找到屍體之外，我還要更多的證據。」

蜜蕨和蕨毛也低聲表示同意，但是獅焰看得出來，大部分的貓都寧願相信是風族戰士要為灰毛的死負責。不管他怎麼擔心情勢的發展，他就是掩飾不住那份如釋重負的罪惡感。

「我們難道就這樣輕易放過風族嗎？」刺爪耳朵平貼著、爪子箝進地面質問著。

「不！」莓鼻一躍而起，「我們要讓他們知道雷族不是好欺負的。」

獅焰一肚子不安，看到戰士們都聚集在刺爪周圍，好像金棕色的公貓就是他們的族長一樣，大家似乎已經準備好要跟著他去報仇。

「最好趁著暗夜發動攻擊，」刺爪說，「有足夠的月光可以攻其不備。」

「不過，這樣他們也會發現到我們。」蛛足甩動著尾巴。

「我們要進攻風族營地，」刺爪繼續，「最好分頭進行：一組可以從這個方向——」

「你們在做什麼？」一聲低吼從獅焰的背後響起。

獅焰嚇了一跳，回頭一看是棘爪；他跟其他的貓都專注地聽刺爪的作戰計畫，沒有注意副族長走近的聲音。

「我們打算突襲風族，」蛛足解釋著，他隆起一身的肌肉，好像馬上就要衝出去，「他們殺了灰毛，而——」

「沒有突襲風族這回事，」棘爪打斷他的話，他琥珀色的眼睛閃著怒火，「沒有任何證據顯示風族的貓殺了灰毛。」

獅焰看著棘爪，自己一直相信他是親生父親。**他知道這件事的真相嗎？**回想起小時候棘爪和他們玩耍的情景，以及在成長過程中他給予的關懷協談。松鼠飛告訴灰毛，棘爪並不知情，但是獅焰現在已經不再相信她了。**如果他也知道，那他真是個說謊專家。**

和松鼠飛不相上下。

棘爪不待回答，逕自踩上通往擎天架的亂石堆，但只走了幾步就停下來回頭望，用耳朵示意獅焰跟上來。

「你還好吧？」副族長的聲音充滿同情，「灰毛畢竟是你的導師。」

但我們不親，這話獅焰不想大聲說出來，但他始終認為他和灰毛之間從來沒有導師和見習生的那種親密感，搞不好灰毛恨他就跟恨松鼠飛一樣？真是白費力氣，獅焰根本不是松鼠飛的兒子。

「我很好。」獅焰回答。

棘爪把尾巴搭在獅焰的肩上，「我知道你不好受，」接著說，「你有什麼事要告訴我？儘管可以來找我談。」

獅焰愣了一會兒。**莫非棘爪懷疑是我殺了灰毛？**

「失去和你那麼親近的貓，一定很難過，」棘爪繼續說，「可是我答應過你，這筆血債一定會討回來。」

棘爪伸出又彎又長的爪子深深地刺進山谷地面。獅焰往後一縮，想像那爪子刺進的是凶手的喉嚨……

「一旦讓我找出凶手是誰，」棘爪低吼著，「那凶手會為殺死我雷族的戰士而後悔。」

棘爪轉身走向擎天架，可是在他走到石堆底部前，火星已經從洞穴出來了，他駐足片刻俯視空地；禿葉季白色的陽光照耀著他，使他發出火焰般的火芒。接著他輕巧的一躍而下，來到棘爪和獅焰身旁，向圍繞在刺爪身邊的貓群點頭致意。

「發生什麼事了？」火星問。

「有些族貓想對風族發動攻擊，」棘爪回報，「我不知道雷族中竟然有這麼多鼠腦袋。」

火星抖一抖耳朵，「大家都難以接受有戰士死亡，」接著大聲說，「但現在不是攻擊的好時機，我會帶巡邏隊去問問一星，看看他是不是知道些什麼。」

「他當然知道！」蛛足轉身面對大家，高豎頸部的毛。

「我們應該立刻攻擊，免得損傷更多的戰士。」刺爪高喊。

火星搖頭警告，「如非必要別去惹無謂的麻煩。」

「就是有必要，」刺爪走向族長，距離近到快要互碰鼻子，「有戰士死了！」

他身旁的貓也跟著附和。

「灰毛的仇一定要報！」

「他是優秀的戰士！」

「我們全族都尊敬他！他絕對不是雷族貓殺死的！」

獅焰沒加入吆喝，要向族貓隱藏恐懼和焦慮就已經夠他受的了。他們只記得灰毛是英勇忠心的戰士，卻全然不知他為了報復松鼠飛而處心積慮的要毀掉整個雷族。

火星舉起前掌示意大家安靜，靜待吆喝聲停下來。這時，獅焰注意到有貓群從荊棘隧道進入營地：是沙暴帶領的狩獵隊回來了。塵皮、松鼠飛和冬青葉陸續走進空地把捕獲的東西放到獵物堆上頭，然後走過來加入火星身邊的貓群。

「這是怎麼回事？」冬青葉走到獅焰身旁。

獅焰盯著松鼠飛，看她聽到族貓們誇獎灰毛時的表情，他知道她此刻的想法和他一樣，灰毛戰士內心的黑暗隱藏得這麼好，雷族的夥伴全被他矇騙了。**你們對他的死知道多少？**獅焰在心中暗暗問道，刻意避開松鼠飛的眼睛。

「獅焰，到底發生了什麼事？」冬青葉提高了嗓門再問一次，用前掌碰了碰獅焰的身體。

獅焰看了冬青葉一眼，姊姊的綠眼睛疲憊不堪，好像一整個月沒睡覺。**她的模樣反映出我內心的感受，**獅焰心想。

「刺爪和其他族貓想要攻擊風族，替灰毛報仇。」獅焰回答。

冬青葉眼睛瞪得大大的，「他們認為是風族貓殺的？」冬青葉問，語氣中帶著些訝異。

「有些貓是這麼認為，不過火星——」

就在獅焰話講到一半時，族長衝向亂石堆，跳上大岩石。「所有能夠自己狩獵的貓都到擎天架底下集合。」火星大聲宣布。

那些已經在空地上的貓跟著他走到石堆底下。獅焰看得出來有些貓還在議論紛紛。狐掌和冰掌這兩隻見習生合力推著一顆很大的青苔球，從榛樹叢下的長老窩裡出來，鼠毛和長尾在後面跟著，走到一處有陽光的地方趴下來。鼠鬚從戰士窩裡鑽出來，邊打哈欠邊舔掉身上的青苔屑。

灰紋和蜜妮從育兒室走出來，腳邊有小貓咪跌跌撞撞地跟著。在他們後面慢慢走出來的是樺落和白翅，白母貓大腹便便，樺落陪在她身旁。黛西最後出現，她坐在育兒室的入口，仔細整理胸前的毛，小玫瑰和小蟾蜍則在黛西身旁滾來滾去，玩著打架的遊戲。

葉池和松鴉羽從巫醫窩出來，坐在洞口的荊棘簾前面，與其他貓群保持一段距離。獅焰試著要引起弟弟的注意，可是松鴉羽拒絕回應，他一心一意注視著火星。

「我知道你們大家都在想，對灰毛的死我們該怎麼辦，」族長開口了。「我答應你們，一定嚴懲凶手，但是目前並沒有證據顯示是風族做的。」

「我認為證據夠充足了。」蛛足沒好氣地說。

火星沒理會蛛足打岔，「我會帶巡邏隊去問問一星，不是去興師問罪也不是去攻擊風族。灰毛死在風族的邊境，一星的戰士中極可能有目擊者。」

貓群中出現一些不贊同的低語，刺爪的爪子一收一放，沉默著。

「棘爪，你跟我來，」火星繼續說，「蕨毛、栗尾和獅焰，我們立刻出發。」

火星喊到他名字的時候，獅焰感到肚子一緊，傾刻間他有股衝動想要抗議；想到要參與調查灰毛的死因，他就覺得憎惡不已。但他也清楚一旦開口說話，就只會讓大家更注意他。他沒有理由拒絕去風族；大家都以為他對灰毛的死也很震驚，而跟族貓一樣決心要為他報仇。

「那好，」冬青葉輕聲在他耳邊說，「等你回來再告訴我發生什麼事了。」

「好吧，」獅焰含糊的回答，「不過我倒寧願置身事外。」

火星從大岩石跳下來走過貓群，棘爪緊跟在後，其次是蕨毛和栗尾。

有些貓不想攻擊風族，獅焰知道，**火星不打沒把握的仗。**

火星帶著大家走向荊棘隧道，在他們離開前，火星用尾巴示意灰紋過來，「看著刺爪和其他的貓，」火星低聲叮嚀這隻灰色的戰士，「別讓他們輕舉妄動。」

灰紋嚴肅的點點頭說，「別擔心，我會像黏在他們身上的皮一樣盯緊的。」

獅焰和其他貓跟著火星穿過樹林走向風族邊界，他們走過落葉時發出窸窣的聲響，在禿葉季陽光照不到的樹蔭下，葉子的邊緣還結著霜，光禿的枝幹襯著天空，勾勒出巧妙的圖案。

巡邏隊靜靜地跟在火星後面，獅焰殿後。他知道大家都很不安，每走幾步就停下來聞一聞空氣。栗尾只是聽到橡實掉下來的聲音，就嚇得猛然轉身揮動著尾巴。

「這地方感覺不像是我們的領土了，」她知道自己過度緊張後，感到很厭惡地說，「這裡可能潛藏著任何東西，假如是隻流浪貓殺死灰毛的呢？」

「這也有可能，」蕨毛用尾尖碰一下伴侶的肩膀，「可是妳跟我們在一起很安全，一隻貓打不過整個巡邏隊的。」

「索日那隻吃鴉食的討厭傢伙，極有可能還在四處遊蕩，」栗尾繼續說，「他被影族趕走以後就下落不明。」

火星停下來等待隊員，他對這個話題感興趣地抖動著耳朵，「這倒是，我們應該對他提高警覺，回去之後我會對全族宣布。」

「在我看來，索日不像是一隻會下毒手的貓，」棘爪若有所思地說，「慫恿其他貓一起進行他的卑鄙勾當，才比較像他的行事風格。」

火星點頭，「沒錯，也許灰毛逮到他正在策動什麼傷害雷族的事。」

「或許是灰毛看到他出現在我們的領土上，才會攻擊他，」蕨毛說，「為了保護雷族，就算灰毛看到的是一隻獾，他也會加以攻擊。」

「他是一名忠心的戰士。」棘爪表示同意。

獅焰悲慘地希望自己也能感同身受，誠摯地為逝去的族貓表示哀悼。雖然大家公認灰毛忠心耿耿，卻無法阻止他要在大集會上揭露松鼠飛的祕密，毀掉雷族的聲譽。而且灰毛自己也承認曾經和鷹霜密謀，要陷害棘爪來殺害火星。他對松鼠飛的迷戀，已經瓦解他對雷族的忠誠。不過現在他死了，族貓還把他當成英雄。獅焰很想大聲的對森林裡的每一隻貓說出真相，但他知道這樣做只會導致毀滅。當巡邏隊繼續前行，他只能跟在隊伍後面，對於必須保持緘默痛恨不已，同時也厭惡自己。

「你還好吧？」棘爪放慢速度和獅焰走在一起，「我知道你一定很想念灰毛。」

獅焰對棘爪的不明究理，感到十分惱怒。「我好得很！」他沒好氣地說，儘管這樣的反應不合理，「離我遠一點，好嗎？」

棘爪瞪大雙眼，不過沒說什麼，只是點頭加快腳步，向前趕上火星。

「你不該這樣不給他面子，」栗尾說著，走到獅焰身邊用她的鼻子碰獅焰的耳朵。「棘爪本來就該擔心你，父親都是這樣的。」她琥珀色的眼睛閃著關愛的眼神，「我的孩子們都當上戰士了，可是他們永遠都是我的孩子。」

獅焰對她生硬地點點頭，卻答不上話。那個祕密就像洪水一樣困住他，讓他無法跟族裡的任何貓傾訴。**他不是我父親！**獅焰想大聲吼出來，**你們所知道的一切都是謊言！**

第二章

一陣寒風從沼澤地吹來，火星和巡邏隊已經到達風族邊界的小溪。獅焰走到溪邊時，腳掌激動的顫抖著。這裡離發現灰毛屍體的地方很近，灰毛的身體卡在一塊岩石後面，隨著溪流起伏波動的情景，他試著擺脫這段記憶。但是他對於灰毛的死並不難過。

大家連味道也不聞的，就躍過小溪跳上風族領土。獅焰心想大家也是記憶猶存。火星率領著一路跑，直到溪流被石頭和蘆葦擋住看不見為止。

獅焰嗅嗅空氣打了個寒顫，有股霜雪的味道，一定是從山上傳來的。有暴風雨般的黑色雲靄盤據在地平線的一端；獅焰知道眺望遙遠的那一方就是急水部落。**他們是怎麼撐過來的?**他納悶著，那裡滿地白雪覆蓋、獵物稀少，禿葉季一定更辛苦。**但我還是希望能夠再回到那裡，**他意識到自己並非只想回到那個地方，還想回到從前的那段時光。**當我和部落貓**

在一起的時候，我知道我是誰，也知道我的使命是什麼。

「附近有風族貓。」火星說道。

獅焰嚇了一跳，感到很內疚；光想著山上的部落，連這麼強烈的風族氣味他都沒注意到。他開始揣測這次的任務不知道會有什麼樣的結果，雷族和風族之間本來就有敵意，一星一定會把火星的詢問視為一種指控。

雷族族長領著兩側的戰士越過沼澤地，朝風族營地前進。風不斷地吹打著他們，一陣突如其來的強風幾乎要把栗尾給吹倒了。

「我真是無法想像，怎麼會有貓選擇住在這裡！」她嘶叫著，拚命讓自己保持平衡。

「我們喜歡這裡！」一聲響亮的喵嗚聲從沼澤地傳來。

獅焰抬起頭，看到風族巡邏隊出現在山肩上。剛剛講話的是裂耳，他後頭跟著鴉羽、白尾和石楠尾。

獅焰接觸到石楠尾的眼神，她曾經是他的朋友——甚至不只是普通朋友，而如今在她眼中只有冷漠與輕蔑。回想起從前，他和石楠尾在森林底下的隧道碰面，即使違反了戰士守則，但那些日子仍是他這輩子最快樂、最無憂無慮的時光。但是現在的石楠尾，看起來似乎可以僅僅為了幾隻老鼠就把他殺了；獅焰想像自己的身體倒臥在溪流中，不禁打了個寒顫。

「裂耳，你好。」火星向迎面而來的風族巡邏隊點頭致意。

「你們在這裡做什麼？」裂耳警戒地詢問，語氣中並沒有敵意。而鴉羽則豎起頸毛，白尾也亮出利爪。

「我要跟一星說話，」火星解釋，「我們可以到你們的營地去嗎？」

裂耳猶豫了一下，帶著懷疑的眼神，然後直率地點點頭，「好吧，不過要由我們陪同，你們最好別惹事。」

「我們只是想談談。」火星承諾。

裂耳在前方帶路上坡，朝風族營地前進。鴉羽和白尾在雷族巡邏隊的兩側，而石楠尾則殿後。獅焰強烈地感覺到石楠尾就跟在他後面，她的目光像荊棘一般穿透他。

終於，裂耳帶他們爬上一段長坡，走向環繞風族營地的金雀花叢。獅焰穿過荊棘，停下來往下看。那是一處荒涼的地方：一處崎嶇不平的荒原空地，石礫從薄土凸出。除了用獾廢棄的巢穴當長老窩外，其餘的地方只有交纏的荊棘叢能當作棲身之所。

獅焰看到一星坐在空地中央，跟風族巫醫吠臉講話。一些風族的貓，包括副族長灰足和鴉羽的兒子風皮，也圍在那裡聽著。

獅焰察覺吠臉緊急的神情態度，好奇心的驅使讓他腳掌微微顫抖。獅焰聽不到他在講什麼，但是看起來像是跟族長說什麼重大消息。

他們在做什麼？獅焰納悶著，**他們不可能知道有關灰毛的事！**

裂耳從山坡上跑下來，宣布有訪客時，一星抬頭看到火星他們，遲疑了一下，然後很快地跟吠臉結束談話。巫醫點點頭後，一星才用尾巴示意，讓火星帶著戰士們進入營地。

「你好，一星。」火星停在風族族長面前，鞠躬致意。「謝謝你答應和我們談一談。」

從一星看著火星的表情，絲毫看不出往日情誼。「想說什麼就說吧。」他謹慎地說。

他的語氣尖銳，獅焰不禁懷疑風族是否一切安然無恙。**或許他有什麼不想讓我們知道的事。**他環顧四周，看到所有風族貓都瘦巴巴的，一副沒吃飽的樣子，儘管風族一如以往。

「我想和你私下談談。」火星說。

一星豎起頸毛，搖搖頭說，「任何你要說的事，都可以在我的族貓面前說。」

就在他說話的同時，灰足走上前去，站在族長身邊。她什麼話也沒說，只是用那雙冷靜清澈的眼睛，環視雷族的貓群。

「怎麼樣？」一星催促著。

「好吧！如果你執意要這樣的話。」獅焰滿腹不安地聽著火星繼續說，「在大集會的那個夜晚，在我們兩族交界處的溪流裡，我們發現灰毛的屍體。他的喉嚨有一個傷口，我們認為他是被貓殺死的。」

頃刻間，風族的戰士立刻毛髮倒豎，風皮發出一聲憤怒的吼叫。

一星甩動尾巴，爪子狠狠刺進地面，眼睛燃起怒火，「你們竟敢認為我們與這件事有關？」他嘶吼著，「殺死你們的戰士，對我們並沒有任何好處。」

「我們沒有和灰毛結下什麼樑子。」白尾接著說。

「本族是非常遵守戰士守則的。」鴉羽齜牙咧嘴地怒吼著。

獅焰全身緊繃呈備戰狀態，他認為戰鬥可能隨時一觸即發。但是火星還是非常鎮定，尾尖連動都沒動一下。

「我們沒有指控你們，」他堅稱，「我們只是來問問那晚你們有沒有在邊界看到什麼。」

「看到什麼！比如說看到我們的戰士殺死灰毛？」一星仍然怒髮衝冠。「火星，你應該先回到你們自己族裡，問問族貓們都遵守戰士守則嗎？而不是到這裡來興師問罪。」

對那隱含的侮辱，獅焰肩頸部的毛髮都豎立起來，蕨毛和栗尾也是，而棘爪的爪子則是一收一放的。**雷族裡有混血貓，那又怎麼樣？**獅焰狂怒地想，**我們都很忠心**。他又想起灰毛屍體的畫面，潮溼又癱軟。**除了他以外，我們全族都很忠心**。

他看到石楠尾站在遠遠的一邊，眼光牢牢地盯著他，好像要激他出手，這樣她就有藉口可以撲上去，把爪子刺到他身上。風皮則是緊跟在她身邊，他們的毛皮還不時地摩擦。他用挑釁的眼神回應獅焰的注視，好像在說，**石楠尾現在是我的了**。

請自便，獅焰也瞪回去。

「那麼也就是說，你們什麼也沒看到？」火星追問；他的語氣堅定，堅持要個答案。

「沒有。」一星吐出這句話，像是吐出鴉食一樣，「現在離開我們的領土。灰足，帶戰士送他們出去。」

副族長快速地點點頭，揮動尾巴示意裂耳和風皮走向前，他們凶狠地盯著雷族巡邏隊。

火星向風族族長點頭說，「一星，謝謝你。如果你發現了什麼，可以來通報我們嗎？」

一星並沒有回答。獅焰跟在火星的後面，試著有尊嚴的和隊員們走向空地邊緣，穿過金雀花叢圍籬，走上空曠的沼澤地。

負責送火星到邊界的風族戰士們，一路上都沒有說話。灰足快速前進，獅焰一直想超前趕快回到樹林裡，遠離敵族不友善的眼睛。然而就算回到樹林裡也並不安全——灰毛的死讓他無處躲藏，這一切都是為了他的部族。

在靠近溪流的山坡上，灰足停了下來。「你們可以先回營地，」她命令風皮和裂耳，「剩下路程，我來就可以。」

「為什麼？」風皮質問。

「你們要去幫忙打獵，」風族副族長回答，「否則你們以為兔子會自己跑進營地嗎？」

風皮發出一聲惱怒的嘶吼，而裂耳則是有些不安，兩隻貓在爬到坡頂時還停下來回頭望，然後消失在回營地的方向。

灰足靜靜地望著他們，直到看不見為止，然後嘆口氣轉向火星，「火星，我想和你單獨談談，我有事要告訴你。」

獅焰滿腹不安，灰足那天晚上在溪邊？她知道是誰咬死灰毛嗎？但是風族副族長看起來太鎮靜了，不像是親眼目睹這件謀殺案。

「說吧！」火星說。

「幾天前，」灰足說，「我帶著黎明巡邏隊在溪邊看到索日——你還記得吧？就是那隻接管影族好一陣子的貓。」

「索日？」火星睜大那雙綠眼睛，「我以為他離開了。」

「沒有，應該說，他幾天前還在這裡。」

「那為什麼一星不告訴我們？」火星的情緒由驚訝轉為憤怒。

灰足聳聳肩，看起來不是很自在的樣子。獅焰知道她是一隻正直的貓，不會希望引起自己部族和雷族之間的緊張情勢，但她對一星的忠誠，又使她無法公開說出來。

「灰毛的死不是我們的問題。」她說。「你們闖進一星的營地，指控他的族貓涉及謀殺，不會還希望他表現出很高興的樣子吧。」

「我們沒有——」棘爪憤怒地說，琥珀色的眼中燃起怒火。

火星揚起尾巴要他安靜。「我們現在就把誤會化解吧！」他對灰足說，「我們並沒有指控風族，我們只是想找出和灰毛的死有關的蛛絲馬跡。現在把妳知道所有關於索日的事都告訴我們吧！妳在哪裡看到他？什麼時候看到他？」

「大概在四分之一個月前吧，」灰足回答，「他就在湖邊的樹林裡，也就在溪流對岸屬於你們那邊的領土。我覺得他並沒有看到我們，那時他正忙著吃什麼獵物。」

「盜獵！」栗尾嘶吼著。

「灰毛不是在那天遇害的，」蕨毛若有所思的低語，「但那裡和我們發現灰毛屍體的地方很接近。」

「很接近，」火星同意，「謝謝妳，灰足，這是目前為止我們找到最有價值的線索。」

灰足低下頭，「我很高興幫得上忙，火星，祝你和你的部族一切平安。」

獅焰看得出她眼裡的同情。**她知道我們有了麻煩，但她不知道這麻煩可大呢！**

午後，火星帶著巡邏隊回來時，黑色的長影已經斜斜地爬過營地空地。貓后們和樺落睡眼惺忪的在育兒室外互舔毛皮；雲尾、亮心和榛尾蹲在獵物堆旁；冰掌和狐掌在他們的洞穴外練習打鬥，獅焰聽到冰掌的尖叫聲，「風族凶手，我要剝了你的皮！」

火星嘆了一口氣，「我們最好停止這樣的控訴，我要立刻召開會議。」

棘爪訝異的抽動一下頰鬚，「我們不必和資深的戰士先商量一下嗎？」

火星搖搖頭說，「不，這件事和全族都有關，我現在就得告訴大家有關索日的事情，免得有些好戰份子偷偷跑去攻擊風族。」

他穿過空地奔向亂石堆，還沒走到前，榛尾就先發現巡邏隊回來了，她喊道，「嘿！火星回來了！」

從戰士窩的矮叢中開始有貓探出頭，貓后們坐直身體豎起耳朵，五隻小貓咪從育兒室跑出來，跌跌撞撞地絆倒彼此。松鴉羽從荊棘垂簾後面伸出頭，嘴裡咬著一捆藥草。火星還沒走到擎天架宣布要開會，每隻貓就已經到齊了，大家都想聽聽風族有什麼說法。獅焰、棘爪和其他巡邏隊隊員走到貓群的後面坐下。

「你有什麼發現？」刺爪站在從亂石堆下問，「我們什麼時候動手？」

「我們不動手，」火星回答，「風族沒有殺死灰毛。」

貓群中發出一陣不安的低語，但火星沒等這議論變為爭吵，就很快的繼續說下去，「我告訴他們的時候，一星和他的戰士們才知道灰毛已經死了。而灰足給了我一些很有用的訊息：幾天前她在湖附近的溪邊看到過索日。」

蛛足猛然站起、搖動尾巴，「那就是發現灰毛屍體的地方！」

震驚與忿怒的吼聲揚起，有些貓跳起來，眼露凶光毛髮抖動，像是就要立刻去攻擊那隻無賴貓。

「索日殺死了灰毛！」

「齷齪的凶手！」

「我們應該立刻把他找出來，讓他知道攻擊戰士的無賴貓會有什麼下場！」

火星舉起尾巴要大家安靜，他在一片喧鬧中找機會講話，「我們還沒有證據，但是——」

「還需要什麼證據，」鼠毛急促地說，「看看他對影族做什麼事！」

「他並沒有殺死任何一隻影族貓，」塵皮提醒鼠毛，「他有什麼理由要殺死灰毛呢？」

鼠毛發出一聲憎惡的嘶吼，「那個討厭的傢伙，我不會輕易地放過他的。」

「但是他一定有個理由，」蕨毛支持塵皮的想法，「大多數的貓都不會以殺戮為樂。」

獅焰想起血族族長鞭子的故事，他千方百計想要占領舊森林，那隻貓就是一隻以殺戮為樂的貓，但獅焰覺得索日不像是這種貓。

「或許是因為灰毛逮到索日入侵我們的領土，」亮心推測，「或許他們打了起來——」

「可是灰毛死前沒有打鬥的跡象，」沙暴打岔，「除了喉嚨的致命傷，他身上沒有其他傷口，對不對，葉池？」

大家紛紛轉頭看著巫醫，她就坐在自己的洞穴外，和擎天架下方的貓群有段距離。她很快地點點頭，算是回答沙暴的問題，沒再多說什麼。

「那麼，」雲尾說，「或許是索日在灰毛沒有防備的情況下攻擊他，趁機要挑起雷族和風族之間的紛爭。」

「這聽起來倒像是索日的作風，」松鼠飛彈了一下尾巴表示贊同，「讓貓兒們彼此互鬥，然後趁機攫取權力。」

「我認為還要深入調查，」灰紋冷靜地說，「灰足提供的這項消息雖然有用，不過也不能就此判定灰毛脖子上的齒痕是索日留下的。」

「你說得對，」火星對前任副族長點頭，「還有誰可以說出更多索日的消息？」

出乎獅焰的意料，冬青葉慢慢地舉起尾巴，「我……我見過他。就在被影族趕出來之後沒多久，他在湖邊出現過。」

怎麼從沒聽她說過！獅焰心中充滿不安，不過他和松鴉羽也沒告訴冬青葉他們去風族採貓薄荷的事，**我們從何時開始會互相隱藏祕密的？**

「告訴我們發生了什麼事。」火星催促著。

「也沒什麼啦，」冬青葉回答，「他說貓族需要他，他一定會再回來的。」

雲尾甩一下尾巴說，「在我聽來，這根本是威脅！」

「為什麼這件事情妳沒有報告？」火星問冬青葉。

冬青葉頭一縮，「我以為這不重要，」她回答，「我想他是因為失去掌控影族的能力而生氣。當時他正沿著湖邊朝風族的方向走，我以為他就要離開了。」

「妳還是應該報告的，」火星告訴冬青葉，儘管聲音很溫和，「我就可以加派巡邏隊，對他有所防備。」

冬青葉看著自己的腳說，「火星，對不起。」

「還有什麼事要讓大家知道的？」族長問。

「我——我不確定，」冬青葉遲疑地說，「索日提過他遇見一隻名叫午夜的獾，但我看不出這和灰毛的死有什麼關聯。」

「根據這點或許可以找得到他，」棘爪指出，「如果索日認識午夜，那他就可能是從太陽沉沒之地來的！」雷族的副族長眼中閃著光芒；獅焰知道他一定是想起尋找午夜的旅程。

「所以我們該怎麼做？」塵皮問火星。

「這有什麼好問？」刺爪咆哮著，「當然是去找索日算帳！」

獅焰想起今天早上刺爪還信誓旦旦地說，是風族殺死了灰毛，現在竟然這麼快就改變心意，不過總算沒有指控凶手就在雷族的聲音了。

獅焰了解，**他們很樂意把罪推到索日身上，就因為他是一隻無賴貓。**

「我們不確定灰毛是索日殺的，」就在大家附和刺爪的看法時，火星的聲音揚起，「不過要找出真相，我們得派出巡邏隊去太陽沉沒之地，把索日找來好好審問，如果他真的殺死灰毛，他就要受到應得的懲罰。」

想到要和索日對抗，獅焰的背脊從上到下都感到刺刺的。他不確定自己是否想要加入巡邏隊。那隻無賴貓所知道的事超乎尋常——他比任何一隻貓都還要了解他；或許他給火星的答案不是任何一隻貓想聽的。

「棘爪，你知道去太陽沉沒之地的路，」火星宣布，「你來領隊，蕨毛，榛尾和樺落跟你一起去。」

獅焰看到樺落用遺憾的表情看著白翅，湊過去舔她的耳朵。獅焰知道樺落不想離開伴侶，特別是在她快要生產的時候。

「這趟任務可能會有危險，」棘爪告訴火星，「最好多一、兩隻貓同行。」

「沒錯，」族長環顧四周，「那就多派獅焰和冬青葉，你們黎明就出發。」

獅焰看了他姊姊一眼；冬青葉頸毛豎起，綠眼珠閃閃發亮，不知道是因為害怕還是興奮。榛尾站起來走向冬青葉說，「很棒對不對？我們要做的事對雷族很有貢獻。」

冬青葉抖一抖耳朵，獅焰聽不到她的回答。族裡其他的貓開始圍向獲選加入巡邏隊的隊員，恭喜他們並且提供建議。大家似乎都因為他們要去追蹤並終結凶手而興奮不已，只有獅焰不想為灰毛的死報仇。

不久之前獅焰還鬆了一口氣，心想大家已經不懷疑凶手是雷族的貓了。但是把罪嫌推到索日的身上其實也好不了多少。獅焰不想提醒自己，貓的天性就是不信任外族，不信任非本族出生的貓。

如果我也是無賴貓呢？他們也都要來對付我嗎？

第三章

就在大夥兒都緊張興奮、忙得不可開交的時候，松鴉羽只是靜靜的坐著。

「我好怕。」松鴉羽認出小蜂的聲音就在附近。「如果索日到營地裡來抓我們怎麼辦？」

松鴉羽聽到舌頭舔舐的聲音，想像著蜜妮正在安撫她的兒子，「孩子，索日在很遠的地方。」她低聲說。

「而且有強大的戰士在這裡護衛我們，」黛西也附和著，「你覺得你父親會讓任何一隻貓的爪子碰你一根寒毛嗎？」

小蜂高聲說，「才不會！灰紋是最棒的！」

松鴉羽但願自己也能像那小貓咪一樣的確定。他知道艱難的時刻來臨了，恐懼、懷疑和控訴從四面八方襲來，他感到難過暈眩，腳下的地面似乎再也不踏實了。

松鴉羽聽到鼠毛在一旁撐起身子，嘆了一口氣說，「如果凶手的目的是要引起騷動的話，那他已經達成了。除掉我們一個戰士，他就好像攪動一窩蜜蜂。」

那麼他自己也會被叮到，但是這會兒，松鴉羽根本不想知道殺死灰毛的凶手下場會怎樣。

在雷族貓群混雜的氣味中，他察覺到獅焰經過身邊，但是並沒有停下腳步。

「你要去找索日了啊。」松鴉羽喊住他。

獅焰停下來，「是啊。」

松鴉羽非常想要和哥哥說說話，就像往常一樣：很自在地無話不說。自從那個暴風雨的夜晚他們知道那個祕密，這一切就變得不可能了。

冬青葉走向他們倆，打破尷尬的沉默。

「妳怎麼沒有告訴我們妳見過索日。」松鴉羽說。

他想像著姊姊聳聳肩，「那又不重要。」

「就算是這樣，妳也應該說些什麼，」獅焰的語氣不太高興，「妳本來就知道索日要幫我們弄清楚那預言的。」

「什麼預言？」冬青葉怒斥，「根本跟我們一點關係也沒有。」

「妳看到索日的時候還不知道吧！」

松鴉羽退到一旁聽他們爭吵。他們這樣吵來吵去根本沒意義，只是讓他們忘了討論那唯一重要的事：他們也相信是索日殺了灰毛嗎？

真高興我不用去，他告訴自己。**我可不想一路上都聽他們吵吵鬧鬧的。**

葉池的聲音穿過他的思慮，「松鴉羽，你在這兒啊！我正在找你幫我一起準備這次出任務需要的藥草。」

「好，就來了。」

他站起來跟著導師回巫醫窩，留下冬青葉和獅焰在那裡繼續爭吵。當他穿過荊棘垂簾時，一陣藥草的味道撲鼻而來。

「我已經把東西都拿出來了，」葉池告訴他，「現在只需要把東西包到葉子裡。」

松鴉羽總算有事情做，可以分散注意力，緩解情緒，但是這工作很快就完成了。他再度出現在空地，咬著藥包要交給棘爪。此刻貓兒們對巡邏隊的興奮熱潮已經逐漸退去，各自回到自己的窩裡了。他嘴邊濃濃的藥草味讓他很難分辨得出棘爪的氣味，終於松鴉羽在獵物堆附近找到了他，他正和松鼠飛在一起。

「我真希望妳也能跟我們一起去，」松鴉羽走近時，聽到棘爪對伴侶這麼說，「我們那次的旅程有許多美好的回憶。」

松鴉羽聽出副族長留戀的語氣，好像對過往的美好時光神往不已；相對於現在什麼事都不對勁，他似乎感到十分遺憾。

不曉得他知道多少事情？

「我也希望我能去，」松鼠飛回答，她壓抑著情緒，「但是經過上次那場戰役受傷以後，我大概不再適合長途旅行了。」

「不必擔心索日，妳知道的，」棘爪要她安心，「我會保護妳的安全。」

「我知道。」松鼠飛嘆了一口氣。

松鴉羽的毛髮豎立著，松鼠飛從來不需要任何貓來保護！誰膽敢有絲毫這樣的暗示，她會不惜抓掉他的耳朵。但如今她似乎……變得衰弱了；從她身上傳達出的內疚和渴望，是這麼的強烈，幾乎連松鴉羽也開始為她感到惋惜。

松鴉羽從她身邊走過，把藥包放在棘爪的腳邊，「給你，」他說，「這是旅行專用的藥草，要全部吃掉，然後在明天出發前好好休息。」

「謝謝你，松鴉羽。」

「嘿，棘爪！」灰紋的聲音從空地的另一邊傳來；松鴉羽聽到疾馳而來的腳步聲，「你走了以後，火星要我代理副族長的任務。你可以給我一些建議嗎？邊界的巡邏方面，要注意些什麼？」

「當然沒問題，」棘爪很快吞下藥草，「你有什麼想要知道的嗎？」

「嗯，我想大家還是擔心風族……」

這兩隻公貓漸漸地走向空地另一邊，直到音量也愈來愈小。松鴉羽轉身正要回巫醫窩的時候，被松鼠飛攔住了。

「松鴉羽，我想和你談談。」

「沒什麼好說的。」松鴉羽很快的回答。**而且我也不想再聽妳告訴我的任何事情**。避開這隻他一直當成母親的貓，他朝著自己的窩走回去。一時之間，他感到非常空虛，好像有一個巨大的空洞在他的身體裡。長久以來他倚賴的那則預言，讓他知道他是誰，他的命運將會如何；而現在什麼都沒了，他這輩子就只能當個巫醫嗎？**生我們的母親在哪裡？她發生什麼事了？**

松鴉羽痛恨這種無法掌控的感覺。他心神不寧的一頭栽進巫醫窩入口的荊棘垂簾，他的腳被長藤絆住，荊棘刺到他的身體也刮到他的鼻子，松鴉羽驚惶地大叫。

「松鴉羽！」葉池立刻衝到他身邊，「別動，我把你弄出來。」

「我沒事。」松鴉羽大聲喊。即使是小時候，他也沒這樣不小心過。他從荊棘叢裡脫身，跌跌撞撞地進入巫醫窩，感覺好像有塊毛被刮掉了。

「你還好吧？」葉池的聲音聽來很緊張，「你鼻子流血了，我去拿蜘蛛網來幫你止血。」

「我都說沒事了，」松鴉羽聳肩拒絕葉池的幫忙，然後快速地舔一下前掌抹抹鼻子，刮傷的地方感覺很刺痛，不過他不喜歡別的貓對他大驚小怪。

她就不能別管我嗎？松鴉羽心裡有氣，走向儲藏室去多拿一些藥草。**她根本不用管我，我們壓根就不是同族的貓！**

松鴉羽把所有旅行用的藥草分送完後，終於有空到獵物堆吃點東西。他把老鼠肉吞下的時候，聽到莓鼻在幾條尾巴遠的地方大聲說話。

「嗯，我才不信任影族呢！黑星和索日在一起惹了這麼多麻煩以後，一定會盡其所能證明影族還是很強的。」

塵皮立刻不耐煩的嘶叫了一聲，「你是鼠腦袋嗎？你的意思是說有個影族戰士大老遠的越過我們的領土，來把灰毛殺死？」

「有可能啊，」莓鼻喃喃的說。

「那麼刺猬就會飛囉。」塵皮反脣相譏。

松鴉羽把最後一口肉吞下去，用舌頭舔一舔嘴巴之後走回自己的洞穴。**真受不了族貓一天到晚都在猜到底是誰殺死灰毛！**

可是就在他拿艾菊去給患了綠咳症，正在復原的蜜妮和小薔時，又不經意地聽到雲尾、亮心和黛西的談話，他們正坐在育兒室的入口。

「不用擔心，黛西，」雲尾安慰這隻乳白色的母貓，「雖然有些戰士要離營，可是我們還有許多戰士會留下來保護妳們和小貓咪。」

「灰紋說要加派守衛來保護營地。」亮心補充說明。

「我知道你們全都會幫忙，」黛西還是很憂慮，「可是把凶手帶到這裡，是對的嗎？」

松鴉羽不想再聽見任何有關於索日的話題，他穿過荊棘走進育兒室，發現小貓咪們擠成一團，像是蟻窩被入侵的螞蟻一樣。

「現在妳來當凶手！」小玫瑰尖聲叫著，用爪子拍打小花的耳朵，「我們都要來抓妳！」

小花興奮地尖叫一聲，小貓咪們一隻隻像疊羅漢一樣的衝向她，松鴉羽差一點就被絆倒。

「立刻停！」蜜妮很驚訝的樣子，「一名雷族英勇的戰士死了，這並不好玩。」

灰毛在生前也沒這麼重要過，松鴉羽心想。

松鴉羽放下艾菊之後就離開，小貓咪們也稍稍安靜下來。在回巫醫窩的路上，他遇見火星、沙暴、灰紋和蕨毛。

「我們不能假設問題已經解決了，」沙暴說，「火星，如果我是你，我會警告所有的貓都遠離風族邊界，除了巡邏隊以外。」

「沒錯，」灰紋表示贊同，「我們可不想又發現另一名戰士死在河裡。」

松鴉羽忍不住輕輕嘆了一口氣，**巡邏護衛有什麼用？凶手就在自己的部族裡。**

一陣晚風吹起，松鴉羽走向獵物堆，獅焰、冬青葉和其他即將出任務的巡邏隊員也都在那兒。稍早的時候，松鴉羽不知道要和他們些說什麼才好，現在也一樣。

「嗨，」松鴉羽說，「明天就要出發，準備好了嗎？」

「我們隨時都做好準備。」冬青葉回答。

「沒有你和我們一起去，感覺很奇怪，」獅焰用口鼻碰碰弟弟的肩膀，「這是我們第一次分開。」

松鴉羽點頭，前一次長途跋涉去探訪山上的部落，他都辦到了，而現在卻只能留在營地。儘管對自己的兄姊有點不耐煩，但要和他們分開卻感覺不太對勁，特別是祕密的藤蔓把三貓糾葛在一起，不是距離就能拆散的。

「唉！大概就只能和你們說再見了。」松鴉羽低聲說。

「也只能這樣了。」獅焰說。

松鴉羽和哥哥碰碰鼻子，接著再換和冬青葉。

「再見，松鴉羽。」冬青葉小聲說。

松鴉羽知道他們應該說更多話的，可是緊張的情緒在三貓之間像是串連在蜘蛛網之間的絲縷。終於，松鴉羽低頭小聲地說，「願星族照亮你們的路。」說完便走回巫醫窩。

ϟϟϟ

松鴉羽睜開眼睛看見荒涼的岩石往兩旁延展，正前方是陡峭的懸崖，他大吃一驚趕忙往後跳。風橫掃過山頂吹皺他的毛，驚魂甫定後才發現自己身處的就是他遇見午夜的地方。

松鴉羽抬頭一望，發現滿天星斗在打轉，速度之快，讓星點變成了拖曳的線。他把爪子刺進他駐足的淺土中，深怕被吸到天上的空洞裡。

接著他聽到爪子劃過岩石的聲音，他努力把視線從旋轉的星群移開，一轉身看見一個龐大的身軀和黑白條紋的頭，是午夜。

「妳要幹什麼？」松鴉羽強作鎮定地問。

「索日沒有殺死灰毛，」午夜低沉地說，「這你也知道的，那些貓只是在白費力氣，」她向前湊近松鴉羽，星光在她小小的黑眼珠中閃閃發亮，「真相一定會大白的。」

「為什麼？」松鴉羽這回控制不了自己發抖的聲音。

午夜的聲音像是石頭丟進深潭裡一樣，「否則你們雷族就會永遠滅亡。」

「可是——」松鴉羽開始想要抗議，但這時卻颳起了風，吹散了他們的聲音，吹散了那隻獾搖晃的身影，直到他感覺自己、午夜和群星都被捲入一個巨大的漩渦裡。

他感到自己重重跌到地上，張開眼睛卻發現身處巫醫窩裡，四周一片漆黑，空氣裡有森林的味道，松鴉羽猜想天大概快亮了。

葉池在她鋪著蕨葉的床鋪翻來覆去，「巡邏隊要出發了，」她說，「你要去說再見嗎？」

松鴉羽前一晚已經說過再見，但他還是從床鋪爬起來跟著導師走向空地。搜尋索日的巡邏隊隊員大部分已經到齊，聚集在荊棘隧道的入口，火星、灰紋和松鼠飛也到場。

就在幾條狐狸尾巴遠的地方，松鴉羽聽到了樺落和白翅的聲音，松鴉羽知道他們緊緊的依偎著，因為氣味混在一起。

「妳自己照顧自己，要充分休息，」樺落叮嚀伴侶，「多吃新鮮的獵物，一有什麼感覺，趕緊跟葉池講……」

「小聲點，」白翅充滿愛意低聲地說，「不會有事的，我又不是唯一要生產的貓！」

松鴉羽從他們身旁走過，恰巧松鼠飛在旁邊，她也正在跟棘爪道別。和白翅不同的是，松鼠飛情緒控制得很好，松鴉羽感應不到她此刻的心情。

「在太陽沉沒之地要小心，」松鼠飛警告雷族的副族長，「不要靠懸崖太近，可能又會坍方。」

「我知道，我可不想又掉下去游泳。」棘爪故作輕鬆，但松鴉羽知道那是裝出來的。

「棘爪，你再跟我說一次狩獵隊的事，」灰紋插話，「最好的打獵地點是兩腳獸的窩附近和那棵枯木周圍，對吧？」

「沒錯，」棘爪回答，「一定要狩獵隊牢牢記住，如果到枯木周圍打獵，千萬要小心不要跨越影族的邊界。」

「灰紋，沒問題的，」火星幫灰毛戰士打氣，「你對我們的領土已經瞭若指掌了。」

周圍的貓開始後退，讓出路來好讓巡邏隊準備出發。氣氛突然變得嚴肅起來，松鴉羽也感受到驟然升高的緊張情緒；以前從來沒有派戰士出去執行過這樣的任務。

「願星族照亮你們的路，」火星說，「你們即將找出真相。」

不！真相就在這裡！松鴉羽緊緊閉著自己的嘴巴，免得說出午夜告訴他的事，他原本就知道：索日沒有殺死灰毛。巡邏隊只是徒然冒險，他們怎麼就不懂，真相其實就在營地內？

他不知道巡邏隊找不找得到索日，要是真的被他們找到了，又會發生什麼事。一想到索日可能會告訴他們的話，松鴉羽就感到手腳發顫。

索日知道有關預言的事……

第四章

林地上結了一層厚厚的霜，棘爪帶著巡邏隊正越過樹林朝湖邊走去。他們靜靜穿過銀色的蕨叢，口鼻吐出霧狀的氣息。冬青葉頭頂上的天空漸漸顯出魚肚白。

冬青葉感覺到每踩一步，腳掌就像要結凍，寒冷的冰爪似乎就要扒開她的毛皮，耳朵尖端也被凍得沒知覺了。她頭昏眼花——自從松鼠飛揭露真相後，她就覺得食不下嚥。唯一讓她保持前進的動力，就是要找到索日的那股迫切需要感。

獅焰神情嚴肅，堅忍地走在她身邊，他琥珀色的眼睛注視著前方。儘管松鴉羽沒來，讓冬青葉覺得不太舒服，但是有獅焰在身邊多少撫慰了她的情緒。

或許留在族裡對他來說是好的，她想，**反正他也幫不了什麼忙。**

棘爪領著路來到溪邊，沿著溪流往下坡走到湖邊淺水區，湖面上覆蓋著一層薄冰。

我們是鼠腦袋嗎？在禿葉季出來長途旅行？

他們沿著風族領土邊緣前進，除了天氣冷以外，巡邏隊內部的緊張情緒正逐漸消退。榛尾在隊伍後頭和冬青葉一起走，她的眼睛閃爍著光芒。

「好棒喔！不是嗎？」她像是一隻興奮的小貓蹦蹦跳跳的，「我們要去一個誰也沒去過的地方。」

「事實上他們去過，」冬青葉說著，不想聽榛尾喋喋不休，「棘爪、松鼠飛和其他被星族選到的貓都去過太陽沉沒之地。」

「那他們一定也同樣興奮！」榛尾嘆口氣，「妳的父母到過這麼遠的地方，真有冒險精神！」

不，他們只是騙子，冬青葉痛苦地想。

他們一路沿著風族領土邊緣走，並沒有看到風族的蹤影，但他們走到馬場的時候，聞到一陣強烈的風族氣息。棘爪停下來，舉起尾巴示意大家也停步。他站在那裡抬起頭，張開嘴辨識氣味。

冬青葉感覺到大夥兒的毛髮都豎了起來，她知道大家都很緊張。他們一路都緊靠著湖邊走，並沒有違反戰士守則，但這樣的一股風族的氣味就讓他們全都亮出利爪。**是灰毛的死讓我們大家變得這樣。**

「會遇上什麼麻煩嗎？」榛尾疑惑地問，「我們本來就可以沿著湖岸走的，不是嗎？」

冬青葉還沒來得及開口回答，一隻出現在湖岸另一端上坡處的灰色母貓走向巡邏隊。

「灰足！」棘爪鬆了一口氣，「妳好。」

「你好，棘爪。」風族副族長走到雷族貓群前點頭致意，「我想你們應該是要去尋找索日，這是你們出現在這裡的原因，沒錯吧？」

棘爪點點頭，「不管灰毛是不是他殺的，我們都要問他一些問題。」

「那麼我帶你去看樣東西，」灰足說，「跟我來。」

她沿著湖邊走到馬場的圍籬，那網狀的圍籬在陽光的照射下像是巨大的蜘蛛網一般。

「在這裡。」灰足的耳朵指向一處網子突出處，有一撮長長的紅色毛髮就卡在那裡。

棘爪走過去聞一聞，然後睜大琥珀色的眼睛轉向巡邏隊，「是索日。」

冬青葉的心臟在胸前怦怦的跳，是索日經過的證據，她對他鮮明的記憶又回來了。他知道的事似乎很多，也預知很多事……但到頭來卻只是個背信者。

「那麼他就是往這條路走的！」蕨毛說著，眼睛閃著光芒，「我們走對路了。」

「這味道不怎麼新鮮，」棘爪提醒，「但也沒多久，他一定是幾天前才經過這裡的。」

灰足轉身走回自己的領土，「那就再見了，祝你們好運。」

「謝謝妳，灰足，」棘爪說，「妳幫了我們大忙——為什麼妳要這麼做？」

灰足抽動一下耳朵，「我希望確保自己的貓族安全。在索日製造出更多麻煩之前，一定要先處理一下。」沒等他們回答，灰足就走上山坡，消失在山的那一頭。

「或許她是要我們不再指控風族。」樺落等她走遠聽不到時這樣說。

「或許吧，」棘爪說，「但是我們不用去傷腦筋。現在大家要好好的聞一聞這撮毛，把味道牢記在心裡，然後我們就可以上路了。」

他從兩腳獸的圍籬底下鑽過去，領著大家穿過草原。這裡的地面像石頭一樣硬，他們腳下不斷發出嘎扎嘎扎的聲響。他們走過木造的馬廄時，冬青葉聞到兩腳獸和狗的味道，但並沒有什麼動靜。

她非常希望棘爪能快速的通過這地方，但沒想到他竟然在馬廄門前停下來，「為什麼我們要停在這裡？」她問。

「我們不會待太久的，」棘爪回答，「我想讓榛尾見見住在這裡的一些貓。哈囉！」他對著空地那邊輕輕地喊。

榛尾抬頭困惑地看著，但在她開口前，陰影處出現兩隻貓。帶頭的是一隻灰白相間的壯碩公貓，後面跟著一隻顏色較淡、體型較小的母貓。

「棘爪！」這隻公貓的聲音聽起來很意外的樣子，不過他非常的熱情。「你在這裡做什麼——還有這些貓？但願你們雷族沒遇上什麼麻煩。」

「你不用替我們擔心。」棘爪回答。

「他們是誰？」冬青葉在獅焰的耳邊小聲問。

獅焰聳聳肩說，「不知道。」

「小灰、絲兒，」棘爪繼續說，「這是榛尾，黛西的女兒，」棘爪抖一下耳朵示意榛尾走到他身旁，來到這兩隻貓的面前，「榛尾，這位是小灰……妳的父親。」

榛尾的眼睛瞪得大大的，「黛西在我們還是小貓咪時帶我們來過這裡，父親！」

她快步走向前用嘴巴摩擦小灰的下巴，小灰發出一陣呼嚕聲，在榛尾的耳朵上舔了一下，「我很想念你們。」小灰低聲說。

小灰用尾巴碰一下絲兒的肩膀，要這隻小母貓走向前，「還記得絲兒嗎？」小灰問榛尾，「你們剛出生的時候，她幫黛西照顧過你們。」

榛尾露出不太確定的表情，「我不記得，」榛尾說完跟絲兒點一下頭，「不過黛西帶我們回來的那一次，我對妳有印象。」

「黛西好嗎？」小灰問棘爪，「還有其他貓……小莓和小鼠？」

「他們都很好，」榛尾要小灰放心，她的眼裡閃著亮光，「他們現在改名叫莓鼻和鼠鬚了，我們全都當上雷族的戰士，莓鼻的尾巴被捕狐狸的陷阱夾斷了一半——」

絲兒嚇了一跳插嘴問道：「他受的傷嚴重嗎？」

「不嚴重，」榛尾回答，「葉池——我們的巫醫——照顧他，他現在是一隻強壯的戰士了，鼠鬚也是。」

「那黛西呢？」小灰看著棘爪等待答案的時候，眼中露出一絲悲傷，「她在雷族那裡快樂嗎？上次你們被獾攻擊，她把小貓咪帶回來這裡的時候，受到很大的驚嚇。」

棘爪點頭，「她已經找到自己的職責了，雖然永遠不會成為戰士，但她是不折不扣的雷族貓。」

「她又生了兩隻小貓咪！」榛尾搶著說，「叫做小玫瑰和小蟾蜍，他們好可愛！」

「看來她已經勇敢地迎向未來了。」小灰喃喃低語，接著他甩動了一下身體，像是要抖落過去的記憶。「所以妳現在是戰士了，」小灰對女兒說，「讓我看看妳有什麼本事。」

「看我的，」榛尾蹲低了身體，做出狩獵的姿勢開始向前滑行，「我現在盯上一隻老鼠，」榛尾解釋，「腳步要放得跟雲一樣輕，要不然老鼠會感覺到地面的震動，等準備好的時候——」榛尾停住，扭一下臀部，「就向前撲！」

她往空中一跳，落地的時候前爪抓住樺落的尾巴。

樺落跳了起來，離地面有一個尾巴的距離，「喂，很痛咧！」

榛尾眼睛發亮說，「那你來攻擊我啊！」

冬青葉看著樺落撲向榛尾；榛尾側身一閃，用收起爪子的前掌在樺落的肩頭給了一記，樺落揮舞雙掌大叫一聲，撲到榛尾身上，兩隻貓在地上扭打成一團。

我們以前也是這個樣子，冬青葉心裡想，**無憂無慮的**。看著小灰引以為榮的眼神，冬青葉不禁嫉妒起來。**我父親也會以我為榮嗎?**她暗想，**他知道這世上有我的存在嗎?**

「了不起，」小灰說，這時候榛尾和樺落分開來，各自抖落身上的泥土和碎石，「雷族的確把貓兒教得很好，都很會照顧自己。」

絲兒走向前，看起來有些害羞但很友善，「你們今天要留下來嗎？」

「好主意，」小灰後退一步，用尾巴指指馬廄裡面，「裡面很溫暖，肚子餓的話，老鼠也很多。」

「謝謝，但是不行，」棘爪回答，「我們得繼續趕路。」

「我們正在追蹤一個凶手！」榛尾跟著說。

小灰和絲兒互換了一個驚訝的眼神，頸部的毛膨了起來，「什麼——是誰被殺死了？」小灰很緊張地問。

「說來話長，」蕨毛走向前，用尾巴碰碰小灰的肩膀要他不必慌張，「你不用驚慌，我們只是想找到那隻貓，因為他可能看到事情發生的經過。」

小灰如釋重負，肩頸上的毛逐漸平復下來，「到底是什麼樣子的貓？」他問。

「一隻白色和棕色相間的公虎斑貓，」棘爪回答，「毛很長，眼睛是淡黃色的。」

絲兒很驚訝的倒抽了一口氣，「我見過這樣子的貓！幾天前的清晨他從草原上走過。」

「那我們走的路沒錯，」棘爪說，「咱們走吧。」

榛尾走向父親跟他互碰鼻子，「再見，」她說，「回程的時候再來看你。」

「任何時候來都歡迎。」小灰回答，冬青葉感覺得出來，他看著女兒這麼快又要走，心裡很難過。

「我一定會來的。」榛尾保證。

他們穿過草原繼續追蹤索日時，樺落走到冬青葉身旁，「只有一半雷族的血緣，這種感覺一定很奇怪，」樺落說得很小聲，不想讓榛尾聽到，「想想那種永遠見不到親族的感覺。」

冬青葉沒回答，**再怎麼樣也比我好**，她覺得自己很悲慘，**我什麼族都不是！**

第五章

當巡邏隊越過另一片草原時，羽毛般的雪花開始飄落下來，一碰到地面就融化。有片雪花掉落在獅焰的鼻頭上，他打了個噴嚏。

他們走到草原的另一端，有一長排的白色岩石，旁邊聳立著紅色大房子。這時候雪愈下愈大，也颳起一陣風，他們繼續在雪花紛飛的曠野冒險挺進。獅焰走在冬青葉身邊，想要幫她抵擋寒風。

突然間一陣巨大的鼻息聲從其中一間房子裡傳出來。獅焰嚇了一跳，恐懼感催迫著他，使他向前一躍，越過岩石，腹部的毛飛掠過雪地。冬青葉也跟著他跑，榛尾也跟在另一邊。

那聲音又來了，接著是蕨毛的吆喝聲，「別緊張！那只是馬而已！」

只是馬而已！獅焰的腳掌驅策著他繼續往前奔馳，他想像著那有沉重大腳的巨大生物，只要腳一蹬就足以壓碎一隻貓的背脊。看到兩腳獸柵欄的門隱約出現在紛飛的大雪中，他就從底下鑽過去，隆起肌肉又繼續向前衝。冬青葉和榛尾也緊跟在後。

「不！」棘爪尖叫，「停下來！前面是轟雷路！」

當一道黃色的光束穿透風雪照射過來時，獅焰猛然停下腳步。一隻怪獸帶著炯炯目光呼嘯而過，不僅掠過獅焰的毛髮，還激起一道髒雪水，弄溼他的腳掌。獅焰和同伴們往後退縮，嚇得心跳加快，他們就在那裡等著樺落、蕨毛和棘爪。

「你們這樣還稱得上是戰士嗎？」棘爪言詞尖銳地說，「真是反應過度，那些馬都在馬廄裡，根本沒有危險，你們這樣衝上怪獸走的路才有危險。」

「對不起。」獅焰含糊地說，一陣有如森林大火般的灼熱羞愧感襲上心頭。棘爪嚴厲的言詞讓這種感覺更加痛苦，因為他知道副族長說的沒錯。他們的反應就像第一次出營冒險的見習生。

榛尾慚愧地垂著頭，而冬青葉則在一邊，輪流舉起每一隻腳甩掉髒水。獅焰明白，戰士守則對她來講是何等的重要；她對自己這樣的逃竄一定感到十分懊惱。**那你自己呢？**他自問，**雷族最勇敢的戰士，竟然被拴住的馬匹嚇得要命？**

棘爪一聲長嘆後如釋重負，「好了，我們來想辦法穿越這條路。」

副族長小心翼翼地向前走到轟雷路旁，獅焰聽到另一隻怪獸的呼吼聲，這發亮的怪獸一閃而過。一隻更大的怪獸，從另一個方向高速呼嘯而來，那圓形的黑色腳掌像岩石一樣大。

我們要怎樣才過得去？我們會被壓扁的！

獅焰看得出榛尾和冬青葉還在驚嚇中，他知道自己看起來一定跟他們一樣。獅焰鼓起勇氣，強迫自己把腳掌踩上黑色堅硬的轟雷路。

「到我身邊來，」棘爪冷靜地指示，「我們一次過去一個。蕨毛，你先走，讓他們看看該怎麼做。」

蕨毛接到指令，抽動著耳朵，「也沒那麼難，」他親切地告訴年輕的貓兒們，「在舊森林的轟雷路比這條更大。」

樺落的毛髮豎起，「我真高興我們不住在那邊了！」

蕨毛走到棘爪身邊，等著另一隻怪獸奔馳而過，直到吼聲漸行漸遠。

「好，走。」棘爪說著。

蕨毛往前衝，他金棕色的身影幾乎消失在紛飛的大雪裡，當他到達另一邊的時候，四周都還很平靜。

「冬青葉，走！」

嚥下一口氣，冬青葉往轟雷路的另一邊猛衝。獅焰把爪子箝進地面，讓自己不要發抖，直到他看到冬青葉安全抵達蕨毛那一邊才安心。

另一隻怪獸在風雪中逐漸靠近，獅焰往後退縮，看著牠來到眼前：這是一隻有著眩目色彩的怪獸。當怪獸奔馳而過的時候，他看到有好幾隻兩腳獸在牠的肚子裡，他的心跳得更快了。

牠吃了牠們嗎？牠會吃掉我們嗎？

「獅焰，現在換你了。」

獅焰鼓起所有的勇氣走向棘爪，然後勇往奔向前方。頃刻間，他的世界充滿著怪獸留下的嗆鼻臭味，以及轟雷路上刮著他掌墊的黑色東西。然後他就已經站在轟雷路和一面樹籬之間的狹窄草地了，冬青葉就緊挨在他身邊。

「我們辦到了。」她低聲說。

「你知道嗎，樺落是對的，」獅焰低聲回應，心跳漸漸地恢復平靜。「如果舊轟雷路比這條更可怕的話，我也不想住在那附近！」

沒多久榛尾也過來了，然後是樺落。接著有一長串的怪獸通過，剩下棘爪獨自一個在路的對面。最後一隻怪獸消失了，不過獅焰還是聽得到牠們傳來的呼吼聲。

棘爪跳上轟雷路，往對面衝。遠處出現了另一隻怪獸，樺落尖叫，「小心！」副族長並沒有停下腳步。在怪獸橫掃而過之前，他早就安全通過，來到夥伴之間。

「看，沒什麼。」他不以為意地彈了一下耳朵，「我們現在繼續前進。」

⚡⚡⚡

當獅焰壓低身體鑽過樹籬爬向另一片原野時，樹枝底下的溼葉和小碎石都黏在他腹部的毛皮。一陣強烈的氣味迎面而來，他掙扎著站起身。對他來講那似乎是一股很熟悉的味道，但記憶就像是逃脫的獵物一般，怎麼也想不起來。

「那些是什麼？」榛尾耳朵指向草原中央，緊張地問。

獅焰望向雪花紛飛的那一邊。就在他們前方，有好幾隻黑白相間的大型動物擠成一堆。他再仔細看看，其中有一隻抬起頭來，發出一聲低沉的悲鳴。

「牛！」冬青葉叫著，走過來站在弟弟的身邊。「你還記得吧，獅焰。我們前往山上的途中看過。」

「牛──當然。」獅焰的心思馳騁，回到遇見老獨行貓波弟的情景。當時他們經過一座牧場，他告訴過他們那是牛；他的母親──**不，是松鼠飛**──也告訴過他們，這些巨大的動物並不危險，如果沒有被牠們踩到的話。

「沒事的，」棘爪從樹籬底下鑽出來，要榛尾放心，「牠們不會攻擊我們。」

榛尾懷疑地看了他一眼，就在蕨毛領著大家穿過草原時，獅焰顯然也有同樣的擔憂。這些母牛就在他們周圍，水汪汪的眼睛盯著他們看。獅焰才不喜歡和那些如石頭般大的牛腳靠這麼近，他也不喜歡牠們頭上那彎彎的大爪子，格鬥技巧在面對這些巨大的動物時根本派不上用場。這些牛低下頭來聞聞貓兒的毛，鼻孔呼出的氣又溼又熱，獅焰還以為自己會被這麼強的氣味薰死，牠們的悲鳴也讓他震耳欲聾。

蕨毛鎮定地領著他們穿過林立的牛腳，冬青葉的臉冷不防地被牛尾巴甩到，刺刺痛痛的，她往後跳撞到了獅焰。

「真倒楣！」她生氣地說。

獅焰扶她一把，幫她保持平衡。

「我開始懷疑這次的冒險是不是真的那麼棒，」冬青葉咕噥著，朝榛尾看了一眼，榛尾猛點頭表示贊同。「上次到山裡的旅程就比這次容易多了，儘管遇到穀倉的狗。」

而且那一次是有意義的，獅焰靜靜地想，**我們並非去尋找一隻我明知不是凶手的貓。**

遠離牛群之後，這些貓在雪地裡跋涉，朝原野的另一端走去。獅焰在空氣中尋找索日的氣味，可是連一絲都沒有。

除了牛的味道外，我什麼都聞不到，獅焰暗自抱怨，**我連同伴的氣味都快分辨不出來！**

他鬆了一口氣，終於發現另一邊的樹籬隱約出現在紛飛的大雪中。巡邏隊走向前去，停在樹籬密實的荊棘下躲雪。

「我們不可能穿過去的！」樺落聲稱，睜大的眼睛充滿失望，「荊棘會把我們撕成碎片。」

「不，不會的，」棘爪說，「我們只要找到一個枝葉比較稀疏的地方。」

棘爪開始帶著大家沿樹籬的底部搜尋，**希望我們不會無功而返，**獅焰悲慘想著，把雪從身上抖掉。

當獅焰聽到從樹籬的另一邊傳來轟雷路的呼嘯聲，他的心又往下一沉。「又來了！」他嘴裡嘟噥著。

終於棘爪停下腳步，「這裡應該可以，」他用鼻子指向樹籬的一個地方，兩支拱型的樹枝圍成了一個缺口，「獅焰，你試看看過得去嗎？」

獅焰點點頭向前走，用頰鬚測試寬度，接著匍匐前進，荊棘刮到他的背、卡到他的毛，他掙扎地到了另一頭站起來。

「沒問題。」他大聲喊。

冬青葉和樺落跟著鑽過去時，獅焰正眺望眼前一片白茫茫的景象，前方緩緩下降的斜坡通到一條轟雷路，這條路比先前的那一條要寬得多，一堆怪獸雙向飛馳咆哮，耀眼的燈光點綴在路的兩旁。

我們永遠也過不去！獅焰絕望地想。

突然傳來一聲驚叫，嚇得獅焰猛轉身，看到榛尾從樹籬底下鑽出來，前爪猛撥著的鼻子。

「我鼻子上有刺。」她哀號著。

「我來看看，」冬青葉走向她，「不要動，手不要一直撥。」

榛尾坐下來，眼神充滿痛苦。這根刺很大，牢牢的插在鼻子上，周圍血水不斷湧出。

獅焰看著姊姊使出以前從葉池那裡學來的巫醫本領，冬青葉舔了一下傷口周圍，然後用牙齒牢牢咬住那根刺，用力一拔吐在地上。更多的血從榛尾的鼻子湧出來滴在雪地上。

「唉呦！」榛尾大叫喊疼。

「我們需要一些水來清洗，讓傷口癒合。」冬青葉說。

獅焰環顧四周想去幫她取水，可是根本看不到有溪流的蹤影……

「把鼻子放進雪裡頭，」冬青葉指示榛尾，「這樣應該能止血。」

榛尾困惑地眨眨眼，低頭把鼻子埋進一處乾淨的雪堆裡，「凍死了。」她含糊不清地說。

「敷久一點，」冬青葉要榛尾忍住，「跟妳保證一定有用的。」

希望如此，獅焰這麼想，**要不然冬青葉就會讓榛尾的鼻子凍得掉下來，**獅焰從姊姊看著榛尾的樣子知道，其實她也很擔心。

榛尾把鼻子埋在雪裡好一會兒，然後抬起頭。臉上沾得一片白白的，看起來好像變成有雪白長毛的雲尾。「我——鼻子現在沒那麼痛了。」她這麼說，牙齒顫抖著。

冬青葉低頭檢視那根刺留下的傷口，用前掌輕輕把雪撥掉，只見傷口已經只剩一個小小的圓孔，幾乎完全癒合了，「這招果然管用。」冬青葉說。

「幹得好。」棘爪讚賞的聲音從冬青葉身後響起，獅焰看見棘爪慈愛的眨眨眼，眼神和小灰之前看榛尾的一樣，充滿身為父親的驕傲。

冬青葉把頭撇開，獅焰知道她很想有所回應。以前棘爪的嘉許對他們三姊弟的意義何其重大，但今非昔比，**我們所有的本領都不是源自於你。**

雪漸漸小了，但是雲霧遮蓋天空，看不出太陽在何方。**也許太陽快下山了，**獅焰邊想邊發抖。前方就是那寬大的轟雷路，再過去是一望無際的曠野，中間有一片小灌木林。再過去更遠的地方，獅焰看到有一片閃爍的燈火。

「那是什麼？」獅焰問，用尾巴指著那個方向，「看來像是從天上掉下來的星星。」

「不是星星，那是很多很多的兩腳獸窩聚集在一起的地方。」蕨毛解釋。

榛尾訝異得倒抽了一口氣，「沒想到這世界上有那麼多兩腳獸。」

「希望我們用不著接近牠們。」樺落說。

榛尾同意地點點頭，獅焰說，「我們又不是寵物貓。」他講這話感覺好像在說服自己。

棘爪和蕨毛帶著大家走到轟雷路，大夥兒沿著路邊一字排開蹲下來，他倆則分別待在這列隊伍的兩端。怪獸群呼嘯而過，耀眼的燈光映照著漆黑溼滑的路面。

「這次我們一起行動，一有足夠空隙就走，」棘爪下了這樣的決定，「我一開口說跑，就要拚命地向前衝，像後頭有傾巢而出的獾在追你們一樣。」

獅焰在等待副族長下指令的時候，拚命想要隱藏住自己的恐懼，這條轟雷路比上次那條更糟糕，這些怪獸川流不息好像永遠不會停止！

在他旁邊的榛尾也在發抖，榛尾旁的樺落全身的毛都豎起，好像要對付一大群敵軍似的。在獅焰的另一邊，冬青葉不斷地用爪子抓地，雙眼凝視棘爪，就等他一聲令下。

為什麼我永遠都得那麼勇敢？獅焰悲慘地問自己，**我大可不必，特別是現在知道預言和我們無關，況且就我們所知道的，我們極有可能是寵物貓！**

想到這裡獅焰感到全身充滿了恐懼與羞恥，他深陷在這樣的失望情緒當中，差一點就沒有聽到棘爪的大聲吆喝：「現在快跑！」

第六章

冬青葉和夥伴們一起往前衝。當他們衝到轟雷路中央時，她聽到另一隻怪獸從遠處呼嘯而來，聲音愈來愈響亮。刺眼的燈光照向她，好像這巨大的怪獸會突然撲過來。冬青葉更加拚命快跑，腳掌奮力地踏在堅硬的地面上，要讓自己快速地抵達另一邊。

當冬青葉安全到達路邊的草地時，突然聽見一聲尖叫劃破天際，她轉身看到榛尾蹲伏在轟雷路的中央，害怕地僵在那裡。

「不！」冬青葉大叫，「榛尾，快跑！」

榛尾被嚇得一動也不能動。棘爪發出一聲怒吼，衝回轟雷路上抓住她頸背的毛皮，差一點就被迎面而來的怪獸給踩個正著。

「怪獸會把他們倆給殺了！」樺落哀嚎。

怪獸的熊熊目光劃過這兩個戰士，棘爪正拽著榛尾要穿過黑色路面。榛尾的腳就盪在那邊，好像已經死掉了；突然間她又爬了起來，開始狂奔。棘爪緊跟在她後面衝，眼看著怪獸就要壓到他的後腿了。在這一瞬間，冬青葉以為他準會被怪獸旋轉的腳掌給壓碎的；不過在怪獸呼嘯而過後，她看到棘爪還在奔跑。然後，榛尾癱倒在草地上，棘爪衝到她身旁緊急剎車。

他生氣地哼了一聲，「這就是一個反例，不可以這樣子過轟雷路。」

「對不起，」榛尾的聲音像是一隻嚇壞了的小貓咪，「真的很對不起！」

大夥兒都趴下來喘息，就連獅焰看起來也被嚇到了。**索日一定比我們還勇敢**，冬青葉在休息時這麼想，**他都是獨自完成旅程的！**

蕨毛走到榛尾身邊安撫地舔她。「沒關係，」他低聲說，「我們都會犯錯的。」

「但是我差點把棘爪害死！」榛尾睜大的眼充滿恐懼，「謝謝，棘爪，你救了我的命！」

棘爪眼中的怒氣漸消，眨眨眼說，「千萬別讓我再做一次。」

「我答應你，絕對不會的。」

棘爪讓大家休息片刻後，又催促著巡邏隊繼續上路。「我們不能待在這裡，」他說，「我們得往樹林那邊前進，那裡可能會有一些獵物。」

貓群跟著他走出那刺刺的草地。雖然雪已經停了，但是地上積了一層厚厚的雪，冬青葉的腳掌就這樣陷進雪裡，蹣跚地跟在副族長後面。**我全身冰冷，感覺快要變成一隻冰貓了**，她邊想邊用力甩掉腳上的雪塊。一陣冷風吹到他們的臉上，鬆脫的雪花突然掉進了她的眼睛。「真是老鼠屎，好痛！」她咕噥著。

當他們靠近矮樹叢時，冬青葉發現這裡的樹比雷族領土上的樹還矮，而且彎曲成奇怪的形狀。看起來倒比較像風族沼澤地上的灌木林，變形成駝背的兩腳獸的樣子。但當她嗅了嗅空氣，發現了一股她最熟悉的味道，那是從離開森林以來第一次聞到的。轟雷路的惡臭已經消失了，取而代之的是樹葉和樹幹的味道；當嗅到老鼠、兔子和松鼠的氣味時，她的口水都快要流出來了。

「我們要待在這裡休息吃些東西，」棘爪在貓群到達林地邊緣的時候宣布，「我們找不到比這裡更好的地方過夜了。」

樺落的耳朵豎起，想到可以不用在雪中長途跋涉，冬青葉和獅焰也充滿期待地互換眼神。

「太陽不是還沒下山嗎？」蕨毛反對，看著天上仍舊遮住天空的烏雲。

「還沒，但是我們全都又累又冷了，」棘爪回答，「況且我們看不到太陽，無法確定太陽沉沒之地的確實方向。」

蕨毛聳聳肩表示同意。六隻貓就一同朝矮樹林的深處走去。在樹林的遮蔽下，積雪並不多，冬青葉感覺到她的腳開始暖和了起來。林地崎嶇不平，往下坡去有一條小溪涓涓地流過樹根糾結處。

「各自去抓你們的獵物，然後休息。」棘爪下令。冬青葉感覺到他的語氣很緊張——或許他對這趟旅程即將要發生的事並不感到樂觀。**難道他知道前方有危險嗎？**

蕨毛很快地消失在矮樹叢間，而獅焰和樺落也一起離開了。

「妳要和我一起打獵嗎？」冬青葉問榛尾；她似乎還沒從在轟雷路受到的驚嚇中恢復。

「太好了！」榛尾的耳朵豎起，「我們要從哪裡開始？」

「就從這裡吧。」

兩隻母貓都嗅著空氣；冬青葉聞到了一股濃烈的松鼠味道，不久之後就看到在纏繞的荊棘樹下，有隻松鼠在碎石地上行走。冬青葉用耳朵指著方向，示意榛尾。她的朋友點點頭，眼中閃耀著光芒。

冬青葉示意榛尾待在原地，然後自己做出蹲伏的狩獵姿勢，繞了一圈來到樹的另一邊。這個動作是她在雷族領土的時候常常使用的，現在感覺像是又回到家中一樣。她從另一邊接近松鼠，愈爬愈近，腳掌在粗糙的草地上滑行。當她覺得靠得夠近的時候，她發出一聲可怕的叫聲，往前一跳。這隻松鼠嚇得往前衝，剛好直接衝向榛尾的利爪。榛尾迅速咬了牠的脖子，給予致命的一擊。

「做得好！」冬青葉叫道。

「是妳設計的好。」榛尾說著，現在的她看起來開心許多。

當冬青葉走向她時，獅焰從背後的荊棘叢跳出來，「樺落和我抓到一隻非常肥的兔子。」就在他說話的時候，樺落搖搖晃晃地用前掌拖著那隻兔子出現了。他鬆了一大口氣把獵物放下，跌撞到一株榛木的矮樹枝。一堆雪滑下來覆蓋住他，他冒出來，嫌惡地發出嘶叫聲，一邊把身上的雪抖落。

冬青葉忍不住笑出來，「小心，要不然我們就要叫你雪球了。」

這四隻貓拖著他們的獵物到溪邊一處隱蔽的空地，那裡堆積著許多隨溪水漂流而來的枯葉。不久蕨毛也帶著另一隻松鼠現身，而棘爪也帶著兩隻老鼠回來了。他們就在有樹叢遮蔽的地方開始吃，體溫溫暖了這個地方。冬青葉想著這種感覺就像是在窩裡一樣。

一頓溫飽之後，她用舌頭舔舐嘴脣，「現在我可以睡上一個月。」她愛睏極地說。

「很好，」棘爪說，「不過我們最好要輪流守夜。」

「我先。」獅焰自告奮勇。

「好。」棘爪打了一個很大的呵欠，「你結束的時候叫醒我，我輪下一個。」

冬青葉躺好準備入睡，她最後一眼看見的是弟弟金色的虎斑條紋身影，他正豎起耳朵，透過樹林盯著外面看。

冬青葉感覺到身邊有隻腳掌在戳她，把她叫醒。醒來後，她困惑地眨眨眼，一度還以為自己身在戰士窩裡，**不過怎麼沒有青苔和蕨葉？又怎麼會有流水聲？**

這時候她才記起原來自己是在前往太陽沉沒之地的旅途上，和棘爪還有其他夥伴同行。他們離開雷族營地已經有一天的時間了，這兒的一切都很新奇。

榛尾正低頭看著她，「輪到妳守夜了，」榛尾說，「妳值最後一班。」

冬青葉搖搖晃晃地站起來，弓背伸展身體。獅焰、樺落和蕨毛全都蜷曲在旁邊。「怎麼沒看到棘爪？」冬青葉打了個呵欠問。

「輪我守夜時，他就醒來了，」榛尾解釋，「他說他先去偵察一下，」榛尾舒服地躺在落葉堆裡，把尾巴繞到鼻子上，「我要把握機會多睡一會兒。」她低聲說。

冬青葉撥掉身上的枯葉，然後兩三步走到溪邊。她在低下頭喝水之前，仔細環顧了四周的樹林，只見樹枝襯著逐漸由黑轉灰的天空，萬籟俱寂。

她喝了一大口冰涼的溪水，然後抖掉頰鬚上的水珠。這時突然聽到一聲警告的鳴叫，接著瞥見一隻黑鳥一衝升天。過了不久棘爪從林子裡走出來，嘴裡咬著一隻兔子。

「這個地方獵物很多。」棘爪說著，把獵物放在冬青葉的腳下。

新鮮獵物的濃郁氣味讓冬青葉口水直流，「要我去多抓一些嗎？」冬青葉說，「一隻兔子不夠六隻貓吃。」

「好啊，」棘爪回答，「不過別離開灌木林。我去把其他貓叫醒，下回，換妳第一個守夜，」棘爪接著說，「不過現在我們得準備上路了。」

冬青葉沿著溪流走，到了一處小瀑布旁，剛好撞上一隻正要溜回洞穴的田鼠，被她逮個正著。她先把田鼠藏在土裡，再嗅聞四周的空氣，傾聽是否有獵物的聲音，很快地她看見一隻老鼠在灌木叢底下吃種子。冬青葉放輕腳步，像是空氣般慢慢滑過去，迅速一掌擰斷老鼠的脖子。然後她撿起先前的那隻田鼠，帶著這兩隻剛捕獲的獵物回去。

她本來對自己的狩獵技巧非常自豪，尤其是能在短時間內把獵物帶回去給棘爪看。但是現在，她甚至無法正視副族長恭喜她時的眼神。如果她根本連貓族的一份子都不是，從前受過的訓練和本事，現在就如同塵土一般。

六隻貓全醒過來了，他們很快地吃飽，跟著棘爪走到灌木林的邊緣，「我們現在離午夜的家不遠了，」棘爪說，「大家要提高警覺，緊跟著我。」

前方的土地平坦又空曠，除了兩腳獸的窩，看不到可以遮蔽的地方。而在巡邏隊後方的天空，則顯出黎明時分的乳白色。一走出灌木林，風就直接吹在冬青葉的臉上，感覺又冷又刺，帶著一種未曾聞過的陌生氣味，像是結冰的血味。

「我的毛快被吹掉了。」冬青葉聽到樺落在抱怨。

冬青葉的眼睛和嘴巴都感覺刺刺的，身上黏黏的。她瞇起眼睛低下頭，緊靠著獅焰，在刺刺的草地上挺進。在呼嘯的風聲中，冬青葉突然聽到一聲悶悶的吼聲，那是她從未聽過的。

獅焰突然停住腳步，冬青葉煞車不及一頭撞上。她搖搖擺擺，惱怒地嘶叫一聲，榛尾又從後面撞了上來。冬青葉抬起頭，看見棘爪和蕨毛肩並肩地站在巡邏隊的前方，凝視著什麼。冬青葉走向他們，其他的貓也向前沿著邊緣排成一列。

偉大的星族！他們已經到達曠野的邊境！他們腳下的土地變成岩石堆，冬青葉放眼所及是一片無邊無際、波濤洶湧的灰色水域。

「歡迎來到太陽沉沒之地。」棘爪說。

第七章

松鴉羽在巡邏隊出發去尋找索日之後，站在空地嗅著晨風帶來的霜雪味。他聽到幾隻貓穿過戰士窩枝葉所發出的窸窣聲，有種奇怪的緊張感覺瀰漫在夥伴之間。

「要黎明巡邏了，」灰紋的聲音在松鴉羽的附近響起，「沙暴，妳帶隊，帶狐掌和松鼠飛和妳一起去，到風族邊界巡邏。」

「我一定要和他們一起去嗎？」松鴉羽聽到狐掌驚恐地說，「我不喜歡風族。」

「噓，」蕨雲很震驚的樣子，「你知道已經沒什麼好怕的了。」

松鴉羽往後退縮；這話聽起來好像全族都相信索日就是凶手，已經沒有什麼好擔心的了。**但是他們錯了！他們全都錯了！**

「狐掌，你是我的見習生，」松鼠飛帶著些許不悅的語氣，「你當然要跟我一起去。或者你願意的話，你可以去幫長老們抓蝨子。」

「呃……不了，我想我還是一起去。」

「你會沒事的，」火星要這名見習生放心；松鴉羽並沒有聽到他已經從擎天架上下來了，「灰紋，我們的狩獵隊有誰？」

「我想我自己帶一隊，」灰色戰士說，「我會帶栗尾和鼠鬚一起去。」然後低聲地向火星加上一句，「如果由你或者是我帶隊到邊界巡邏的話，大家會以為事情不簡單。」

「你考慮得很周到。」火星同意他的作法。

「塵皮，你帶另一支巡邏隊，」灰紋更大聲地說，「雲尾、亮心和你一起去，到影族邊界那邊看看，不過要記得棘爪說過的，小心別越界了。」

「謝了，我可不是昨天才出生的。」塵皮不耐煩地回嘴。

「我們要帶冰掌一起去嗎？」亮心問，「她不常出去，白翅現在還在育兒室。」

「當然囉，」灰紋說，「冰掌！不要再拍打那塊樹皮，過來這裡。」

當這名見習生接近時，松鴉羽聽到蹦蹦跳跳的腳步聲和興奮的喵叫聲，「妳要和塵皮、雲尾和亮心一起去打獵，」灰紋對她說，「我們要靠你們帶回一大堆獵物。」

「妳一定可以的，」火星為她打氣，「妳一直都表現得很好。」

松鴉羽感覺到這見習生帶著榮耀的愉快心情加入資深戰士群。

「我們不久之後又可以舉行一次新戰士的命名儀式了。」火星對灰紋說。

雖然他說得輕鬆愉快，松鴉羽卻聽出話語背後隱藏的不安情緒。他知道族長的心思幾乎全都在遠征巡邏隊身上。

真的是索日殺死灰毛的嗎？我派這麼多戰士去找他，是對的嗎？貓族會因為他們不在而容

易受到攻擊嗎？松鴉羽清楚聽到族長的思緒。他驚訝地發現，火星經歷奪走他九條命其中一條的綠咳症之後，到現在仍然覺得很虛弱。在他心中潛藏著一份恐懼，這疾病也許會再回來。

而且或許他是對的，松鴉羽想。他聽到了蛛足在育兒室旁邊氣喘吁吁的，他的孩子們全都在他身上翻來滾去。

「這就對了，」他們的母親黛西說，「你們可以和父親練習格鬥招式。蛛足，你難道不能再變成更凶一點的獾嗎？」

「獾……是不會，」──蛛足覺得快要喘不過氣來了──「得……綠咳症的。」他痛苦地把話說完。

蜜妮在附近為她的三隻小貓梳理毛髮，不時地停下來咳嗽。「天氣如果變冷了，就不要待在外面，」灰紋跳到她身旁提醒她，「還有你們三個小傢伙──別玩得太凶。」

松鴉羽聽到小花尖聲叫著，「我們不會的。」

「好，巡邏隊現在可以出發了，」灰紋回來宣布，「仔細查看，有任何異樣立刻回報。」

所有巡邏隊都出發後，這岩石山谷裡變得很安靜；留在營地裡的戰士都回到窩裡避寒。黛西和蜜妮也把他們的孩子們兜攏在一起。

「運動時間到了，」黛西說，「跑一跑可以讓你們保持溫暖。誰可以跑得最快，從這裡跑到荊棘圍籬那裡拔根樹枝給我？」

「我可以！」所有的小貓都一起大叫，然後衝向空地。松鴉羽趕緊往後跳回到自己的窩裡，免得被撞倒。

他前腳一踏進荊棘垂簾，一陣揚起的青苔和羊齒葉灰塵撲鼻而來。「怎麼了？」他問道，壓抑住想打噴嚏的感覺。

「我在換床墊，」葉池解釋，「你可以過來幫我把這青苔捲起來嗎？」

松鴉羽走過去，腳掌陷入那一堆堆的青苔和羊齒葉。「我想快要下雪了，」他說，「所有新鮮的葉子一定都溼答答的。」

「我可以把水擠掉，」葉池回答，「這舊床墊很噁心，我們怎能讓病患睡？」

我倒寧願睡在上面，松鴉羽心裡想，**也不想到外頭弄得又溼又冷。**

他開始把那東西都推在一起，自己有一半的身體埋在那乾的羊齒葉和青苔裡。然後他聽到有貓穿過荊棘垂簾走進來的聲音，松鴉羽在塵灰飛揚中嗅出那是火星。

「妳好嗎，葉池？」火星問。

「很好，謝謝。」葉池的聲音很有精神，她並沒有停下手邊的工作，繼續把床鋪剩餘的細屑清下來。

「我有事要問妳……」火星的聲音逐漸變小，松鴉羽從他身上感受到一股強烈的焦慮。松鴉羽蹲伏在羊齒堆，又再一次忍住不讓噴嚏打出來。不管火星要說什麼，希望不要私下講。

「什麼事？」葉池催促著。

「就是——」火星又突然打住。

說出來！松鴉羽在心裡催著他。

「我知道我沒有立場說這話，要巫醫怎麼跟星族講話，」火星說出來的每個字都顯得笨拙，「但是我還是想說……妳有沒有想過到星族裡去找灰毛，然後直接問是誰殺了他？」

什麼？松鴉羽幾乎要被一塊青苔屑嗆到了。

葉池靜默了好一陣子，當她再度開口時，語氣比禿葉季的冰雪還要冷。「會在星族碰到誰並不是我可以選的。是祖先們來找我，由不得我去找祂們。如果灰毛自己來找我，也想跟我說，那麼我會聽的。」

葉池不只震驚還生氣地回答火星，松鴉羽發現，背後還隱藏著什麼，難道是……恐懼嗎？

「對不起，」火星道歉，「我並不想……」

「我答應你，我會盡我所能的，」葉池語氣較為溫和些，「我也和你一樣想知道是誰殺了灰毛。」

為什麼我總覺得很難相信她？松鴉羽自問。

ϟϟϟ

那天稍晚，松鴉羽把舊床墊都清空，再把艾菊分送給還沒完全從綠咳症康復的貓兒，然後走到獵物堆挑了一隻田鼠。

他在進食的時候，感覺到葉池從長老窩裡走出來，鼠毛和長尾跟在她後面。

「松鴉羽？」葉池向他喊，「你吃飽之後，我要你陪鼠毛和長尾到外頭走一走，這是他們在綠咳症之後第一次出營地。」

松鴉羽吞下一口田鼠肉，「好的。」

「我們又不是小貓咪，妳知道的，」鼠毛發著牢騷，「我們可以自己走到湖邊再走回來，用不著陪伴。」

「我知道，」葉池耐心地回答，「但是我要松鴉羽去找些藥草，艾菊的存量已經很少了，我們也可以用山蘿蔔和耆草代替，湖邊的林木底下可能還有一些。」

鼠毛用一聲誇張的嘆息回應，松鴉羽猜想這瘦巴巴的棕色長老正無奈地轉動著眼珠子。葉池走向松鴉羽，湊近到幾乎快要碰到他，「我要你特別關照鼠毛，」她低聲地說，「別讓她走太遠，還有要注意不要讓她太喘，」接著她大聲地補充說，「鼠毛，也許妳和長尾可以幫忙松鴉羽，幫他把找到的藥草帶回來。」

「這件事我們還可以勝任。」鼠毛咆哮著。

松鴉羽吞下最後一口老鼠肉，起身穿過空地朝荊棘隧道走去，鼠毛領著長尾跟在後頭。森林裡的樹葉都掉光，所以特別安靜，松鴉羽得推開地上一堆枯葉，還要避開樹下殘存的積雪。水的氣味領他到了湖邊。松鴉羽豎起一隻耳朵留意鼠毛和長尾的動靜，這兩隻貓走在他旁邊，松鴉羽察覺到在鼠毛前面有一根樹枝橫檔了路。

「走這裡，」松鴉羽對長尾說，用尾巴碰著他的肩膀領他繞過前方的障礙，「沒事的，你的腳不會被絆到。」

「我想你的眼力比我們的還要好。」鼠毛的語氣聽起來沒像往常那麼煩躁；她似乎也覺得大開眼界。

多希望我真的看得見，松鴉羽想，**現在我還看得不夠清楚。**他想知道這預言到底是怎麼了，還有磐石是不是也知道松鼠飛所說的祕密，最重要的是，他想知道他的親生父母到底身在何處。

林木愈來愈稀疏了，冷風直灌在松鴉羽的臉上，這三隻貓已經到了湖邊。

「你去辦你該辦的事吧，」鼠毛說，「我和長尾要去找個陽光照得到的地方小睡片刻。」

「好，前方應該有許多草藥可以採——」

「聽我說，」這隻瘦巴巴的棕色長老說，「我很清楚葉池要你陪我們的目的，是要確認我們到得了湖邊，而且沒有跌倒。現在都已經進入禿葉季那麼久，如果你找到的草藥夠塞滿你自己的嘴，那就算走運了！」

「不是這樣的。」松鴉羽辯白。

「你去吧，我們沒事。」長尾堅持。

「如果需要幫忙，你就大聲喊，」鼠毛接著說，「我的腳是不太行，不過耳朵還很靈。」

「那好。」松鴉羽沿著湖岸找到了先前藏枯木的樹根，從湖上吹來的冷風逆吹著他的毛髮，他把枯木拉出來拖到一叢接骨木下方，用前掌摸著枯木上的刻痕。

現身吧，磐石，我要和祢談談。

想到他可能會回到遠古貓族的時代，松鴉羽的脊背都警覺起來，他身體裡彷彿有種力量要拉他回到過去——去見見他在那兒認識的朋友，想知道他們是怎麼應付山中的旅程——但他必須抗拒這樣的想法，他知道此刻遠古貓族的利爪並幫不了他。

松鴉羽盡全力集中精神，想像磐石在地底洞穴等待的畫面，卻總感覺肚子下有草地，一根小樹枝碰到他的耳朵。

「不必這麼費神，」松鴉羽身後響起一個聲音，「那根木棍不是所有事情的答案。」

松鴉羽的眼睛突然張開，他發現自己看得見。此刻他還是在接骨木叢底下，他一轉頭看見磐石就站在他後面，襯著背後的樹和草幾乎是透明的。磐石爬進樹叢來見松鴉羽，祂光禿禿的身體散發著岩石和隧道中無盡黑暗的味道。

松鴉羽強忍著不發抖，質問祂，「祢一直都知道松鼠飛在騙我們嗎？」

磐石那雙凸眼轉向松鴉羽，「答案在你們族裡，」祂回答，「如果你們找得出來的話。」

「這算什麼答案，」松鴉羽不高興地說，「我現在需要祢的幫忙！」

「你這忙我幫不上。」磐石警告。

「那有關預言的事呢？如果我們和火星沒有血緣關係——」

「未來要自己創造，松鴉羽，」幽靈貓打斷他，「別指望前途像獵物的肉一樣，會掉到你腳前。」

松鴉羽身上的每一根毛都氣得站了起來，如果什麼事都不跟他講，前途要如何創造呢？

「松鴉羽！」鼠毛的聲音從湖邊響起，「松鴉羽！」

松鴉羽的眼前又一片漆黑，磐石的氣味也消失了。

「松鴉羽，你在哪裡？」

他從接骨木叢底下爬出來，暫時用枯葉和碎石子把那根棍子埋起來。他還會再回來，把它仔細藏好。

「你躲在底下做什麼？」鼠毛邊問邊走向他，「我們打算回去了，有什麼藥草要我們幫你拿。」

「嗯……沒有，我還沒找到。」松鴉羽結結巴巴地說。

鼠毛嘆了一口氣，「也許你沒找對地方，我聽說藥草在接骨木叢底下是長不好的。在你的正後方就有一大堆艾菊。」鼠毛補充。

松鴉羽全身發熱，非常難為情。在跟磐石講話之前，他應該花點時間採一些藥草的，因為急著找那隻幽靈貓以至於沒聞到艾菊的味道。

「謝了。」松鴉羽含糊地說。

他和鼠毛一起採草藥的時候，感覺到她不是很高興。採到的藥根本沒有多到要幫忙拿，三隻貓一起走回營地的路上，也沒有聞到其他草藥的味道。

「就這些嗎？」葉池問，松鴉羽帶著艾菊回來的時候，葉池正在巫醫穴的洞口等著，「我要的耆草和山蘿蔔呢？」

「我找不到。」松鴉羽嘴裡咬著藥草，含糊回答。

葉池哼了一聲，「我看是你沒找，松鴉羽，我不是派你出去浪費時間，你要盡好自己的責任！」她低聲吼著，「如果每隻貓都盡責，就不會出問題。」

誰惹她了？松鴉羽納悶，葉池不像是這麼會發脾氣的，松鴉羽這次決定忍住不跟她爭辯，直接走進巫醫窩想把艾菊放好。

葉池與他擦身而過說，「放下！我來放就好。」然後幾乎是用搶的把艾菊從松鴉羽嘴上拿走，怒氣沖沖地拿進洞穴。

松鴉羽離開巫醫窩走到獵物堆旁邊，他之前吃過了，現在就算是新鮮的老鼠肉也提不起他的興趣。他感到滿腔的痛苦，遠甚於飢餓。他已經開始想念獅焰和冬青葉了，他從來沒想過他們三個會分開那麼久。

夢境裡午夜曾經說過，這次巡邏隊出去只是白費力氣，磐石也告訴他答案就在雷族裡，可是松鴉羽不知道如何靠一己之力去找到答案。這算得上是什麼力量，能任意到別隻貓的夢境裡漫遊，醒來的時候卻還是什麼也看不到?他的每一步都籠罩在黑暗裡，光靠這樣，是不可能找出什麼的。

第八章

獅焰望著遼闊的灰色水域，幾乎忘了呼吸。刺骨的寒風吹打著他的毛髮，感覺似乎隨時要把他吹倒，捲到懸崖底下的岩石堆。

「從這邊。」棘爪下達指令。他領著巡邏隊沿著懸崖邊緣走，來到一個狹窄的溝渠，溝渠邊緣是低矮的草地。總算到了可以避風的地方，獅焰鬆了一口氣。

巡邏隊到了溝渠底部，聚集在棘爪的周圍，他接著說，「午夜這隻獾就住在這裡。」

「你怎麼知道要到哪裡找她？」冬青葉好奇地問。

「我們沒有找她，」副族長承認，「我們甚至不曉得會遇到一隻獾。」他抽動著他的尾尖，「我是因為跌到午夜的窩裡，才發現她的。」

榛尾瞪大雙眼，「你有受傷嗎？」

「你不怕午夜嗎？」樺落接著問。

棘爪的一隻耳朵彈了一下，好像在趕蒼蠅

似的，「現在不是講故事的時候，我們得再繼續前進。」

他帶著巡邏隊穿過溝渠，不時還爬上陡坡探出頭去，看看他們離懸崖有多遠了。獅焰和大夥兒則蹲伏在低處，聽著頭頂呼嘯的風聲。

終於棘爪用尾巴示意大家跟他上到高處，「我們就要到了，」他告訴他們，「要跟緊。」

獅焰和大夥兒壓低身體上到低矮粗硬的草地，跟著棘爪走到懸崖邊緣。

當他們一步步逼近那陡峭的懸崖時，獅焰揣想，**他要跳過去嗎？**

就在他們腳下地面的消失處，棘爪躍向一處更深更窄的溝渠，那是通往懸崖一處低地的陡坡。蕨毛和其他的貓兒都跟著他，獅焰殿後。那覆蓋在溝渠底部的尖銳石頭，不是刺到他的掌墊就是讓他腳底打滑，弄得他幾乎快要跌倒。樺落的腳一滑，撞到了榛尾，還好蕨毛及時擋住，他倆才沒有摔到更遠的地方。

「謝了！」樺落喘著氣。

「每一步都要走穩。」蕨毛說道。

這溝渠通向一處岩岸，卵石幾乎被沙子給覆蓋住。獅焰看過湖面的風浪，但他從來沒見過如此的巨浪拍打在岩石上還併發一陣泡沫。榛尾瞪大眼睛盯著看，嚇得幾乎無法再踏出另一步。

「我討厭這樣，」冬青掌含糊地說著，退向峭壁的方向，「我的毛又冷又黏。」她轉頭舔了一下肩膀，「噁！」

獅焰也覺得毛皮黏答答，聞到空氣中那股不熟悉的氣味，他的鼻子皺了起來。**這絕對不是**

貓住的地方，他告訴自己。

隨著棘爪的尾巴波動了一下，他跳上一處岩石露頭，然後立即消失於峭壁邊緣的下方。

「他要去哪裡？」樺落迷惑地問。

獅焰看到副族長琥珀色的眼睛在峭壁底下的陰影處閃閃發光。

「過來吧！」棘爪叫著。

巡邏隊不情願地跟著走到那如鋸齒般的岩石下方，進入一個低矮洞穴。獅焰環顧四周白沙牆，和布滿地面的平坦大石頭。在他們上方有道灰色的光線從一個小岩洞斜射進來。

「這就是你跌進去的地方？」獅焰猜測，記起棘爪說過他怎麼遇到午夜的故事。

棘爪點點頭，「那時候這個洞穴裡都是水，我幾乎快要被淹死了。你母親救了我的命。」

一陣冰冷的劇痛竄過獅焰全身，就和外頭波濤洶湧的水勢一樣。**她並不是我的母親。**這話幾乎脫口而出。如果棘爪也不知情，真相並不適合在這裡告訴他。

冬青葉沒有聽到獅焰和棘爪的對話，她好奇地嗅著洞穴四周，隨著坡度往上走到洞穴後方，地面逐漸變軟，變成沙質表面。有些樹枝被塞在上面。

「那些東西為什麼在這裡？」冬青葉問。

「這是午夜的窩。」棘爪解釋。

獅焰這才發現除了水的味道之外，還有獾的味道潛藏在其中。

「她會來找我們嗎？」榛尾緊張地說。

「我希望她會，」冬青葉回答，「松鴉羽跟我們說過關於她的事，她知道很多事情。」她綠色的眼睛在陰暗處對著獅焰閃爍。**她真的這麼想嗎？**

他揣測，**她以為午夜會告訴我們誰是親生父母嗎？**

「午夜不在這裡，」棘爪的語氣聽起來很失望的樣子，「她的味道也已經不新鮮了，所以沒有必要等她。她已經離開好幾天，我們最好往回走。」

當他們從洞穴出來的時候，水位已經上升到岸邊了。一陣浪打上岩石，掠過卵石；獅焰急忙往後跳，席捲到腳邊的水又嘩啦嘩啦地退去。

「回到溝渠，快！」棘爪下令。

棘爪帶著巡邏隊爬過岩石往回走。當水位上升到腹部時，獅焰設法保持平衡，要讓自己安全地爬上溝渠的陡坡，此時棘爪和榛尾已經脫離險境了。冬青葉也跟在他後面，浪花把她一身黑色的毛皮全都打溼，平貼在她身上。

「我討厭這裡！」她邊咒罵邊想把自己甩乾，「午夜一定是鼠腦袋才會住在這裡。」

一個驚聲尖叫打斷了她的話。在樺落要跳進溝渠的時候，一個巨浪打過來把他捲走。冬青葉伸出一隻腳掌，還沒來得及抓住他，海浪又把他帶到更遠的地方了。獅焰看到他在灰色水域裡拚命掙扎，張開口驚恐地嚎叫，然後沒入水中。

「他要溺水了！」冬青葉尖叫著。

在同一瞬間，一道黑影閃過獅焰頭部；棘爪跳到水中，奮力地游到樺落消失之處。蕨毛剛爬上岩石還沒站穩，也隨著副族長縱身躍入水中。

獅焰也隆起一身肌肉準備跳進水中加入救援行動，冬青葉及時擋住他，「你不行，」她厲聲說道，「這樣只會造成更多的傷亡！」

「一定有什麼是我們可以做的。」獅焰急切地說。

他環顧四周看到不遠處的石縫中有叢蔓生的灌木。

「榛尾，」他叫道，「妳可以到那裡折一支樹枝過來嗎？」

年輕的母貓盯著太陽沉沒的水面，驚恐地望著在海浪裡掙扎的夥伴們。當獅焰跟她講話時她嚇了一跳，然後立刻轉身去拔那根最長的樹枝。

獅焰趕過去幫她，還好那叢灌木已經枯乾，樹枝很快的從樹幹應聲斷裂，他和榛尾能夠輕易地把它拖到溝渠的水邊。獅焰看到樺落又冒出水面的時候鬆了一口氣；棘爪用牙齒咬住這年輕戰士頸部的毛皮，而蕨毛在他的另一邊游著，試著要把他推上岸。

獅焰把樹枝放到溝渠的底部，然後用尾巴指示姊姊，「抓住這一頭，牢牢咬住抓緊。」

冬青葉照著做，把樹枝推到可以伸到水面最遠的地方。獅焰和榛尾也過來蹲伏在她身邊，三隻貓緊抓住樹枝的這一端，要讓它在洶湧的浪濤中穩住。這時有愈來愈多的水湧向他們。

我們沒有辦法維持很久，獅焰悲慘地認為，**我們也會被沖走的。**

他瞇眼望向翻騰的水面，夥伴們在水面沉浮，被潮水往岸邊沖。此刻禿葉季短暫的白晝就要結束，西沉的太陽把海面染成一片鮮紅色，貓兒們的頭就像影子般在一片血海中載浮載沉。

海浪把他們愈推愈近，蕨毛伸出前掌要抓住樹枝的一端，「抓住！」他對著樺落大叫。

這年輕的公貓看上去是嚇呆了，他的眼睛空洞地望著，但是棘爪還是鬆口放下他頸背的毛皮，他死命地抓住樹枝，沿著樹枝把自己拖上溝渠底部的岩石。獅焰放下他這一端的樹枝，過去把樺落癱軟的身體拉向更高處，水從他身上的毛皮淌流而出，他吐出了一大口水。

蕨毛也沿著樹枝回到安全的地方，他站著甩動薑黃色的毛皮，想把一身的水抖掉。「棘爪！」他叫著，「棘爪，你在哪裡？」

當獅焰發現副族長不見的時候，一陣驚恐的寒意湧向他。**他不能就這樣被淹死了，沒有他我們該怎麼辦？**

然後他看到棘爪暗棕色的頭，在離樹枝幾條狐狸尾巴遠的地方浮出水面。他使勁地游，但是已經愈來愈沒力氣了。

冬青葉和榛尾緊抓著樹枝和海浪拔河，冬青葉的尾巴都已經浸到水裡了。

「游回來，不要放棄！」獅焰大聲地喊，心臟猛烈地跳動就像打在岸上的海浪一般。然後他高聲嚎叫，「棘爪！這裡！」

副族長一聽到他的聲音好像又找到新的力量，他奮力地浮出水面，讓另一波的海浪把他帶向樹枝，然後衝上去，拚命用爪子抓住，在下一波的海浪把他帶走前，把自己拖上岸。

「真是狐狸屎！」他咒罵著，爬上溝渠的岩石，腳邊還有漩渦在打轉。「我以為我已經往星族的路上走了。」

大夥兒開始遠離這險惡的水域。棘爪爬到樺落身邊來，看到他還閉著眼睛攤在石頭上，只有起伏的胸膛才感覺出他還活著。

年輕的公貓睜開眼睛，顫抖著嘆了一口氣，「我差一點淹死，」發抖的語氣中帶著恐懼，「還可能再也看不到白翅——或我的孩子！」

「但是你現在沒事了。」棘爪的喉嚨被苦澀的海水弄得沙啞，「我們得再往上移動。」

ϟϟϟ

等到巡邏隊上到峭壁較高處的淺溝，副族長才肯讓大夥兒休息。雖然有浪打上峭壁的聲音，大家總算有了遮風的地方，可以躺下來梳理他們溼透了的毛髮。

「棘爪、蕨毛，謝謝你們，」樺落低聲地說，「你們剛才救了我。」

蕨毛用尾巴尖端碰碰年輕公貓的肩膀，「都過去了，感謝星族，沒有貓死掉。棘爪，你認為我們下一步該怎麼做，我們已經知道午夜不在這裡了。」

棘爪彈一下耳朵，讚許同伴有技巧的轉移話題。「我們要繼續尋找索日，住在兩腳獸那裡的貓可能見過他。」

聽到索日的名字，蕨毛頸部的毛立刻豎起來，「對，他也長得一副寵物貓的樣子。」

他絕對不是寵物貓。獅焰不敢把這話大聲地說出來，深怕萬一被問到怎麼知道這麼多。他和冬青葉交換了充滿疑慮的眼神，他並不確定自己是否想要造訪兩腳獸的居住地，他看得出來他姊姊的感覺跟他一樣。榛尾看起來也很緊張，但是只有樺落說出大家心裡的話。

「我們一定要接近兩腳獸嗎？部族貓是不會這麼做的。」

「我們沒有其他選擇，」棘爪怒吼，「我們不能空手而回！」

如果棘爪知道灰毛設法要毀滅松鼠飛，我懷疑他還會這麼積極地要找出殺死灰毛的凶手？

獅焰想著。

獅焰搖搖頭，想把所有的謊言都清除掉。他得把心思集中在他可以掌控的事情上——盡力地扮演好雷族的最佳戰士。**我知道我還是可以毫髮無傷地奮戰，我只需要一個機會來證明……**

「怎麼了？」冬青葉在他耳邊低語，「你聽到什麼了嗎？」她黑色的毛髮豎立起來。

獅焰這才發現他把利爪刺進地面，一副要發動攻擊的樣子。「哦，沒事，」他回答，強迫自己放鬆，「我只是想起了索日。」

棘爪沒聽到他們的談話，「我們就這麼辦，」他宣布，「這峭壁旁邊並不適合貓居住，也不是打獵的好地方，我們得出發前往兩腳獸窩的外圍，問問看是不是有什麼貓看見過索日。」

「只要待在外圍區域就好。」冬青葉低聲說。

巡邏隊謹慎地跨上溝渠，朝峭壁遠處兩腳獸窩外圍，泛著紅光的地方走去，獅焰非常高興湍急的水聲漸漸在身後消失，儘管風還是冷冽的吹向他。

太陽已經被太陽沉沒之地吞噬，長影斜斜地拖過草地。獅焰的肚子咕嚕咕嚕叫，這才想起從今天一早到現在，他連新鮮獵物的味道都沒聞過。

「我們一到兩腳獸的地方就開始狩獵。」蕨毛聽到獅焰肚子發出的聲音時這麼說。

那裡會有什麼東西好吃呢？獅焰納悶，**我可是不吃寵物貓的食物！**

他們更靠近兩腳獸的窩時，獅焰變得愈焦慮了，他從夥伴們膨起的毛和閃爍的眼神中知道，大家都有相同的感覺。有一個黑色的東西朝他們俯衝過來，發出尖銳的吱吱聲；獅焰撲倒在地上翻滾一圈，齜牙咧嘴爪子全開，正好看清楚原來是一隻蝙蝠，拍著翅膀消失在漸遠漸深的夜色中。

樺落忍住笑意，「你要是抓住牠就好了，」他說，「那我們就有東西吃了。」

「這麼小一隻哪夠六隻貓吃。」獅焰吼著回答。

兩腳獸住處的燈光開始亮起，巢穴上方的天空被怪異的橘色光照亮，獅焰皺起鼻子聞到五味雜陳的怪味，聽到各種不熟悉的聲音，豎起頸毛。

在他旁邊的冬青葉眼睛閃著亮光，尾毛也膨起來變成平時的兩倍大。即使是棘爪和蕨毛，在面對前方隱約出現的兩腳獸窩時，也戒慎小心步步為營。

「我不認為索日和兩腳獸住在一起，」棘爪說，「所以我們比較有可能找到他或是向其他貓問到他下落的地方是——兩腳獸窩的外圍。」

棘爪帶著大家走過一片較柔軟的草地，來到一道由木板圍成的籬笆前。獅焰聞一聞空氣，在一堆辨識不出來的氣味中，他倒是聞出了兩腳獸和狗的氣味。

「每個兩腳獸的窩都連接一片領土，」棘爪解釋，「外圍用木籬笆或是紅磚牆圍住，兩腳獸大概就是這樣標明牠們的邊界。」

「他怎麼知道得那麼清楚？」冬青葉懷疑地說。

「以前在我們住的舊森林裡也有一個兩腳獸的窩，」蕨毛告訴她，「就在我們領土的邊緣，難道妳忘了火星的故事嗎？他就是從兩腳獸那裡出走，在林子裡遇到灰紋。」

冬青葉聳聳肩回答，「說得也是。」

棘爪領著大家沿著籬笆走向一處有橘色燈光流洩出來的缺口，還沒走到就聽見狗的狂吠聲從籬笆另一面傳來；兩隻狗撲向前用身體衝撞不堅固的籬笆，把獅焰嚇得跳了起來，他和冬青葉交換了驚恐的眼神，**萬一籬笆倒了怎麼辦？**

「快跑！」棘爪大叫。

巡邏隊像閃電一樣沿著籬笆跑，到了缺口處突然轉向，獅焰到了籬笆終止的地方，腳上踩的變成又黑又硬的石頭路，這時候獅焰被一道強烈的白光籠罩住，一隻怪獸正衝向他們！

有隻貓發出尖銳的慘叫，頃刻間，獅焰看見夥伴們清楚的輪廓襯著怪獸眼裡發出的亮光，獅焰嚇得跳到轟雷路旁，啪嗒一聲跌進一叢荊棘裡。

獅焰鼓起勇氣再抬頭看時，發現那隻怪獸已經慢下來轉進兩腳獸窩後面的一個缺口。就在他對面，獅焰看見樺落沿著籬笆匍匐前進，蕨毛在圍籬上面走平衡木，弓背抬高尾巴，毛豎了起來。冬青葉和棘爪從樹蔭底下並行走出來。

「樺落？」獅焰輕聲呼喚，「你還好吧？」

這隻年輕的虎斑貓鬆了一口氣，站起來抖了一下頰鬚說，「我以為我就要去見我的戰士祖先了，」他說，「剛剛那玩意兒真是厲害！」

獅焰剛跌進去的荊棘叢就長在兩腳獸籬笆的另一個入口旁，獅焰看到兩腳獸的窩前有一隻怪獸停在那裡，嚇得肚子一緊。後來發現那隻怪獸是睡著的，才慢慢恢復平穩的呼吸。

在籬笆入口的另一端，有個亮晶晶的東西倒了，一堆垃圾跑了出來，獅焰聞到飼料的味道皺起了鼻子。接著在那堆東西裡有東西隆起，榛尾從垃圾堆裡爬出來，抖掉一身上的殘渣。

「我把這東西撞倒了，」她抱怨著，「全身都沾滿了這些噁心的東西。」

獅焰走過去幫她的忙，黏在她身上的碎屑聞起來像是又冰又黏的植物，就像摘下來的藥草浸了雨水之後開始腐爛的味道。獅焰小心翼翼地伸出爪子把那些東西撥掉，冬青葉和棘爪也來幫忙。

「這味道噁心死了，」榛尾舔自己的肩膀，伸出舌頭在自己的嘴唇上面抹來抹去，想把這噁心的氣味弄掉，「我情願吃狐狸大便。」

蕨毛走到轟雷路旁看著來來往往的怪獸，他豎起的毛還沒平復，獅焰留意到棘爪在幫忙榛尾清理身體時，身上的毛也是豎起的。

看到資深戰士的信心動搖，獅焰覺得自己勇敢多了，「以前的舊森林裡不可能有狗，」他小聲對冬青葉說，「連棘爪都嚇了一大跳。」

「不曉得還會有什麼東西嚇到我們。」冬青葉說。

這時候樺落跨過轟雷路，在那兩腳獸亮亮的東西裡倒出來的殘渣堆裡聞來聞去，「喂，看這裡！」他說，「棘爪，這東西我們能吃嗎？」

獅焰不清楚同伴從垃圾堆裡拖出來的是什麼東西，很光滑顏色很淡，聞起來很像新鮮獵物。雖然以前從來沒有見過這樣的東西，上頭還帶著兩腳獸的臭味；獅焰實在是不想吃這樣的東西，可是想起食物他肚子就咕嚕咕嚕叫。

棘爪聞了一下並小心地咬一口，「吃起來像是黑鳥的味道，」棘爪向大家報告，「我想吃了大概不會有什麼大礙，況且我們需要食物。」

「意思就是說，他認為附近不會有太多的獵物可抓。」冬青葉在獅焰耳邊輕聲說。

棘爪把兩腳獸的獵物分成等分，樺落又檢查了一下垃圾堆，不過沒有發現新的獵物。

「還不難吃，」獅焰嘴裡咬了滿滿的一口食物，邊嚼邊對冬青葉說，「如果不管兩腳獸的氣味的話。」

冬青葉蹲在一旁吃她自己那一份，又快又乾淨俐落，「哈！改天再來一隻肥田鼠吧。」

現在沒那麼飢腸轆轆，獅焰感覺比較有力氣了，可是當棘爪帶著他們更深入兩腳獸地盤的時候，他卻覺得好像被困住了，那些紅色石頭巢穴矗立在兩旁，比山谷的岩壁更局促，也比林子裡的樹木還要高。他的肉墊因為走在硬石子上感到非常疼痛。**貓怎麼有辦法在這裡過活？**

這些貓沿著轟雷路前進時，石頭樹上照下來的橘色光線，把貓群的身形投射在身旁的牆上，顯得巨大而搖晃。突然間，冬青葉聞到了什麼東西，伸長尾巴碰了棘爪的肩膀，「前面有動靜。」她低聲說。

棘爪舉起尾巴要巡邏隊停步，獅焰緊張得僵在那裡，他本來期待的是另一隻怪獸的咆哮聲，不過打破寧靜的卻是朝他們逼近的細碎腳步聲。

榛尾靠近獅焰，感覺得出她在發抖，「如果是一隻狗怎麼辦？」她低聲地問。

「那我們就跟牠拚了。」獅焰伸出了爪子。

然後他如釋重負地嘆了一口氣，原來在轉角處出現的是一隻身形嬌小的黑白貓。他突然打住腳步，害怕地注視著巡邏隊，弓背、豎起全身的毛。

幾乎就在同時間，他開始倒退，驚懼的眼神直盯著森林的群貓瞧，在他轉身逃跑前，棘爪向前走了一步。

「我們不會傷害你，」棘爪說著，舉起一隻前掌讓他看爪子是收起來的，「我們只是想和你談談。」

「他也是這樣說！」這隻矮小的貓看來被嚇得魂不附體，「結果看看發生了什麼事？」

棘爪還沒來得及問是什麼意思，這隻黑白貓就突然轉身，跑回他剛剛出現的那個轉角。

棘爪趕忙向前追趕，整支巡邏隊也卯足力跟在後面，但是才轉了個彎，卻發現轟雷路上空空蕩蕩，昏黃的路燈底下連個影子也沒有。

「真是老鼠屎！」棘爪咬牙切齒地說。

「他剛剛的話到底是什麼意思？」蕨毛一臉困惑地問。

獅焰和冬青葉互使眼色，他知道她心中所想的跟他心裡一閃而過的念頭一樣：是索日！

「不曉得他剛剛說的他是誰，」棘爪大聲說出心裡的疑問，抖動雙耳檢視著安靜的轟雷路，「難道是索日，你們說呢？」

「我以一個月的黎明巡邏作賭注，他指的就是索日！」樺落很興奮地說。

「可是我們跟索日長得一點都不像啊，」棘爪接著說，好像若有所思，「但我們跟索日一樣都是陌生客。」

「到底出了什麼事呢？」榛尾顫抖著，「從那隻貓的反應來看，一定不是什麼好事。」

誰也沒有回答。獅焰的胃中一陣翻攪。他的夥伴們看起來都神經緊繃，他們的雙眼因恐懼而張大，彷彿在飄落的樹葉下就會找到索日。

棘爪最終打破沉默。「現在要搜尋已經太晚了，先歇一會兒，明早再澈底地找一找。」

他領著大家轉過那個彎，沿著轟雷路折返，經過裡面有兩條狗想要攻擊他們的那個籬笆。

現在一片安靜，雖然狗的氣味還很濃；獅焰伸出了爪子，打算朝那些邪惡的怪物身上狠狠扒下去，但籬笆的另一邊卻無聲無息，最後終於走回了那一片有樹的柔軟草地，他們之前就是經過這裡走來兩腳獸窩。

獅焰和冬青葉就躺在其中的一棵樹下，把樹根當成了暫時的窩，其他的貓也都就近找到地方休息。

「我累到腳都快斷了。」冬青葉說著，打了一個很大的呵欠。

「我也是。」獅焰原先以為他的憂慮和對此處的不熟悉會讓他睡不著，但是當他把痠痛的身體蜷曲在落葉堆時，卻感覺疲累像是厚的毛皮沉沉地壓在他身上。他漸漸的墜入夢鄉，彷彿還聽到遠方從太陽沉沒之地傳來的洶湧水聲。

第九章

一陣寒風吹皺松鴉羽的毛，把他弄醒。

「這裡還需要多一點床墊。」他自顧自地發著牢騷，從他光禿禿的床鋪爬下來。「睡在這裡就像睡在風族領土的山脊上一樣冷颼颼的！」

松鴉羽抬起頭嗅著清晨的氣息，空氣中傳來一陣強烈的藥草味；他再低下頭快速地梳理毛皮時，發現葉池就在儲藏室前面，她正用葉子在打包艾菊，旁邊還放著剛調好的杜松子和雛菊葉混合劑，是用來紓解鼠毛的關節疼痛。

「要我幫妳把藥拿過去嗎？」松鴉羽自告奮勇的從他導師後面走向前。

葉池嚇了一跳，「不要這樣一聲不響地走過來！你把我嚇得魂都快飛了。」她仔細地把藥草撥成一堆，「不用了，我自己來就行了。我要你到育兒室去看看那裡的每一隻貓，檢查他們的床墊有沒有跳蚤，我昨天看到小薔在抓來抓去。」

松鴉羽聽完掉頭離去，一股厭惡之情油然而生。「我到底是巫醫還是見習生？」他的抱怨聲葉池都聽見了，但是她並沒有做任何回應。

他穿過荊棘走進育兒室，打了聲招呼後就開始檢查跳蚤。

「哦，謝謝你，松鴉羽，」蜜妮說，「我知道我身上一定有一兩隻，如果能把牠們除掉的話就太好了。」

「妳的床墊要換，」松鴉羽一邊說，一邊在小薔的脖子上找到一隻跳蚤，一爪把牠刺死，「我會叫狐掌和冰掌來處理。」**除非葉池連這也要我做**，他生氣的自言自語。

「好了，你沒事了，」他告訴小薔。「小花，我要——」

他突然驚叫一聲，有爪子刺進了他的尾巴。他用力甩開，一轉身聞到了小蟾蜍的味道。

「我把你的尾巴當成是老鼠，」這隻小公貓很驕傲地說，「我抓到了！」

松鴉羽齜牙咧嘴地說，「把爪子收回去！」

「你不需要對他那樣，」黛西說，「他只是在玩。」

松鴉羽把想要嚴厲指責的話吞了回去，然後去幫小花和小蜂檢查跳蚤。小蟾蜍又從黛西身邊溜走，跳到他身邊，興趣盎然地看著松鴉羽撥開小花的毛在檢查。

「你會吃跳蚤嗎？」他問，「味道噁心嗎？」

「你為什麼不自己試試看？」松鴉羽建議。

「你當跳蚤，我來吃你！」小花尖叫著，從松鴉羽那裡抽身而出，跳到小蟾蜍身上。兩隻小貓開始摔角，跌撞在松鴉羽身上。

「停下來！」他怒吼著，「小花，妳到底要不要我幫妳處理身上的跳蚤？」

這隻小玳瑁貓立刻停止嬉鬧，再度安靜地站在松鴉羽面前。小蟾蜍匍伏過來靠近他們，松鴉羽感覺到這隻小貓的氣息就在他的耳邊。

「你喜歡當巫醫嗎？」小蟾蜍問，「如果巫醫的工作只是抓跳蚤，我可不想。」

星族，給我多點耐心！「巫醫的工作並不只這樣，」松鴉羽咬牙回答，「我們必須認識各種藥草，還要——」

「你覺得我可以成為一個好的巫醫嗎？」小蟾蜍繼續說，「我很會找藥草，我可以聞出各種味道，我可以當巫醫嗎？可以嗎？」

「如果你不閉嘴的話，能夠當個戰士就很幸運了。」松鴉羽咕噥著。

「黛西！」小蟾蜍哭著跑出去，穿過蓋住育兒室的蕨葉，「黛西，松鴉羽對我很凶！」

「老實說，松鴉羽！」黛西不高興的聲音從另一邊傳來，「我覺得你今天早上有些不對頭，你應該先回去，等你情緒好一點再過來。」

松鴉羽不理會她，然後繼續默默地、鬱悶地尋找跳蚤。他希望冬青葉和獅焰趕快回來。他們是一夥的——尤其是現在，他們不知道自己在哪兒出生，父母是誰，還有松鼠飛為什麼對他們說謊。

松鴉羽終於離開育兒室，他稍微休息片刻深深嘆了一口氣，讓禿葉季微弱的陽光灑在毛皮上。有腳步聲靠近，他聞到族長的味道，轉過身來。

「早安，松鴉羽，」火星的語氣十分關切，「你還好吧？有什麼問題嗎？」

「我很好。」松鴉羽笨拙地低下頭。他不想告訴族長，他的問題是來自族裡的夥伴。畢竟，到目前為止，火星並沒有對他說過謊。

他很遺憾，自己竟然和族長一點血緣關係都沒有。他對這有一身火焰毛色的公貓的敬意和那預言無關，純粹是因為火星的領導風格，他為了他們甚至不惜染上綠咳症，犧牲一條命。

「很好，」火星低聲說，松鴉羽感覺到族長並不完全相信他，「你知道，如果有什麼事困擾你，隨時都可以來找我。」

「喔……好。」松鴉羽覺得更不舒服了。**火星，我要告訴你的事你不會想知道的！**

火星走向獵物堆時，松鴉羽鬆了一口氣，剩下他獨自一個在山谷邊緣審視這片空地。他知道鼠毛和長尾正在長老窩外互舔毛皮，聽到那瘦削的棕色長老抱怨著，「從前在老樹林的時候，禿葉季也沒這麼冷。」

狐掌和冰掌在見習生窩外練習新的格鬥招式，松鴉羽這才想起要叫他們去育兒室換床墊。雲尾和亮心正走向荊棘隧道，「我想我們應該去兩腳獸的窩附近看看有沒有獵物。」雲尾建議。

「笨毛球！」亮心的聲音充滿情感，「大家感染綠咳症的時候，早就把獵物給嚇跑了。」

「已經有好一段時間了，牠們可能搬回來了……」他們甜蜜的拌嘴聲隨著他們離營而漸去漸遠。

這時雖然有一點溫暖的陽光，松鴉羽仍然感到寒意刺骨。他從來沒有感覺到這麼孤單過。磐石曾經告訴過他，答案就在他的族貓裡，**但是如果他沒有族貓呢？**

「我一定要這樣嗎？」當松鴉羽從樹林裡出現，走到那片見習生訓練用的青苔空地時，他抗議著，「這根本就是浪費時間，我們還得找草藥耶。」

「藥草不會跑掉，」葉池刻薄地回話，「你應該和我一樣清楚，每隻貓都需要接受基本的戰鬥訓練，即使是巫醫也一樣。」

松鴉羽把想要抱怨的話又吞回去。他討厭學打架，因為他知道自己對這個一點也不在行。但是如果因為這樣和葉池爭論，一點意義也沒有，她最近的心情好像一直都很不好。

「好，」葉池開始帶路走到空地中央。「我們從簡單的防禦動作開始。我來攻擊，你閃到一邊，然後在我靠近你時，給我一擊。」

「好，」松鴉羽咕噥著，「我們愈早開始就愈……唉呦！」

他都還沒說完葉池就撲向他，朝耳朵狠狠給他一記。

「我還沒準備好！」松鴉羽大叫。

「你覺得影族戰士要打你之前會先警告嗎？松鴉羽，你隨時都要保持警戒狀態。」

話一說完，葉池又撲向他，但這次松鴉羽早有防備，他往旁邊一閃，然後朝他導師所在的地方揮出一掌，可是幾乎連邊都沒碰到。

「有進步，」葉池鼓勵他，「但還是不夠好，再試一次。」

松鴉羽試著揮出一、兩拳，可是前掌沉甸甸的不聽使喚，感覺也不像之前敏銳。即使葉池的力道已經放輕，爪子也沒打開，松鴉羽就已經感到全身像快散了一樣，疲累不堪。最後，他往旁邊一閃身體失去平衡，在一塊凹凸不平的地面上跌個四腳朝天，連碰都沒碰到葉池。

「我在這裡，松鴉羽，」葉池的聲音從空地另一端傳來，「老實說，你比一隻小兔子還不會打架，我覺得你連試都沒試一下。」

「我試了！」松鴉羽回嗆。

「我知道你的問題是什麼，」葉池冷冷地說，「你指望獅焰和冬青葉保護你，所以你就可以連如何保護自己都不用學。」

「不是這樣的！」

「我覺得就是這樣，可是獅焰和冬青葉不會永遠在你身邊，就像現在，所以你要能夠照顧自己。」

松鴉羽沒有回答，**她不懂，**松鴉羽叛逆地想，一邊站起身來甩掉身上的青苔。**她跟松鼠飛的感情和他們三姊弟的不一樣，如果她們姊妹倆夠親，葉池應該就會知道松鼠飛騙她，說他們三姊弟是她生的。如果她發現松鼠飛的真面目，不曉得會有什麼反應？**

在充滿潮溼氣味的暮光中，松鴉羽一拐一拐地走回巫醫窩。他四肢痠痛，頭部擦撞到樹的地方也隱隱作痛。他已經累到沒力氣去找草藥給自己療傷，「葉池這下子總該開心了，」松鴉羽抱怨著爬上床，「我明天可能會全身僵硬得什麼事也做不了。」

他閉上雙眼——不一會兒當他再睜開眼睛的時候，發現自己身處在一個深邃蒼鬱的森林當中，星光在葉面上舞動著。此刻他身體的痠痛已經消失，一股溫暖又帶著濃厚氣息的微風吹在他身上，那個他醒著的時候的禿葉季森林只是一個遙遠的記憶。

一條窄小的路在他前面蜿蜒，穿過像拱門般的蕨叢。他豎起耳朵看看四周有沒有認識的貓，聽到兩旁夾道的草叢底下窸窸窣窣的聲音，又看到毛茸茸的身影躥動著，好像四周全都是貓，但就是沒有任何一隻跑出來和他打招呼。

「是誰在那裡，」松鴉羽喊著，「黃牙？藍星？聽得到我的聲音嗎？」沒有回應。松鴉羽愈走愈沮喪，他就這樣沿著小徑一直走，走到了長滿柔軟草地的一片空地。草地中央有一處水池倒映著星星，但還是沒有看到其他貓的蹤影。

「祢們在哪裡？」松鴉羽哭喊著走到空曠處，「祢們為什麼不和我說話？」

這時候空地另一頭的蕨叢沙沙地抖動著，斑葉出現了。松鴉羽看到斑葉非常警戒地打量著他，尾巴舉得高過了背，他如釋重負的感覺頓時消失。

「斑葉……？」松鴉羽猶豫地喊著。

「你在找尋的答案，我們沒法告訴你，」這隻玳瑁色的母貓突然打斷他，「回到你的族裡去，答案在那裡。」

「可是，祢一定得再多說一點，」松鴉羽哀求，「星族一直都知道松鼠飛和棘爪不是我們的親生父母嗎？」

斑葉的綠眼睛裡燃起了憤怒，「你什麼時候才會懂星族不是什麼事都知道？」她甩著尾巴咆哮，「有時候我們也有不懂的事情，有時候我們和你一樣，就只是貓！」

斑葉不給松鴉羽回答的機會，轉身就消失在蕨叢裡面。

松鴉羽跳向前追趕，卻感覺到腳下踩的地消失了。他猛然一晃，在自己的洞穴裡醒來，睜開雙眼又是漆黑一片。他張大嘴巴像一隻被母貓拋棄的小貓一樣哭泣。

他們全都離開我了：冬青葉和獅焰，族貓們，現在連星族也一樣，我現在是完全孤獨了。甚至曾經一度給了他許多應許，讓他深信不疑的預言，到頭來也只是建立在謊言之上。

我乾脆在夢裡也一樣看不見好了，現在我到底該怎麼辦？

第十章

冬青葉在樹根底下那臨時的窩裡煩躁地動來動去。在她身邊，獅焰邊睡邊抽動著耳朵和尾巴，好像正在做什麼噩夢。在這麼靠近兩腳獸地盤的地方，冬青葉不懂獅焰怎麼有辦法睡得著，即使已經半夜了，這裡還有怪獸的怒吼聲、兩腳獸的尖叫聲以及狗兒狂吠聲。

我從來沒有到過這麼吵雜的地方，她試著在落葉堆裡找個舒服的位置。**寵物貓在這裡怎麼受得了？**

直到天快亮她才打了個盹，而獅焰起床時又把她吵醒。冬青葉打了好大的呵欠，然後跟著他起來。

原本在兩腳獸地盤上方帶著橘光的天空，隨著天剛破曉而逐漸變白。兩腳獸窩的屋頂襯著天光顯現出黑色的輪廓。冷風吹拂著，草地上的葉片邊緣都覆著一層霜。棘爪和貓兒們站在草地上，遠望著草地另一邊，兩腳獸地盤上的黑色輪廓。

「我們必須再回到兩腳獸窩，」棘爪說，「去找昨晚我們遇到的那隻貓，要他解釋一下他說的話是什麼意思。」

榛尾緊張地抽動著頰鬚，「他們很顯然不喜歡有陌生的貓在這裡。」

樺落用鼻子碰碰她的耳朵，「我們數量比那些緊張兮兮的寵物貓還多！」

冬青葉和弟弟交換一下眼神，「我想我們正緊追在索日的後頭，」獅焰低聲地說，「我用獵物堆裡最肥的田鼠跟妳打賭，索日就是讓那隻黑白貓這麼怕我們的原因。」

冬青葉點點頭。受到好奇心的驅使，她信心十足地跟著棘爪越過草原，穿過兩腳獸窩與巢穴之間的空隙。她看得出來夥伴們的感覺跟她一樣，個個睜大發亮的眼睛，尾巴舉得高高地向前邁進。**我們是戰士！**她提醒自己，**我們什麼都不用怕**。

巡邏隊深入兩腳獸地盤時，陣陣的微風轉變為刺骨的寒風，橫掃過堅硬的紅石地面。這時光線昏暗無法看清方向，也沒有足夠的陽光可以融化轟雷路旁水窪上的薄冰。

「我好渴哦！」冬青葉發牢騷說，「我的舌頭感覺像是老鼠皮一樣。」

棘爪停下來嗅著空中的氣味時，冬青葉就蹲伏在一灘水窪邊，用舌頭碰著冰，對這種刺刺麻麻的新鮮感心存感激。

「來吧，」副族長說，「從這裡走。」

冬青葉正要跳起來時，卻因為被卡住而驚聲大叫。她的舌頭被黏在冰上，她愈是要掙脫，舌頭就愈是痛得不得了。

「怎麼了？」獅焰問。

「我的舌頭……」冬青葉幾乎說不出話來，「卡……卡霧了！」

獅焰噴著鼻息，壓抑住笑聲。樺落蹲低到幾乎快和冬青葉鼻子碰鼻子，冬青葉看到他閃爍著逗趣的眼神，頓時感到滿腹怒氣。

「不好笑！」雖然舌頭卡在冰上，她還是試著要把話講清楚。

「你們都退後，」棘爪冷靜的聲音從冬青葉背後傳來，「讓我看看。」他湊到樺落身邊，把這隻年輕的貓輕推開，「嗯，妳的確被卡住了，」他接著說。冬青葉看得出來，他也努力不讓自己笑出來，「我想我們可以把冰給弄破，然後妳就可以帶著冰走，直到溶化為止。」

「嘿，妳發現了一個幫長老取水的新方法！」榛尾說。

冬青葉沮喪得渾身不對勁，她又試著要把舌頭縮回來，只是一動又痛得不得了。「好痛！拜託想想辦法！」

她想像自己蹲伏在地上、舌頭伸出來的樣子，突然間自己也很想笑，**我猜我的樣子一定很滑稽**。已經很久沒有遇過這麼好笑的事了。

「冬青葉，」棘爪琥珀色的眼睛閃閃發亮，他輕聲在她耳邊說，「用力吐氣，妳溫暖的氣息會把冰融化的。」

他說完也蹲在她身邊，往她被黏住地方猛吹氣。一股暖流流過冬青葉，被照顧的感覺真好。但是當棘爪停下來補上這句話的時候，溫暖的感覺剎時結成冰，「妳知道嗎，妳就像妳母親。她也老是被東西卡住。」

她不是我母親！

冬青葉猛然呼了一口氣，然後把舌頭往後一拉，喘著氣，終於鬆脫了。冰凍的水漥在棘爪吹過的地方已經融化成水了。但是她並不想感謝他，「好了，」她說著，一邊站起身，「我沒事了，我們——」

她背後突然傳來一陣低吼，大夥兒回頭一看，在幾條狐狸尾巴遠的地方，有一排狗站在轟雷路的另一邊，擋住他們的去路。一共有五隻，體型各不相同，從棕白相間的粗毛小型犬到黑褐色的大型猛犬都有，個個眼露凶光地瞪著他們。

冬青葉聽到榛尾喃喃地說，「噢，不好了……」

「撤退，」棘爪的聲音很輕但是很鎮定，「不要回頭，快跑。」

冬青葉被嚇得動彈不得，腳黏在地上比剛才舌頭黏在冰上還緊。她腦袋裡想的盡是被猛犬的利牙撕裂身體，鮮血直流的畫面……

獅焰狠狠地推了她一下，讓她差點跌倒，「跑啊！」

突然間冬青葉發現她又能動了，她本能地想要沒命似的狂奔，但又強迫自己穩住腳步，隨著群狗前進的速度，與牠們拉開穩定的距離。那隻棕黑色的大型犬咧嘴露出黃牙、流著口水，喉嚨裡持續地發出嗥叫。

沒多遠了，冬青葉告訴自己，**只要我們離開兩腳獸地盤，我們就可以爬樹了。**

然後隨著身後傳來的另一聲咆哮，冬青葉身上的寒毛都倒豎起來。轉頭一看，又出現另外兩隻狗，攔截他們的逃生之路。牠們看起來跟第一批狗一樣凶猛，伸出舌頭，張開大嘴。

「我們變成獵物了。」樺落喃喃自語。

就在同一瞬間，第一批狗往前衝。

「快跑！」棘爪大聲吆喝。

他拔腿就跑，朝兩腳獸窩和一排高大的木頭圍籬之間的窄巷狂奔。冬青葉和其他夥伴緊追在後，狗吠聲就緊跟在後面。

冬青葉這輩子從來沒這麼害怕過，就算上次被灰毛困在崖頂的大火也沒這麼驚恐。她一想到那森森的黃色利牙有可能隨時劃破她的身體，她的腳就像著火般在堅硬的石頭上奔馳，胸口緊縮，呼吸急促。

獅焰在她身邊，膨脹起全身的毛髮，身體看起來有平常的兩倍大。冬青葉知道他想轉身和群狗對抗。**不行！牠們會把你撕成碎片！**

「不要拋下我！」她喘著氣說。

然而這時候有更多的狗出現在他們前面，堵住了小巷子。棘爪轉向另一個缺口，往一條有樹籬夾道的小徑跑去，其他的貓緊跟在後，可是狗兒們窮追不捨。

冬青葉知道敵貓的腳步穩健，沒有使盡全力，因為牠們在等貓兒們力氣用盡，然後再輕鬆地一舉成擒。冬青葉想起了上一次到深山的旅程中，鴉羽就是這麼教風掌獵兔子的，而現在我們成了獵物！

突然棘爪停住腳，從樹籬底部的一個洞鑽了進去，他的後腿又踢又蹬地把身體擠過那個洞，「動作快！」棘爪喘吁吁地說，「這個洞牠們過不來！」

蕨毛把榛尾推進去，接著是樺落，「冬青葉——快！」蕨毛大喊。

冬青葉不想拋下弟弟，但是沒空說什麼了，她也鑽進了那多刺的樹叢，然後跟著的是蕨毛，再來是獅焰。因為獅焰動作太快了，許多身上金色的毛被卡在樹叢的刺上面。

「這些吃飼料的卑鄙傢伙。」他到了樹叢另一端大聲叫罵著。

冬青葉用力喘氣環顧四周，她正站在一片綠油油的平坦草地上，有矮樹叢環繞著。一端是兩腳獸的窩，所有的門窗都緊閉著，沒有兩腳獸的蹤影。

「也許現在我們可以——」棘爪才開口說話。

可是他講一半就停了下來，冬青葉嚇得瞪大了眼睛，因為她看到在接近兩腳獸窩的地方沒有樹籬圍住，那段缺口是用矮木頭籬笆圍起來，那些狗輕易地跳過籬笆，穿過草地朝巡邏隊奔馳而來。牠們眼裡充滿了飢餓與輕蔑，怒吼變成歡呼。

牠們覺得好玩極了！冬青葉轉頭逃跑的時候這麼想。

突然兩腳獸窩的門一開，一隻兩腳獸衝出來，拿著一跟長棍子對狗兒們揮舞著大喊大叫，另一隻兩腳獸也跟著出來大聲吆喝，手裡提著一個亮亮的東西，朝狗身上一甩，水像瀑布一樣從裡面傾瀉而下，狗兒們只是抖抖身體把水甩掉。

這片兩腳獸領土的另一端也是用木頭籬笆圍起來，棘爪朝那裡一直衝，揮動尾巴要大家跟上。大夥兒上氣不接下氣地想爬上滑溜溜的木籬笆，榛尾不小心往下滑，蕨毛從下面頂住她，棘爪則是從上面咬住她的頸背提上去，冬青葉等自己爬上了安全的地方，才發現自己把腳磨破了，在木籬笆上留下血漬。

就在這一瞬間，狗兒們也來到木籬笆的下方，哼哼哈哈舞動四肢，想上來抓貓。棘爪從上面瞪這些狗，弓起背，恐懼又憤怒地膨起全身毛髮，破口大罵，「給我滾，你們這些長蝨子的！」

突然，一隻黑褐色的大狗離開狗群，跑過草地朝兩腳獸窩旁邊的矮籬笆衝過去。其他的狗也一一跟過去，又跳回到巷子裡。

「牠們要繞過來抓我們！」樺落驚叫。

「我們不能待在這裡，」棘爪的聲音很緊張，「跟我來。」

他跳下來的時候，第一隻狗正好轉了彎，跑進了巷子。棘爪朝巷子另一端狂奔，尾巴高舉，肚子的毛碰到了地，冬青葉和其他貓尾隨在後。

這樣下去撐不了多久！冬青葉心想。

棘爪轉進另一個缺口，卻突然停住，巡邏隊的其他隊員煞車不及，全都撞成了一團，緊挨著棘爪的背。冬青葉朝前一望，恐懼登時流竄全身。這是一條死巷，正前方是一堵紅磚蓋的高牆，跟蓋兩腳獸窩的石材一樣，高度也幾乎一樣，**我們永遠也爬不過去！**

棘爪往上一蹬又跌了下來，揮舞的爪子離牆頂還好一大截，冬青葉知道榛尾是永遠也爬不過去的，而且兩旁的樹籬太厚了，根本不可能穿越。

「你們走吧，」榛尾勇敢地說，儘管害怕得發抖，「不必擔心我。」

蕨毛用尾巴碰一下榛尾的肩膀，「我們沒法再往下走了，」蕨毛小聲說，「我們都太累了，已經無處可去。」

「到那裡去怎麼樣？」冬青葉看到角落的地方排列著一堆高高亮亮的東西，很像光滑的石頭，聞起來有兩腳獸垃圾的味道。她用尾巴向大夥兒示意說，「我們可以躲起來。」

蕨毛迅速地看了一下有沒有其他地方可以躲，但是找不到，他很快地點頭說，「走！」棘爪領著榛尾到藏身處，之後把樺落也推進了那一堆亮亮石頭後面的窄小空間。冬青葉和獅焰尾隨其後，蕨毛和棘爪則在外圍蹲下來，耳朵和頰鬚抖動著，等待狗兒們出現。

冬青葉緊靠榛尾，她感覺得到榛尾顫抖著努力壓抑住害怕的喵聲。

「我知道我見不到我的小貓咪了，」樺落低聲說，「我只希望白翅沒事就好。」

雜沓的腳步聲和狗吠聲宣告狗兒們已經進到巷子裡了，儘管瀰漫著兩腳獸的垃圾味，冬青葉還是聞得到臭氣沖天的狗味，**這意味著狗也同樣可以聞得到我們**。

接著她感覺到獅焰從她身旁擠過去，走到蕨毛和棘爪蹲踞的外圍，冬青葉嚇得像是被潑了冰水，她知道獅焰要去和狗打架。

「不，你不行！」她從齒縫發出聲警告。

「我可以，」獅焰堅持，轉頭用像是著火的琥珀色眼睛瞪著冬青葉，「我不會受傷，妳知道我不會。」

他硬擠到銀色亮石堆的外圍，擠過蕨毛和棘爪，副族長問他到底要幹什麼的時候，他也不理會。

「獅焰，不要！」冬青葉尖聲地說，「停下來！」

第十一章

獅焰聽到了姊姊的尖叫聲，但不予理會。他知道自己有辦法對付這些狗。他血脈賁張，心想所有學過的格鬥技立即能派上用場。

獅焰眼中的狗群像以慢動作的方式前進，他有足夠的時間看著牠們脣邊晃動的口水，重踩在地上的腳掌，並且逐一審視每隻狗。

我要先對付那隻黑褐色的狗。如果幸運的話，牠倒下時，也會絆倒那隻灰色和那隻白色的。然後我再去對付黑色腳掌、叫個不停的討厭鬼……

他隱約聽到夥伴們在後面叫著，但他仍然不做回應。**這是我的戰爭，只有我才能救大家。**

獅焰縱身一躍，瞥見那隻帶頭狗兒黃色眼睛裡的驚訝神情。「你沒想到貓也會轉身攻擊吧！」他譏諷地說，「現在就是讓你學到教訓的時候！」

他的話還沒說完就被一聲巨響蓋過，他回

頭一看，一個銀色的巨石翻倒，一塊銀色的圓盤滾了過來，滾向那群狗，牠們紛紛走避，暫時停止攻擊行動。

獅焰驚訝地發現，一隻深棕色的母虎斑貓從倒塌的巨石後面探出頭，她比那些嚇壞了的部族貓站在更靠近圍籬的地方。「快！」她說，「幫我把這一個也推倒。」

她用後腿撐起身體，前掌抵住另一塊閃亮巨石。棘爪也跳到她旁邊，一起用力推，這塊巨石也像上一塊一樣應聲倒地，上頭蓋著的圓盤滾了出去，兩腳獸的垃圾從裡面傾瀉而出。群狗挫折地叫著，亂扒著那些巨石設法閃避，然後埋頭在垃圾堆裡尋找食物。

「快點！」那隻陌生的母貓叫著，「這抵擋不了多久的。」

她鑽過圍籬底下的一個狹窄小洞，這洞原來是被那些巨石給遮掩住，巡邏隊緊跟著她鑽過去，再越過一大片淺灰色石頭地。一陣狗叫聲又再度響起，獅焰回頭看，一隻棕白相間的小狗和一隻瘦小的灰狗也穿過狹窄小洞追過來。

「牠們來了！」他喘著氣。

「往這邊！」母貓簡潔地說，帶著大家走向一條兩側有高聳圍籬的小徑，然後在一個有鋸齒邊緣的小洞旁停下來，「從這邊鑽過去。」

樺落先擠過去，接著是榛尾和冬青葉、獅焰。獅焰大叫一聲，頭重腳輕地翻倒在刺刺的草地上。他感到天旋地轉地站起來時，棘爪已經站在他身邊，那隻陌生的母貓也從小洞爬過來。

「蕨毛呢？」他焦慮地問。

一聲尖叫回答他，薑黃色公貓使勁地把自己拖出圍籬，將尾巴拉出來時還一陣拳打腳踢。

「真是狐狸屎！」他攤在草地上喘氣，「我被那滿身是跳蚤的畜牲咬到了。」

棘爪趕忙聞了一下蕨毛的尾巴；獅焰看到他尾巴上的毛被拔掉了一些，但並沒有流血。

「你沒事的，」副族長說，「我們現在在哪裡？」

母貓回答的聲音被一陣狗吠聲掩蓋，群狗正衝撞著圍籬，把圍籬撞得吱嘎作響。

兩腳獸的窩內，開始有光線從牆上的黑洞照射出來。獅焰聽到兩腳獸生氣地大叫，但狗兒還是繼續狂吠，衝撞圍籬。他驚訝地發現一隻棕白相間的小狗把頭鑽進小洞，小洞邊上的木頭也開始裂成碎片。

深色的母虎斑貓急忙向前衝，使出利爪在那狗兒的鼻子上揮舞。那隻狗痛得哇哇叫，連忙把頭縮回去。

「這回你可學乖了點吧，」她得意地說著，然後對著貓群說，「快，跟我來！」

他們跟著她跑到一處兩腳獸窩的入口，棘爪緊急剎住了腳。

「我們不能進去！」他抗拒地說，「這是兩腳獸的窩。」

「好！」那隻虎斑貓回嗆，「那就待在外面被吃掉吧！」巢穴入口有一片扁平木板擋住，她就從入口旁邊的小縫擠進去，然後消失不見。

棘爪和其他巡邏隊隊員交換了疑惑的眼神，聳聳肩，然後舉起尾巴示意大夥兒也跟著進去。獅焰往後看，那隻小狗還在努力地擠進小洞，牠的肩膀和一隻腳掌已經鑽過來了。

獅焰又再度感到全身毛髮直豎，熱血沸騰，和剛才準備應戰時一樣。他幾乎就快要撕裂敵方的毛皮、嘗到鮮血的滋味、聽到驚叫哀號的聲音。

此時，他聽到一聲巨響和兩腳獸大叫的聲音，這聲音感覺比之前更近。群狗凶猛的叫聲突然轉變成驚恐的嗚咽；那隻小狗掙扎著從圍籬的那個洞倒退回去，然後消失得無影無蹤。

隨著嘈雜聲逐漸消逝，獅焰的毛才慢慢平復下來。沒有機會和群狗較量身手，他不禁陷入一陣失落，這時蕨毛推了他一下，把他嚇一跳。

「走吧，」蕨毛的耳朵向巢穴入口的方向動了一下，「你還在等什麼？」

其他的貓都已經進去了，獅焰也擠進了那個縫，蕨毛緊跟在後。獅焰發現他們進到了一個小小的、有著筆直牆面的窩；他的夥伴們都緊靠在一起、站在中間，緊張地環顧四周。他嗅著空氣：這裡有股強烈的貓味，而兩腳獸的味道卻非常的淡，而且已經是很久以前留下的。

「這很不尋常，」他才開口要問，「為什麼……？」

那隻棕色的虎斑貓根本沒注意到他，「從這邊走，」她口齒伶俐地說，「既然你們都來了，不妨就和大家見見面吧。」

她帶著大家穿過一道拱門，進入一個更大的窩，光線就從牆面上的一道長型缺口照進來。獅焰猶豫的向前走，愈向前走那股貓的味道就愈濃；幾乎就像在森林裡執行完巡邏任務後，返回營地的感覺一樣。冬青葉緊靠在他身邊，棘爪和蕨毛走在貓群的最外圍。獅焰知道如果必要的話，他們倆已經作好保衛貓群，隨時應戰的打算。**我也是，如果必須衝出重圍，殺出一條生路的話，我已經準備好了。**

棘爪示意巡邏隊就待在這個窩的中央。牆壁缺口的下方有一塊薄薄的懸岩，上頭坐著一隻肩膀寬大的灰色公貓；而一隻帶著斑點的棕色母貓則蜷伏在一個兩腳獸的東西上頭，那東西像是柔軟的巨石一般，有著明亮的顏色。有四隻小貓就吸附在那母貓的肚子上。在這個窩的另一邊，有隻貓躲在兩腳獸的一種木頭東西底下，若不是他探出頭，幾乎不知道他的存在。

當獅焰發現在另一塊柔軟的巨石上坐著一隻黑白相間的公貓時，他不禁喘了一口氣。那就是他們昨晚碰到的那隻倉皇逃走的貓。

「我叫晶果，」母虎斑貓宣布，在獅焰還沒來得及開口前她又說，「這是胡撒，」她把尾巴指向那坐在懸岩上的灰色公貓，「這位帶著孩子的母貓是斑點。」

「嗨！你們好。」胡撒說著，一邊慵懶地擺動他的尾巴。斑點只是抽動了一下耳朵，她看起來很有戒心，好像很怕外來客會傷害她的孩子。

「這是帕德，」母虎斑貓繼續說著，躲在木製品底下的貓對他們眨眨眼，「出來吧！帕德，他們不會傷害你的。還有我想你們已經見過費里茲了。」

她說完話後，就跳到黑毛公貓旁邊的柔軟巨石，他睜大眼睛凝視部族貓，一句話也沒說。棘爪走向前，「你以為我們是誰？」他問費里茲。公貓沒有回答，棘爪轉向晶果，「昨天晚上我碰到他的時候，他好像把我們和另一隻貓聯想在一起，一隻和你們說過話，最後卻帶來麻煩的貓。你知道是誰嗎？」

「我們再也不相信任何外來客了，」晶果的語氣非常嚴肅，「自從索日來過以後。」

獅焰內心感到一凜，**我們猜得沒錯！索日到過這裡！**

「索日？」蕨毛的頸毛一陣波動，「那麼你們認識他？」

晶果點點頭，「去年禿葉季時他來到這裡，但是誰都不知道他是從哪裡來。他在兩腳獸地盤的邊緣住了一陣子，然後等到天氣變得更冷時，他就搬進這個廢棄的兩腳獸窩，而且也邀請了一些沒有主人的貓一起加入。」

「我是第一批，」帕德從木製品底下現身，原來他是一隻骨瘦如柴的棕色公貓，頰鬚因上了年紀而呈現灰白色，「斑點和費里茲是和我一起加入的。」

「接著是我和胡撒，」晶果繼續說，「我聽他說貓兒們可以聚在一起組織屬於自己的家，我覺得這個主意聽起來不錯。」

「索日把自己當成你們的領袖嗎？」獅焰問。這隻獨行貓曾經想要接管影族，或許那並不是他第一次意圖掌控貓群。

「對了，他是不是要你們相信什麼特別的事情？」冬青葉也補充地問。

晶果看起來很困惑的樣子，「也不盡然，他只是讓我們過想要的生活方式，因為這是我們應得的。生活是美好的，他說……」

「生活並不美好！」帕德唾棄地說，他坐下來舉起後腿抓抓耳後，「索日叫我們做什麼就做什麼，像幫他帶食物回來、找羽毛回來給他鋪床。而且他還嚇唬年幼的小貓咪，說什麼如果沒有他的話，他們就會死掉。」

「沒有那麼糟啦！」晶果抗議，「你只想到後來發生的事。」

「為什麼我不能這麼想？」帕德停止搔癢，瞪著她說，「那個鼠腦袋差點讓我們全都送命！」

費里茲用力地猛點頭，頰鬚緊張地抽動著，但還是不說話。

獅焰望了冬青葉一眼，他看起來跟她一樣驚訝，她的眼睛激動的閃爍著，爪子也緊緊地扣住兩腳獸的地面。**索日住在森林裡的時候，從來沒有想要貓兒送命，**獅焰想著，**難道冬青葉也開始懷疑是他殺死灰毛的？**

斑點的四個孩子吸引了他的注意力，他們一隻接著一隻地離開他們的母親，從那柔軟的巨石上爬下來。斑點坐起來，緊張地望著那隻最大的公貓，他有一身和他母親一樣的棕色斑點毛皮，蹦蹦跳跳地跑向棘爪。

「我叫蹦跳，」他大聲地說，「你叫什麼名字，你要來和我們住在一起嗎？」

棘爪搖搖頭，「我們只是路過，我叫棘爪，」他接著向大家介紹所有巡邏隊隊員，「謝謝妳幫助我們，」他說完之後對晶果鞠躬，「如果沒有妳，我們早就被那些狗撕成碎片了。」

「我們會幫助任何被狗追而身陷危險的貓，」晶果回應，「只要你們喜歡的話，也歡迎你們留下來。」

「謝謝妳。」棘爪又鞠躬一次，「現在你們可以告訴我們，索日到底做了什麼嗎？」

晶果在柔軟的巨石上趴了下來，腳掌收在她的胸口底下。胡撒從懸岩上輕巧地跳下來，走過去坐在帕德的旁邊。獅焰這才發現帕德的身上有一道長長的疤痕，疤痕附近的毛都還沒長回去。環顧四周，他發現其他貓也都有傷痕：費里茲的一隻耳朵有撕裂傷，帕德的口鼻處有傷疤，晶果的尾尖不見了。

「這些貓經歷過激烈的打鬥。」他對冬青葉低聲地說。

他在兩腳獸堅硬的地板上坐了下來，真希望此刻是坐在森林中的草地，或是戰士窩裡的柔軟青苔上。冬青葉坐在他旁邊，還不安地伸縮著腳爪，而夥伴們都聚攏了過來。

「索日剛開始並沒有惹什麼麻煩，」晶果開始說，「他獨來獨往，並沒有進入寵物貓的領域。」

「是他先找到這個廢棄的兩腳獸窩，」胡撒插嘴說，「他開始邀請其他的貓和他一起住——剛開始是找沒有主人的貓。」

「他說他要讓我們大家都可以平平安安的，」斑點說著，一邊向柔軟巨石的邊緣爬過去。帕德嗤之以鼻，「他比較像是要我們幫他做事吧，懶惰蟲，他在這裡過得可真舒服啊！」

「這樣說不公平！」斑點抗議，「比起在外頭流浪、睡在灌木叢底下，我們待在這裡安全多了。」

「所以接下來發生什麼事了？」棘爪在帕德繼續發表議論之前催促著問道。

「結果這裡有愈來愈多的貓加入，」晶果又接著說，「我那時候和主人住在一起，但是索日所做的事聽起來不錯，我喜歡，所以我就想來試看看。」

「她加入不久之後，我也跟著加入，」胡撒說，「我喜歡自由，在這裡用不著得到主人的允許，就可以來去自由。」

「而且自己抓獵物吃也比吃兩腳獸給的乾飼料還好。」晶果說。

「但是為什麼兩腳獸會讓你們待在這呢？」蕨毛好奇地問，「難道牠們不要巢穴？」

「顯然是不要了。」胡撒聳聳肩回答。

「兩腳獸的小孩回來過幾次，」晶果解釋，「不過牠們並沒有趕我們走，而且再沒有回來過了。」

「索日教過我們，如果兩腳獸回來的話我們該怎麼做，」斑點解釋，「在兩腳獸窩的上方，有尖尖的屋頂，索日告訴我們要躲在那裡。」

「牠們回來過一兩次，」費里茲第一次開口說話，「我們就躲起來了。」

「而且兩腳獸真的找不到我們。」斑點很自豪地說著。

即使再怎麼不信任索日，獅焰發現索日在這裡的所作所為不盡然全都不好。貓兒們有了避難所，而且彼此相互扶持。他不理解為什麼寵物貓會想來，不過對於必須在曠野熬過好幾個月禿葉季的獨行貓來說，這裡的確好多了。這裡就像是部族在兩腳獸地盤的翻版。

「所以到底發生什麼事了？」他說。

「你猜不出來嗎？」晶果尖銳地說著，「狗群發現了我們。牠們沒辦法進到裡面來，因為大部分都太大了，無法從入口的窄縫擠進來。」

「不過有一隻小的擠進來一次過，」胡撒伸出他的爪子，喉嚨發出一陣低吼，「牠不敢再試第二次了。」

「但是牠們就守著等我們出去，」費里茲一陣顫抖，繼續說下去，「然後就追我們。」

「可惡的畜牲！」帕德的尾尖抽動了一下。

「我們如果去打獵，牠們就來把獵物偷走，」晶果繼續說，「牠們還殺死花兒，」她充滿著悲傷與內疚，眼中泛著淚光，「她是一隻漂亮又年輕的貓，她本來和她的主人住在我隔壁，是我說服她來這裡的。」晶果難過地低下頭，費里茲推了一下她的肩膀表示安慰。

在一陣靜默後，蕨毛開口問，「索日對這件事有什麼反應？」

「索日告訴我們，必須讓狗兒們知道，我們也有權利住在這裡，」胡撒繼續把故事說下去，「所以他擬定了個計畫。他發現一處廢棄的巢穴旁有一片石頭地，怪獸就睡在那邊。他說如果我們可以把狗引到那，那麼在我們和牠們對戰時，牠們就無法脫身了。」

費里茲顫抖著發出一聲驚叫，把爪子箝進了腳下的柔軟巨石，晶果靠過去安慰他。

「結果計畫失敗了？」棘爪猜測，而獅焰早就知道一定是這樣的下場。

「你認為呢？」帕德怒聲說道。

「索日教我們要怎樣打架，」晶果繼續說，「我們花了好多的時間在作訓練——」

「也就是說根本沒空去打獵，」帕德插嘴，「我的肚子餓得以為我的喉嚨已經罷工了。」

晶果不理會帕德插嘴繼續說，「接著索日說我們已經作好準備了，他讓一隻叫做胡椒的公貓去狩獵，把狗引到那個小巢穴，我們全都埋伏等待，準備狗出現後出其不意地大打一架，索日也在我們當中，可是就在——」

「妳幹麼提起那個狐狸屎？」這個聲音之前沒聽過，獅焰轉頭一看原來是一隻黑色公貓站在門口，他全身的毛豎起，看起來比實際大上一倍，尾巴搖來搖去。

獅焰全身肌肉緊繃；他知道像這樣子的貓隨時會發動攻擊，不過獅焰一下子就明白，這隻黑色公貓的憤怒不是衝著他來的，也不是針對其他雷族貓。

「沒關係，傑特，」晶果回答，「這些貓在問——」

「有關係，」傑特很生氣地說，「永遠都有關係，我不願再想到那隻貓。」他的毛還是豎起的，繞了幾圈之後就離開。

「抱歉，讓他這麼激動……」榛尾說著，一邊看著這隻黑貓離去的背影。

「不是你們的錯，」晶果要榛尾放心，「胡椒是他兄弟，所以他現在受不了索日的名字再被提起。」

「胡椒死了？」冬青葉問。

胡撒點頭，眼中泛著淚水，「我們進入巢穴之前，原本是躲在另一個巢穴的屋頂上伺機而動，我們看見胡椒從石頭地上狂奔而過，狗兒們緊追在後，我從沒見過如此驚天動地的場面！接著就聽到一聲尖叫——」

獅焰的腳掌顫抖著，聽見外頭傳來一聲嚎叫，像是配合胡撒講的故事情節般，接著是狗的狂吠聲，愈來愈急、愈來愈近。所有雷族貓都嚇得貼近地面蹲伏著，爪子緊扣著硬邦邦的地板。帕德嚇得躲到兩腳獸的東西底下，斑點則是急得猛搖尾巴，「孩子們，快來這裡！」四隻小貓咪急忙爬回兩腳獸的柔軟巨石上面，斑點趕緊用腳和尾巴把孩子們裹得緊緊的。

只有晶果和胡撒仍然保持鎮靜，晶果繼續說，「那些狗進不來。」

獅焰被外面的抓門聲嚇一大跳，胡撒緊張得立刻站起來，很快地發現原來是一隻薑白色的母貓探頭進來，這才鬆了一口氣。她嘴裡還叼著一隻老鼠晃來晃去的，後面跟著一隻灰色的公貓，躲在她身後偷看。

「原來是妳啊，瑪莉，」胡撒弓背伸展身體，然後坐下，「還有你，小啾，都進來見見新朋友。」

瑪莉一步跨進巢穴，綠眼珠像是跳躍的火焰上下左右打量著雷族貓，接著她搖搖頭，用叼著獵物的嘴含糊地說了些什麼，又退出去；獅焰只聽到她的腳步聲漸去漸遠。

小啾倒是留了下來，他走進來坐下，但是只敢待在門邊，而且不時的回頭張望。

「跟狗打過架之後，我們全都變得緊張兮兮的。」胡撒說。

「但是你能怪我們嗎？」帕德再度出現，舔一舔胸口的毛故作從容，假裝他剛剛並沒有立刻跑去躲起來。

「告訴我們發生什麼事，」獅焰催促著，「在那聲尖叫聲之後，出了什麼事……」

「我們衝進巢穴裡面，」晶果繼續說，把爪子刺進柔軟巨石裡，「胡椒已經死了，狗兒們把他的屍體丟過來拋過去。我們發動攻擊，但是狗太多、太大、也太凶，每隻貓都受傷，弗斯提被撕成碎片，傑斯特則身受重傷，我們把他帶回來沒多久就死了。」

獅焰頓時覺得噁心，因為索日犯了一個極大的錯誤，那場戰役可能讓所有的貓都送命，而且很明顯的是狗兒們根本不怕，還繼續在這裡橫行霸道。

「你怎麼不問我索日是不是有加入戰局？」帕德齜牙咧嘴地說。

棘爪豎起耳朵，「有嗎？」

「他連一根指頭都沒動，更別說幫我們，」這隻老公貓咆哮著，「事情發生的時候他根本不在現場，等我們大家在舔傷口的時候，他才不知道從哪裡晃進來。」

「接著怎麼了？」蕨毛追問。

晶果抖動耳朵，「如果他願意承認戰略失敗，或許會有不同的局面，但是他堅稱是我們自己決定要開戰，所以吃了敗仗也與他無關，說完就坐著整理毛髮，還叫傑特去拿東西給他吃。」

「要不是我把傑特拉住，他早就把索日撕得粉碎了。」胡撒補充說明。

樺落抖動頰鬚說，「撕得粉碎倒好！」

晶果露出訝異的表情，不過沒有追問的意思，「後來我們請索日離開，」她說，「若有必要，我們會用趕的。但是他只說我們要他走是個錯誤，並沒再發生任何事，就逕自離開了。」晶果嘆口氣，「也許索日是對的，我已經分不清了。」

「不，晶果才是對的，」樺落在獅焰耳邊小聲說，「他們沒有索日會過得比較好，我們也是！」

晶果站起來，打呵欠伸懶腰，然後又坐下，「我們該說的都說了，現在輪到你們說。」

棘爪和蕨毛互看一眼，蕨毛先開口，「索日到我們住的森林，」蕨毛開始講故事，「一定就是從你們這裡離開之後，他跑去跟影族住——影族就是住在我們附近的貓群——索日要影族不要再相信戰士守則以及戰士祖靈。」

寵物貓茫然的互望，顯然沒聽過什麼星族和戰士守則。

「你很難抗拒他的說服力。」晶果低聲說。

獅焰迅速地看了冬青葉一眼，他們比其他貓都更了解索日的說服力。也許索日是對的，獅焰不由得這麼想，儘管他對那些狗兒的凶殘手段也感到毛骨悚然。**也許那些貓不應該因為打了敗仗就把一切都怪到索日的頭上，**獅焰伸長爪子想像實際和狗遭遇時，短兵相接的模樣，**或許**

是訓練不夠嚴格才會吃敗仗。

「所以你們找索日是因為他對……對影族的作為？」晶果問道。

「不，是因為有另一隻戰士──」樺落興沖沖地講了起來，可是獅焰一想到要討論灰毛的死，肚子不禁翻攪起來。

棘爪舉起尾巴要樺落別多話，「我們要找索日問清楚最近發生的一件事，」棘爪沉穩地說明來意，「你們在哪兒見過他嗎？」

「沒有，也不想再見到他。」帕德大聲地說。

胡撒出聲表示贊同，但是獅焰注意到斑點若有所思的樣子，好像很懷念索日。

「我沒見到索日，」小啾本來一直安靜地站在門邊，這時候突然開口，嚇了獅焰一跳，「不過我聽說他回來了。」

胡撒的爪子用力抓著硬邦邦的地板，「他哪來的膽！」

「不是回來這裡，」小啾解釋，「是回到兩腳獸地盤的另一邊，有隻叫波弟的貓就一直住那裡。」

「我們認識波弟！」獅焰興奮地說，想起了以前到山上去的時候，波弟這隻老獨行貓幫他們帶過路。

「謝了，你的消息非常有用，」棘爪說，「我們去那裡找他。」

「現在已經太晚了，」晶果輕輕的從柔軟巨石上跳了下來，走到了胡撒身邊，「你們今晚就留在這裡過夜吧。」

棘爪點點頭，「謝謝。」

「也留下來吃晚飯吧，」晶果繼續說，「來吧，胡撒，幫我把獵物搬過來。」

這兩隻貓離開一會兒，搬了許多獵物回來，斑點從她的位子上跳下來吃東西，她的小貓咪們緊跟在後，她挑了一隻老鼠，和孩子們一起快樂地吃了起來。

「像這樣子和樂融融，肯定不是索日教他們的，」獅焰趴下來吃黑鳥時跟冬青葉這麼說，「記得他是怎麼對影族說的嗎？他說每隻貓都要自食其力，如果彼此依賴就是懦弱。」

冬青葉點頭，「這些貓很明顯的也有一個獵物堆，好讓沒法打獵的貓也有東西吃，他們幾乎像是一個部族。」

「沒有索日他們反而過得更好。」獅焰嘴裡這麼說，心裡卻明白有些貓絕不會同意他的看法。他感受過索日的魅力，他展現出來的領袖風格，還有他總是知道做什麼才是對的那副模樣。晶果和其他貓兒一定也有這種感覺，所以在索日走後有點懷念他。獅焰若有所思地吃著眼前的黑鳥，肥嫩又多汁，但也帶著轟雷路的氣味，如果不是餓壞了，他應該會覺得難以下嚥。

大家都吃飽了，斑點的小貓咪開始追逐一片落葉玩耍，他們興奮地尖叫著、彼此追逐。蹦跳，就是四隻裡面體型最大、膽子也最大的那一隻貓，把葉子打到獅焰面前。

獅焰也把葉子打回去，原來緊繃的神經稍稍放鬆，就像是在老家的山谷裡和小貓咪玩耍的情形。斑點的孩子們長得又大又壯，幾乎可以當見習生了。

過不了多久他們就該學學怎麼打鬥和狩獵了，獅焰心想，**這些技巧這裡的貓教得來嗎？**

冬青葉也加入了嬉戲的行列，追打著落葉直到四隻小貓都累癱，倒在母親身邊喘息。

「他們都是很棒的小貓，」獅焰在斑點面前趴下休息，「長大後一定是非常強壯的貓。」

「希望如此，」斑點喃喃地說，低下頭幫蹦跳整理凌亂的毛髮，然後抬起頭，「不管你們對索日的看法如何，都是錯的。」

獅焰肚子一緊，看了姊姊一眼，冬青葉訝異得睜大著綠眼睛，**這隻貓到底知道多少事情？**

獅焰驚訝得說不出話，不一會兒，斑點又不疾不徐地說，「索日從來不用承擔責任，每次一出事都是其他貓做的——雖然授意的可能是他，也可能不是他，無論如何你就是抓不到他的把柄。」

她的聲音裡充滿渴望，儘管知道索日在此造成很大的傷害，很明顯她還是希望索日回來。

「索日是這些小貓咪的父親嗎？」冬青葉這麼問著，同時伸出尾巴去碰棕色母貓的身體。

斑點搖搖頭，「這些狗開始危害我們的時候，他們的父親就已經離開，」她猶豫了一下，接著充滿憤恨地說，「我倒希望索日是孩子的父親。我知道其他的貓認為索日背叛了我們，可是決定要去和狗打架的是我們，索日並沒有強迫我們做任何事。」

的確沒有，索日只是把事情弄得好像我們別無選擇，獅焰沒辦法把這番話大聲說給斑點聽，很顯然的這隻母貓還深愛著這隻獨行貓。

獅焰和冬青葉互望一眼，他們都沒提起灰毛，但是獅焰知道這灰戰士的死是姊姊的心頭重擔，跟他一樣。

斑點繼續低頭梳理著蹦跳，「要是索日真的回來，」她邊舔邊說，「我會很高興的。」

第十二章

松鴉羽在光禿禿的地上不舒服地挪動，沒有舒適的床鋪要怎麼入睡？白天的時候葉池一直讓他忙東忙西的，沒有時間可以去找新鮮的青苔。「窩裡通風一下比較好。」葉池還這麼說。**哼！**松鴉羽又扭動了一下身體，感覺到清晨的冷風拂過他的身體。

聽見有貓穿過荊棘垂簾的聲音，松鴉羽完全清醒過來。他認出了是葉池，還有她嘴裡帶回的青苔味道。**終於有青苔！不過她為什麼不叫我去幫忙呢？**松鴉羽氣得腳癢癢的，葉池似乎決定連這種基本的工作也不要他幫忙。**難道他覺得我連搬青苔這種事也做不來？**

但是抗議並無意義。松鴉羽從床位爬了起來，去幫葉池把青苔放在靠近有水滴進來的地方，也就是讓病患睡覺的地方。

「妳要我再去多拿一些嗎？」他問。

他的導師只是哼了一聲，這種回答意味著各種可能性。松鴉羽想問她，到底是誰招惹她，但他知道問了也是白問，她什麼都不會說的。**光是問個問題也可能被她賞個耳刮子**，他自言自語著。**唯一能夠找到答案的——有關我的過去，和葉池反常情緒的原因——就只能靠自己。**

就在他把青苔整齊擺放好之後，松鴉羽的心思又回到他從前的記憶。他的手足不在身邊，感覺就像利爪般刺痛著他。**如果我們能夠分享彼此的記憶，或許可以找出更多的答案。**

他回想起在一次寒冷的長途旅程中，他踩著深及腹部的積雪，跟著母親的氣味，不，是松鼠飛的氣味！他停頓了一下整理手邊的青苔，再試著回到那被白雪覆蓋的森林。他努力地分辨出每一隻貓的氣味：他自己、獅焰、冬青葉、松鼠飛……還有另一隻貓！另一隻成熟長大的貓，有著溫暖龐大的身軀。他從沒有這麼仔細地回想過，不過確實有另一隻貓在場，就在松鼠飛的前面，在風雪中強行挺進……

那是誰？松鴉羽很想知道，**有兩隻貓帶我們回山谷嗎？**

他必須去問另一隻貓，另一隻在松鼠飛帶回孩子們時也在雷族營地的貓。但那隻貓必須對松鴉羽提出的問題不會疑神疑鬼的，或者到處跟其他的貓說三道四。

嗯，是有一隻貓不會到處說閒話……

「我再去找些青苔。」他說著，很快地把最後一把青苔放好後。

他不讓葉池有反對的機會，就匆匆地穿過荊棘垂簾走向空地。但他並沒有走向荊棘隧道，而是衝進榛木叢底下的長老窩。

「鼠毛！」他叫道，棲身在蔓生拖曳的忍冬花下。

那骨瘦峋嶙的棕毛長老蜷伏在榛木的樹幹底下，「是你的尾巴著火了，還是有狐狸入侵營地，」她厲聲說道，忍住呵欠，「否則你最好有更好的理由得要這樣把我吵醒。」

「對不起。」松鴉羽咕噥著。**真是老鼠屎！這真是好的開始……**

「別擔心，」長尾平心靜氣地說著。這瞎眼的長老就坐在鼠毛身邊，松鴉羽聽到他用舌頭梳洗自己的聲音，「鼠毛已經睡了好久了，是該起來的時候了。」

鼠毛發出懊惱的嘶叫聲，「好了，你想幹麼？」

「我來幫妳檢查有沒有跳蚤，」松鴉羽解釋著，然後又很快地說，「有一個見習生出去巡邏後把跳蚤帶回來。」但願這兩位長老不會向其他的貓提起這個謊言。

「我並不想要搔癢的感覺，」鼠毛說，「不過你還是可以幫我檢查。」她把腳收到自己的身體底下，舒舒服服地躺好。「小心一隻也別漏掉，」就在松鴉羽翻著她厚重凌亂的毛皮時，她接著說，「你當葉池的見習生也有好長的一段時間了吧。」

松鴉羽本來想反駁，但是又把話吞了回去，因為他發現這個開場白可以引導到他想要的話題，「是啊，」他說，「我是在去年禿葉季出生的，對吧？」

「那是一個最冷的禿葉季，」長尾說，「我還記得積雪有多麼的厚，松鼠飛帶著三個孩子回來的時候，整族都大吃一驚！她說她的孩子比預期早產了，這就是她沒能趕回育兒室待產的原因，不過這也不用說，怎麼會有貓后會選在這麼酷寒的禿葉季生產呢？」

「感謝星族有葉池跟她在一起，」鼠毛接著說，這時松鴉羽正檢查到她頭部的毛髮，她抽動著耳朵，「否則她就麻煩大了。」

葉池！松鴉羽翻動鼠毛毛髮的爪子突然停下來，所以那隻他辨認不出來的貓就是葉池。葉池從來沒說過在他出生時，自己也在松鼠飛的身邊……

他在地上撿起一小段樹枝，在鼠毛背後用牙齒咬出喀擦一聲，「這隻跳蚤妳不用再擔心了，」他故作輕鬆的語氣，一副不在乎這個答案的樣子，接著又問，「松鼠飛帶我們回家的時候，你還記得有什麼其他的事嗎？」

「記得不多，」長老回答，「又冷又下雪，我們大部分的時間都在睡覺。不過我還記得大家都很訝異，松鼠飛竟然在離營的時候不曉得自己就要生孩子了。不過話又說回來，她總是忘東忘西的，從小就這樣。」

「妳那時候有注意到什麼……奇怪的事嗎？」松鴉羽問著，又咬了一下樹枝，他希望鼠毛不要誤以為自己全身都長滿跳蚤。

「奇怪的事？」鼠毛哼了一聲，「最近雷族裡發生的事我都感到很奇怪。」

「我記得，」長尾加入談話，「大概是那時候，葉池餵妳吃一種味道很奇怪的藥草。」

松鴉羽豎起了耳朵，「是什麼奇怪的藥草？」

「唉呦，我怎麼會知道？」鼠毛回答，「葉池像往常一樣給我吃艾菊，她大概指望我每到落葉季，光吃那玩意兒就可以過活，那種奇怪的藥草就混在裡頭。」

松鴉羽感到腳掌一陣顫抖，他知道這藥草事關緊要，「難道葉池沒告訴妳那是什麼嗎？」

鼠毛伸展了一下身體，抖動皮毛，「沒有，我也從來沒問，每次我抱怨難吃，她就來把剩下的都拿走，還說反正本來就不是要給我吃的。」

「那藥草長什麼樣子？」松鴉羽接著追問，一邊走過去檢查長尾的身體。

「味道奇特，但不討厭，」鼠毛回答，「葉池要是敢餵我吃噁心的東西，我就撕了她的耳朵！儘管是乾燥的，還帶點沙——但味道涼涼的，像是毛上結的霜，像新鮮的草。」

「真是奇怪，」松鴉羽又咬了一下嘴裡的小樹枝，「葉池應該不會把藥草混在一起的。」鼠毛又哼了一聲，「她到處跑來跑去，幫松鼠飛照顧你們這些小貓，看她大驚小怪的樣子，誰看了都要以為松鼠飛是全世界第一隻要生產的貓后！」

「真的啊……」松鴉羽低聲說。

松鴉羽很快幫長尾檢查身上的毛——結果還真的找到了一隻跳蚤，他用牙齒把跳蚤咬死之後，就跟長老們道別，到森林裡去找青苔。他在收集青苔的同時，心裡一直在想那神祕藥草到底是什麼。他覺得很奇怪，葉池為什麼不告訴鼠毛那是什麼，還有原本是要採來給誰吃。更奇怪的是，一向小心翼翼的葉池，竟然會犯這樣的錯。

我一定要找出到底是什麼藥草，松鴉羽盤算著，同時把青苔帶回營地。

當松鴉羽回到巫醫窩時，他發現葉池已經收集更多鋪床用的青苔，「你是到河族那裡去找青苔了嗎？」葉池嚴厲地責問，「或是你又跑到森林裡去閒晃？」

「我……沒有，」松鴉羽把嘴裡的青苔放下開始鋪自己的床，「我先去長老們那裡轉了一下，」葉池沒有回應，松鴉羽接著又補充說，「鼠毛跟我講了一個奇怪的故事，她說有一次妳在給她吃的艾菊裡頭，參雜了一種奇怪的藥草。」

葉池的心裡一陣驚恐，但表面上卻輕描淡寫地說，「我不記得，是什麼時候的事？」

「呃，是很久以前，」松鴉羽內心有一個聲音要他不能明講，他不想讓他的導師知道他一直在打探自己的身世，「那妳記得是什麼時候嗎？」

葉池不耐煩地嘶叫了一聲，「我怎麼會記得？看在星族祖先的份上，你覺得我沒有更重要的事要煩心嗎？」

「我只是──」

「你要是無聊到要不斷追問去年落葉季的事，我可以很快分派一些事讓你做。我們的青苔還不夠多，你趕快再去多找一些。」

「好。」松鴉羽很高興又可以出門，**可是我根本沒提到是去年落葉季啊**，他邊想邊走過空地，他也感應到葉池的恐懼了，**她說謊，她明明知道是哪種藥草，而且也知道這很重要，我一定離真相愈來愈近了──而且，是葉池不想讓我知道的事。**

第十三章

冬青葉醒過來，驚訝地發現自己身處於兩腳獸窩的四壁之內，而不是在雷族營地的戰士窩。然後她才想起他們是出來尋找索日，而晶果是怎麼把他們從惡犬的口中救出來，帶他們到這兩腳獸廢棄的巢穴。

冬青葉坐起來的時候，獅焰打了個呵欠、伸個懶腰，「我不喜歡這個地方，」他咕噥著，「我們該走了。」

冬青葉也喃喃地應聲附和，身為貓戰士是不應該這麼靠近兩腳獸的東西，就算這裡沒有兩腳獸也是一樣。

早晨的光線從牆上的缺口照射進來，冬青葉環顧四周，看到樺落和榛尾還在睡覺。蕨毛就棲息在缺口下方的懸岩上，也就是前天晚上胡撒坐的位置。而棘爪卻不見蹤影，但不一會兒他就從那缺口跳進來，坐在蕨毛旁邊。

「一切都很平靜，」他說，「附近並沒有狗兒的味道。」

冬青葉抽動著頰鬚，就算在這兒她就已經聞到狗的氣味。

「我們該走了，」蕨毛說，「你看到晶果了嗎？」

棘爪搖搖頭。斑點和她的孩子們擠成一團毛球蜷伏在柔軟巨石上頭，費里茲和帕德也在另一塊巨石上睡覺，其他兩腳獸地盤的貓並不見蹤影。

「她一定是在這裡的某個地方，」棘爪從懸岩上跳下來，「我想我們可以信任她。」他走過去把樺落和榛尾叫醒。就在這兩個年輕戰士醒來時，晶果就從巢穴入口走了進來。

「很好，你們都準備好了，」她一邊很快地點頭打招呼，一邊說，「我們走吧。」

她帶著大夥兒穿過牆上缺口，進入兩腳獸的領土，這早晨有些潮溼陰冷。「這次的路程不太一樣，」她警告著這些部族貓，「在我們到達目的地之前，我們不會讓腳碰到地面。」

冬青葉吃驚地瞄了夥伴們一眼，看到他們也是相同的驚訝表情。如果腳不能碰到地面的話，那要怎麼前往他們的目的地呢？難不成晶果是要他們用飛的？

「自從和狗打過仗之後，在地面上行走就非常不安全，」晶果解釋，「狗兒們隨時伺機而動，等著把我們當成獵物追殺。」

冬青葉不寒而慄，靠向獅焰，「我們昨天遇上的不就是這麼一回事嗎！」

她的弟弟點點頭；他琥珀色的眼睛閃閃發亮、收縮著利爪，好像想著要抓住機會痛宰那些攻擊他們的狗。冬青葉心想，**最好別再碰上牠們了。**

「所以我們發現了一種特別的方式，可以在我們的領土上自由的走動。」晶果說完後，輕巧地跳上兩腳獸的圍籬。「準備好了嗎？」她轉頭對著部族貓叫著。

棘爪很快地跳上去，接著巡邏隊其他隊員也跟著跳上去。晶果出發了，她輕而易舉的在狹窄的圍籬上保持平衡，然後轉了個彎，經過好幾間兩腳獸窩，圍籬的另一側是一小條轟雷路。

忽然，一間兩腳獸窩的門打開，衝出一隻小白狗，冬青葉嚇呆了；那小狗高頻率的叫聲響徹雲霄。

「沒關係，」晶果安撫著部族貓，「那叫家犬，就像其他的狗一樣，是愚蠢的討厭傢伙，但並不像野狗那麼危險。」

冬青葉也只能接受她的話，但是當她看到那隻狗沿著圍籬底下跳來跳去，又挖著灌木底下的泥土時，她很高興她沒有在那隻狗抓得到的範圍裡。她腳下的爪子更緊緊地扣住那狹窄木條，集中精神緊盯著獅焰的尾尖。當他們來到一排有著平坦屋頂的小巢穴時，已經走到了圍籬盡頭，「這些是怪獸的巢穴。」晶果告訴他們，接著跳到最靠近他們的屋頂上。

「怪獸也有巢穴？」榛尾不禁驚呼。

「當然。」晶果的尾巴指向一處，有個兩腳獸正站在轟雷路的邊緣，「你們看。」部族貓也隨著她跳上屋頂，他們看著兩腳獸打開巢穴其中的一扇門，然後消失於其中。過一會兒，他們就聽到了怪獸隆隆的怒吼聲。那怪獸從巢穴裡衝出來，直奔轟雷路，肚子裡還裝著那個兩腳獸。

「我的天啊，這就是牠們睡覺的地方！」樺落頸部的毛都豎了起來。

「對啊，但是牠們是不會爬上這裡來的，」晶果說著，「我們繼續走吧。」

巡邏隊很輕鬆地穿越那平坦的屋頂，來到另一道圍籬和更多的兩腳獸窩。這時候突然刮起一陣強風，冬青葉緊緊地抓住腳下薄薄的木條，深怕一不小心被吹落。所以這就是晶果所說——不讓腳碰到地面——的意思。不用飛的，而是待在高處，讓野狗搆不著。她試著想像在森林中不讓腳碰到地面，在樹與樹之間跳躍著躲避追殺的情景。

貓實在不應該過著這樣的生活。

在下一個轉角的地方，圍籬被紅色的石頭圍牆取代，這圍牆的頂部較寬，比較容易走。這裡的轟雷路也比較寬，路旁有會發光的石頭樹，還有一些怪獸在路上來回奔走。這石牆每經過一段就會出現一小段較矮的木頭圍籬，晶果就會滑下去，在上頭快速通過，然後再跳上另一邊的石牆，部族貓也跟著這樣走。冬青葉想起前一天狗群能輕易地跳過矮籬，就嚇得全身的毛髮直豎。還好現在並沒有狗兒出現，大夥兒都平安地走到木頭圍籬的另一邊。

再向前走一段距離，晶果停了下來；冬青葉遠眺前方，看到有一段木頭圍籬被打開，在這道石牆和下一道石牆中間出現了一個大缺口。而且似乎不約而同的，一陣狗叫聲從他們背後響起，一陣風也帶來牠們的氣味。

「我們必須跳過去，」晶果說，「退後一點，給我一些起跑的空間。」

部族貓往後挪，晶果就沿牆起跑，然後在終端使勁一跳，乾淨俐落的在另一邊落地。部族貓面面相覷，冬青葉看得出榛尾和樺落都非常緊張。

「下一個換我。」冬青葉決定自己先過，這樣會比看著同伴們先過還好些。她沒時間去想那敞開的大缺口和逼近的狗群，就往前衝刺躍入空中。

她的腳掌碰到紅色石牆的時候，晶果向前穩住她。

「做得好，」這隻棕色的虎斑貓說，「往前走，讓出空間給其他的夥伴。」

冬青葉從她身邊擠過去，回頭時剛好看到蕨毛輕而易舉地一躍而過。接著是樺落，這隻年輕的戰士前腳已經落地，但後腳還盪在半空中。她恐懼得睜大雙眼，狗吠聲愈來愈大，有兩隻狗轉個彎就要到了。蕨毛迅雷不及掩耳的向前咬住樺落的肩頸，把他拽上來，他的尾巴差一點就被帶頭的那隻狗給咬到。

樺落顫抖著，「蕨毛，謝謝你，我以為我就要變成狗食了。」

榛尾在缺口的那一邊發抖，看著狗群撐起後腿抓著牆面不斷的狂吠著。「我沒有辦法，棘爪，」她低語，「我辦不到，我知道我會掉下去的。」

「不，妳不會，」副族長鼓勵她，「妳很會跳，妳會沒事的。」

「如果妳掉下去，我會跳下去和狗群對打的。」獅焰承諾著。

榛尾絕望地看了他們兩個一眼，然後往後退了幾步再向前衝，一躍而起。他們倆在她起跳的那一剎那都衝向前，看著她輕巧的凌空躍過，落地時離邊緣還有好幾條尾巴的距離，樺落在另一邊立刻迎向前去舔著她的耳朵歡迎她。

獅焰也跟著跳過去，然後是棘爪，接著貓群又繼續往前走。狗群也在圍牆底下跟著，因為搆不著獵物而挫折地嚎叫。冬青葉真不知道要怎麼樣才能擺脫掉這群狗。兩腳獸的地盤總會有到盡頭的時候，不久他們終究是要下到地面，到時候他們就會被撕成碎片。

「你們要去哪裡？」

一個陌生的聲音在前方響起：冬青葉看到一隻巨大的藍眼公貓擋在晶果面前。那是一隻毛色光亮、養得很好的寵物貓，但他頸部的毛漸漸蓬起，一雙藍眼睛看起來並不友善。

「只是路過，」晶果冷靜的回答。

「好，那就快走吧，」寵物貓低吼著，「我要回家睡覺，我可不想一整天都聽到這些吵鬧聲，如果不是你們，這些狗是不會跟過來的。」

獅焰的眼中燃起熊熊怒火，他趨身向前沿著邊緣走到晶果身邊。冬青葉全身毛髮豎立，如果這時候打起來，兩隻貓都可能都會掉下去，讓狗兒坐收漁翁之利。

棘爪舉起尾巴阻止獅焰，「除非那隻寵物貓發動攻擊，否則別惹事。」

獅焰停了下來，但他還是狠狠地盯著那隻寵物貓。

「是你把我們留在這裡，」晶果仍然很鎮定的回答，「如果不是你把我們擋在這裡，我們早就已經走了。」

這隻藍眼公貓生氣地哼了一聲，什麼話也沒說，往下跳到兩腳獸的領土，衝向巢穴，消失在門上的一個小洞裡。

冬青葉這才鬆了一口氣，比起教這隻寵物貓禮貌，他們有更重要的事情要辦。他們又繼續往前走，狗群還是緊跟不捨，走到了另一個轉角。

「我們可以在這裡擺脫這些狗。」晶果告訴他們。她帶著大家轉個彎，走上一道夾在兩間兩腳獸窩之間的狹窄木頭圍籬。那些狗是絕對無法跟過來，就算牠們拚命地想把自己擠進圍籬底下的那個小洞也沒辦法。冬青葉和夥伴們繼續向前走，那狗群受挫的吠叫聲感覺愈來愈遠。

「往這裡——你們每一步落腳都要小心。」晶果跳上兩腳獸窩入口上方的一個平坦狹窄區，然後沿著旁邊的藤蔓植物往上攀爬，直到屋頂邊緣。「這不難！」她搖著尾巴往下喊著。

「如果那樣不難的話，那刺猬就會飛了！」樺落咕噥抱怨著。

不過輪到冬青葉爬過去的時候，她發現晶果說的沒錯。那爬藤植物粗粗、捲曲的莖，可以讓腳掌穩穩地踩上去，而且可以同時承載棘爪和獅焰的重量。但是到了屋頂邊緣就沒那麼穩了，冬青葉無法讓自己的腳爪箝進落腳處，她深怕自己就要被風颳落地面。

「現在要往哪？」棘爪喘著氣爬上來，站在晶果旁邊。

這隻棕色的母虎斑貓用行動來回答，她爬上屋頂的斜坡，「這是一條捷徑。」她說。

「我們爬不上去！」榛尾喘著氣，「會跌下來！」

「如果她辦得到，我們也可以，」蕨毛堅定地說，「往上爬，榛尾，我會跟在妳後面。」

他們就這樣一路跌跌撞撞地爬上斜坡，到達屋頂最頂端。晶果就端坐在那裡，捲著尾巴環繞著腳掌。有一些石頭樹就在這屋頂的旁邊。

「到這上面來的感覺真棒，」晶果說著，而冬青葉剛好掙扎著爬上來到晶果身旁，「我有時候會上來看風景。」

妳沒事也會上來這？冬青葉剛剛拚命地爬，覺得爪子都快被磨平了。這尖尖的屋脊延伸向兩邊，窄到站在上面好像無法保持平衡。一陣強風吹來，她兩邊的頰鬚都被吹得貼在臉上。

冬青葉不想讓晶果看出心中的忐忑不安，她刻意抬起頭，不看自己抓住屋頂的爪子。就在這一瞬間她忘掉了恐懼。在這裡，她似乎看到了永恆！展現在她眼前的是一片兩腳獸窩的屋頂，接著是寬闊的草地，一直延伸到太陽沉沒之地的斷崖，再過去則是起伏的灰色波浪，伸展到地平線的一端。

「看！」獅焰大聲喊著，努力穩住腳步爬上屋脊，站在冬青葉旁邊，「這裡可以看得到山！」

冬青葉轉頭朝另一個方向望去，在森林的另一端，層層的山巒像雲朵一樣堆疊在地平線的上方。灰色的山坡和懸崖依稀可見，山頂覆蓋著白雪直入天際。

「你覺得我們現在的高度，和以前到山裡的時候一樣高嗎？」冬青葉納悶的問。

「當然沒有，」獅焰的聲音裡流露出些許的輕蔑，「我們上次是花很久的時間才爬到瀑布那裡。」

冬青葉一想，覺得獅焰說得有理，可是那些山看起來好近，好像從屋頂跳下去，就到得了那個通向瀑布後面的懸岩，到達急水部落的居所。

「不知道他們此刻在做什麼，」冬青葉喃喃低語，其實是講給自己聽，「我們還見得到暴毛和溪兒嗎？」

沒有聲音回答。所有巡邏隊員都上屋脊之後，晶果站了起來，「接下來的路你們得非常小心，」她警告著，「下去比上來難多了，如果你們滑一跤……總之不要滑倒就對了。」

接著晶果小心翼翼的以半蹲姿式，領著大家從屋頂上面慢慢往下爬。冬青葉的爪子在滑溜溜的屋頂上打滑，上面沒有東西可以使力，而這斜坡的盡頭就懸盪在半空中。冬青葉爬到一半的時候，一隻大白鳥撲向她，在她頭上呼嘯而過，空中還迴盪著翅膀的拍擊聲。冬青葉嚇呆了，拚命地想把爪子箝進屋頂的硬石，直到大白鳥揚長而去。

「我再也不幹這種事了！」樺落在冬青葉身後嘶吼著。

好不容易爬到了屋頂盡頭，冬青葉全身發抖，停在盡頭的半圓形凹槽裡面稍事休息，這凹槽裡面有一半是落葉和零碎的雜屑。往下看，在幾個狐狸身長距離的地方有一個平的屋頂，再過去是一條窄窄的轟雷路。

「那又是另一隻怪獸的窩嗎？」榛尾問。

晶果點點頭，「我們得從這裡下去，」她說，「因為我們要過那條轟雷路。不過我們現在安全了，那些野狗通常不會來到這麼遠的地方。」

冬青葉到了轟雷路旁的草地，聞一聞四周的空氣，她聞到許多隻狗混雜的氣味，不過都不是在這附近。晶果停下來仔細聽，確定沒有怪獸靠近，搖尾巴示意部族貓趕快通過。

到了另一邊之後，晶果跳上了另一堵用灰色石頭砌成的牆。冬青葉沿著牆走，發現這一區兩腳獸的窩比較小，後面的草地比較窄，有幾個小兩腳獸在其中一片草地上玩耍，沒有注意有貓經過，因為他們走得很快。

「離波弟住的地方還很遠嗎？」蕨毛問，「我想大家已經都又餓又累了。」

冬青葉低聲表示贊同，她全身痠痛，肚子像個無底洞一樣。雖然天空布滿烏雲，她知道已經過午很久了。他們自從昨晚在那廢棄的兩腳獸窩吃過東西之後，就再也沒有進食過了。

「就快到了，」晶果回答，「我們可以——」

晶果的話還沒講完，就突然有一股狂風吹在他們身上，接著是一陣冰冷的雨水。樺落驚恐地叫了一聲，冬青葉趕緊趴下深怕被強風吹下去。

「過來這裡！」晶果下指令。

她沿著牆跑到一道分隔兩腳獸窩的籬笆，有一株矮松就長在牆邊，晶果跳上離牆最近的一根樹枝，鑽進松葉叢裡面，接著探出頭來說，「快過來！進來這裡躲雨。」

部族貓在牆上被吹得站不穩腳，勉強爬上了樹。冬青葉在爬到松樹之前就已經成了落湯雞了。當她衝上樹枝時，松針劃過她的身體，她急著揮舞四肢找尋落腳處，好往更高的地方爬。

「她把我們當成什麼了，松鼠嗎？」獅焰喘吁吁地向上攀登，松枝因著他的重量而搖搖晃晃，冬青葉突然間覺得整棵樹好像都搖晃了起來。她用力地抓緊樹枝閉上雙眼，直到暈眩的感覺消失為止。

「你們不是住在森林裡嗎？」晶果在冬青葉上方大約一個尾巴遠的距離，「難道你們不習慣爬樹？」

「我們不常爬樹，」棘爪回答，他待在下方，比牆高一點的樹枝上，「要是在森林裡遇到了雨，我們情願躲在樹根之間，或是在矮叢底下。」

「那好吧，每天都得學點新玩意兒，不是嗎？」晶果回答，語氣聽起來像覺得很好笑。

雨停之後，冬青葉知道天大概已經快黑了。**真希望入夜之前就到得了波弟住的地方，我可不想摸黑在兩腳獸地盤晃來晃去。**她跟在同伴後面從樹上爬下來，想把黏在身上的松枝撥掉，卻發現自已溼透了，毛全黏在身上。**我倒不如當隻無賴貓，**她心裡出現嫌惡自己的念頭，**而不是部族貓。**

但是這麼一想卻讓自己頓時心痛如絞，**或許我原本就是一隻無賴貓。**

巡邏隊跟著晶果沿著更多的圍牆和籬笆走，接著又上了一些怪獸巢穴的屋頂，一直走到幽暗中顯出暮色。終於，晶果在一堵牆的轉角停了下來。

「看到那叢冬青樹了嗎？」晶果舉起尾巴指著一處漆黑茂密的樹叢，那樹叢就從對面轟雷路的圍籬上方突出來，「過了那叢冬青樹就是波弟住的地方了。」

「謝謝妳，晶果，」棘爪說，「沒有妳幫忙我們是不可能找得到的。」

「不客氣，」母貓回答，「你們可以在那裡打獵和過夜，不過千萬要小心，」她又很嚴肅的補充，「索日有一種本領，讓大家不得不信他。這點我很清楚，因為我自己以前就是這樣，我還因此離開了我的主人，離開原本很快樂的地方。」暮色漸暗，而晶果的眼裡閃著憂傷。

「那妳為什麼不回家呢？」樺落問。

「因為其他的貓需要我，」晶果回答。「他們需要追隨首領，需要有個領導者來作困難的決定。這就是為什麼他們需要索日的原因，現在這工作落在我身上了，我離不開他們。」

晶果的聲音透露著寂寞，冬青葉為她感到非常難過。部族的族長是透過戰士守則選出來的，星族還會賦予九條命。這是至高的榮耀，而且還有副族長、巫醫以及資深戰士的輔佐，但是晶果卻孤零零的。

這隻母虎斑貓抖了一下身體，像是要甩掉無謂的懊悔，接著跟每隻貓碰鼻子道別，「再見，祝你們好運，」晶果說，「如果下次從這裡經過，要來探望我們。」

「我們會的，」蕨毛應允，「再見，也祝妳好運。」

在大夥兒也紛紛道別時，晶果也點點頭，然後轉身抬頭翹尾，沿著牆朝來時路走回去。

「再見，晶星，」棘爪低聲說著，因為太小聲了所以晶果聽不到，「願星族照亮妳的路。」

⚡⚡⚡

在冬青樹的陰影底下，冬青葉蹲在棘爪的旁邊。前方的這個兩腳獸窩，看起來比晶果他們住的那一個還要破敗，屋頂和牆壁都破了許多個洞。

「記得上回到山裡，我們在半路上遇到波弟吧？」獅焰在姊姊耳邊說話，「他說他的直行獸已經死了。」

「也許波弟根本就不在這兒。」冬青葉猜測，心中憂喜參半。一方面期待再見到那隻脾氣古怪的老貓，另一方面又擔憂和索日碰面之後會發生什麼事。

「找出真相的方法只有一個。」棘爪說完開始穿越巢穴周圍的樹籬，冬青葉聞到了老鼠的氣味，忍不住一直流口水。

「有獵物！」榛尾的聲音因為飢餓而顯得尖銳，「棘爪，我們先抓東西來吃吧？」

雷族的副族長遲疑了一下說，「好吧，不過動作要快，千萬不要離這裡太遠。」

巡邏隊員各自解散隱入樹叢。冬青葉很快就逮到一隻從枯葉上跑過的老鼠，予以致命的一擊。「真是謝天謝地。」她津津有味地咬了一口邊吃邊說，感覺好像已經一個月沒吃東西了。她才吃完就聽到棘爪喊著要大家集合。她正要穿越矮叢的時候，又有一隻老鼠跑到她腳跟前，她一把抓住從喉嚨咬下去，然後帶著這隻老鼠回去和夥伴們會合。

大夥兒都在等她了，獅焰剛吞下了最後一口獵物，樺落則是心滿意足地舔起了嘴。

「都吃飽了嗎？」棘爪問，「冬青葉，妳還要把那一隻也吃掉嗎？」

冬青葉嘴裡還咬著那隻老鼠搖搖頭說，「我吃過了，我想我們可以把牠送給波弟。」

棘爪點頭表示讚許，「很好，我們出發吧。」

棘爪每走幾步就停下來，聽看看是不是有什麼聲音，聞看看是不是有什麼味道，小心翼翼地帶領大家走向兩腳獸窩，進入那幽黑洞開的大門。冬青葉走進去時打起了哆嗦，裡面竟然比外頭還冷，一股冷冽的寒氣從石頭地板竄上來。荊棘從牆上的缺口長了進來，好像外面的領土侵入到屋內一樣。空氣中瀰漫著一股腐朽的氣味，是由腐敗的獵物、爛葉子和黴菌組成的。可是也有一股貓的氣味，比其他的味道更濃烈。

「波弟？」棘爪喊著。

沒有回應，副族長向前走，其他的貓緊跟在後，冬青葉身上的每根毛都豎了起來。這個地方很詭異，冷冰冰的好像不歡迎訪客。

這時一個聲音從他們身後傳來，「你們是來找我的嗎？」

第十四章

冬青葉一轉身，一個高大壯碩的身影襯著黃昏薄暮，出現在一處棋型缺口，他身上白色部分的毛皮明亮閃耀著。

「是索日！」榛尾驚恐地倒抽了一口氣。

她真的認為索日就是凶手！冬青葉心想。

她感覺到四周劍拔弩張的氣氛。但當她看著索日閃亮的琥珀色眼睛時，立刻放鬆下來。她怎麼會忘記他是那麼有智慧，面對未來是那麼的冷靜有把握？沒有什麼事困擾得了他，因為接下來要發生什麼他全知道。

「索日，你好。」棘爪走上前去，「對，我們是在找你，你必須和我們回雷族一趟。」

索日環顧每隻貓的眼睛，「有事發生了。」

冬青葉心裡一震，好像被石頭打到一樣。

他怎麼知道灰毛的事？

「我們只是要你和我們一起回去，」棘爪說，「火星想和你說話。」

索日瞇起眼睛，「你們覺得我和這件事有關，是件不好的事。因為你們不會大老遠的跑來謝我。」他若有所思地停了一下，「有隻貓死了……」

樺落屏住呼吸站在冬青葉的後面。

「不，」索日更正，「應該說有隻貓被殺了，而你們覺得我應該負起這個責任。」他的尾尖抽動著，沒有流露出任何情緒。

如果是我被指控的話，我一定會嚇壞，冬青葉的爪子劃過冰冷的石頭地。而索日只是冷靜地審視巡邏隊，等待他們回答。

「一定就是他！」榛尾對冬青葉低聲地說，「他連是誰死都沒問！」

「索日？是你嗎？」一個虛弱的聲音打破沉默，波弟出現在門口，還拖著一隻瘦兔子。他比上次冬青葉看到他的時候還瘦，一身虎斑毛皮看上去比以前更亂了。

「看我抓到什麼！」波弟放下獵物，抬頭看。當他看到部族貓的時候，驚訝地眨眨眼，「這不是棘爪嗎！」他驚呼，「還有冬青掌和獅掌！你們兩個有沒有守規矩啊！」

「有，我們有，」獅焰邊回答邊走向前，和這隻老獨行貓碰碰鼻子，「而且我們已經是戰士了，現在叫做獅焰和冬青葉。」

「哇，真是沒想到啊！」波弟的眼睛閃爍著光芒，「小伙子，做得好。」

在這一瞬間，冬青葉覺得自己好像又變回見習生。波弟把她和弟弟還當成老是闖禍的小貓，她不是應該會有種被侮辱的感覺嗎？但此刻她竟然渴望回到從前，過著單純的日子，唯一要做的事就是讓自己成為最棒的戰士。

「你們的弟弟還好嗎？」波弟問。

「他現在叫松鴉羽，」冬青葉回答，「他已經是真正的巫醫了。」

波弟又搖搖頭說，「真是想不到啊！」

棘爪走上前向老獨行貓鞠躬，「你好啊，波弟，真高興又見到你了。過來見見我其他的夥伴，這是樺落，這是榛尾和蕨毛。」

「很高興認識你們。」波弟含糊地說著，看到身邊這麼多陌生客，好像有點不好意思。

「對不起，波弟。」索日走到老貓的面前，「我得走了。」

波弟驚訝地眨眨眼，「什麼？為什麼？」索日還沒有回答，他又接著說，「我知道你在這裡才待了幾天，我們不是都相處得很好嗎？這個老窩多了你作伴，才不會顯得這麼的空虛。而且你看——」他用尾巴指著他剛拖進來的那隻兔子，「我找到了獵物，雖然又老又瘦，但也夠我們兩個吃個飽……」他拱著肩膀，聲音漸弱。

「你自己享用吧，波弟，」索日溫柔地說，琥珀色的眼光閃爍著，「我認為雷族貓想要馬上離開。」

「為什麼這麼急呢？」波弟轉向棘爪，「你們為什麼要索日現在就跟你們走呢？難道不能全都留久一點嗎？很歡迎你們也留下來。」

就讓索日留在這裡吧，冬青葉想把話大聲地說出來，我們不需要把他帶回去，**波弟比我們更需要他。**但是她知道這是不可能的。

「我們留下來過夜，」棘爪決定，「但是我們清晨就得出發。」

「好！」波弟豎起耳朵，「一起來吃兔子吧。」他驕傲地邀請大家。

「謝謝你，」棘爪溫柔的回答，「我們會自己抓獵物，一起放進你的獵物堆裡。」

「我抓了一隻老鼠要給你。」冬青葉說著，叼起她的獵物放在波弟的腳邊。

老虎斑貓的眼睛一亮，「妳真好。」他就地蹲下，痛快地吃著。

大夥兒朝著巢穴的入口走出去，蕨毛回過頭來盯著在巢穴中間的索日。

「別擔心，」索日說，「你們回來的時候我還會在這裡的。」

蕨毛看起來還是有點擔心的樣子；當他們穿過入口時，棘爪走上前來跟他耳語，「你留守，不過不要讓他看到。」

蕨毛總算放心的點點頭，躡手躡腳地爬到附近的矮樹叢底下蹲伏著，眼睛緊盯著巢穴。

貓兒們還在巢穴裡時，天色已暗，兩腳獸地盤刺眼的橘光壟罩著天空，遮住星光。冬青葉一心期盼著能夠看到星族戰士祖靈，想知道祂們是否仍然看顧著他們。

她一到外頭，就朝剛才她抓到老鼠的樹叢走去，榛尾跟她一起並肩走著。

「真高興我們找到索日，」她低聲說，「總算可以回家了。」

冬青葉點點頭，「要把索日從波弟身邊帶走，我覺得很不忍心。」她坦白地說。

「但索日是凶手！」榛尾停下腳步，恐懼的睜大眼睛，「如果他也殺了波弟怎麼辦？」

「他不會這麼做的。」冬青葉回答。

「妳怎麼知道？」榛尾堅持地說，「在他造成更多傷害之前，我們得趕快把他帶回營地，火星知道該怎麼處置他。」

冬青葉無奈地搖搖頭，實在沒有辦法回應榛尾的問題。況且如果沒有把索日帶回雷族，這個尋找凶手的任務該怎麼繼續下去呢？火星會迫於無奈地開始在自族裡偵查起來？一想到族裡會流言四起、互相攻訐，冬青葉的心就涼了半截。

她跳到樹叢裡狩獵，但這一次獵物就沒那麼容易抓了。到最後她只抓到了一隻鼩鼱，就該很滿意了；她走回波弟的窩，覺得有點不好意思，其實整個巡邏隊的捕獲量也很少。

「這附近的獵物很少，」波弟在大家吃東西時說，「不過我總是可以找到足夠的食物，讓我和索日度過禿葉季。我從來沒有挨餓過！」

才這麼點獵物他就願意跟陌生客分享，他一定是非常寂寞。冬青葉難過地想著，一面吃著她的鼩鼱。

她吃完東西就趴下來睡覺，石頭地板又溼又冷，風從牆上的缺口呼呼地吹進來。冬青葉靠到獅焰身邊取暖，真想念她營地床位上厚厚的青苔和蕨葉，還有戰士窩上方遮風擋雨的枝葉。

冬青葉斷斷續續地睡覺，醒來時看到清晨的光線已經斜斜地照射進來。棘爪和蕨毛已經起來了；榛尾和樺落還睡眼惺忪地翻身，波弟則是擠成一堆亂毛睡在對面的角落。

索日蜷伏在一個牆面凹洞睡覺，有一些掉落的石頭遮掩住那個地方。棘爪過去把他叫醒。

「該走了。」他說。

索日抬起頭，琥珀色的眼睛炯炯有神，然後站起來說，「隨你吧。」

「他好可怕。」突然有個聲音在冬青葉耳邊響起。

冬青葉嚇了一跳，轉過去看到樺落，「不要這樣偷偷摸摸地走到我身邊！」她怒斥著。但她同時對自己很懊惱，因為索日也讓她覺得很害怕，「他只不過是一隻貓而已。」

當她說完，索日正走向巢穴入口和她擦身而過，「我告訴過妳我會回來。」他的聲音小到只有她聽得見而已。

冬青葉努力要擺脫她那不安的感覺，索性跑去把獅焰叫醒，結果把波弟也吵醒了。波弟蹣跚地走到昨晚沒吃完的兔子旁邊，「你們出發前得先吃些東西。」他說。

「但是你比我們更需要食物。」蕨毛說。

「我可以再去抓啊，」波弟蓬起頸毛生氣的回答，「你們得儲備足夠的體力才能應付得了漫長的旅程。」

雷族貓們面面相覷，很顯然如果再拒絕，波弟會有被羞辱的感覺，所以他們只好湊過來圍住那僅剩的食物，強迫自己吞下那些帶骨的碎塊。波弟就看著他們吃，而索日則是在門口等待，翹首望天。

「不要接近怪獸，」波弟還跟他們面授機宜，「牠們會把你們壓扁。還有那些狗也很麻煩，牠們知道不要來惹我，但是像你們這些年輕小伙子……」

「我們遇過那些狗，波弟，」榛尾告訴他，「你說的沒錯，牠們很危險，我們會小心。」

老虎斑貓舔著自己胸前的毛，好像很高興他也能幫得上忙。冬青葉覺得食不下嚥，她真希望他們能為他做些什麼，好讓他不被獨自留在這裡。

當所有貓都吃完以後，冬青葉向波弟道別。老貓還刻意表現出很高興的樣子，但冬青葉看得出來他眼中的孤單和恐懼。她溫柔的和他碰碰鼻子，「願星族與你同在，」她低聲地說，「希望我們還有見面的時候。」

「也許會吧。」但冬青葉感覺得出來，他連自己也不相信自己說的話，「妳要自己照顧自己，知道嗎？」

棘爪帶頭走到入口，當大夥兒都走到庭院的時候，索日也站起身走到棘爪旁邊。這時候太陽已經高掛在清澈淡藍的禿葉季天空，灌木叢的樹葉被微風吹得沙沙作響。

在走向圍籬的半路上，棘爪停下來回頭看著波弟，他正從牆上的一處缺口看著他們。

「波弟，跟我們一起走吧，」他的語氣急迫，「長老窩裡還有空間，火星會歡迎你的。」

波弟望著他，「這樣，我……我不知道要說什麼。」

雖然冬青葉也擔心這隻老貓，但是她內心卻抗拒著。**這是不對的！波弟不是部族貓，別族的貓知道了會怎麼說？**然後她壓抑住一陣寒顫，**我自己也可能不是部族貓，難道這就意味著我必須孤單的活著，過著沒有朋友一起狩獵的生活。**

索日毫無表情地看著，**他關心過波弟嗎？**冬青葉懷疑。

「好嗎？」棘爪催促著這老貓。

「不用了，我沒事的。」波弟抖抖一身蓬亂的毛髮。「不用擔心我，我已經獨自度過好幾個禿葉季了。」

「如果你能幫我們走出兩腳獸地盤，我們會很感激的，」蕨毛一邊說著，一邊往回走，

「你比我們更熟悉這個地方。」

「而且等我們回到營地的時候，你有很多東西可以教導我們的見習生，」棘爪接著說，「我想冬青葉和獅焰不會忘記你是怎麼從狗兒的威脅中救出他們。」

獅焰點點頭，而冬青葉也打了個冷顫，想起他們在上山途中被群狗困在穀倉裡，如果不是波弟反應快，她、獅焰和風皮早就被撕成碎片。

「長老對部族的發展有重大影響，」棘爪繼續說，「如果你能來和我們住在一起，是我們的榮幸。你的經歷豐富，對兩腳獸——我的意思是直行獸——的事也很清楚。」

冬青葉把爪子刺進了土裡，她知道這兩個資深戰士在說謊。帶隻獨行貓回營地不是件容易的事，況且他們根本不需要知道什麼兩腳獸的事，因為在湖邊根本沒什麼兩腳獸。**如果波弟高興的話，為什麼不讓他就留在這裡呢？為什麼部族貓總是這麼自以為是呢？**

「嗯，好吧！」波弟翻過牆上的那個缺口，走過來加入巡邏隊。「我至少可以跟你們走到兩腳獸地盤的邊緣地帶，我想或許可以幫點忙。」然後他轉向索日說，「那個狐狸的故事我還沒跟你說完……」

棘爪帶著大家往昨晚他們進來的那個圍牆缺口走出去，然後在那裡停了下來，仰起頭、豎起耳朵，嗅著空中的氣味。巡邏隊員都安靜的等待，冬青葉也專心地閉上眼睛，讓腳掌的直覺告訴她回家的方向。

「你知道要走哪一條路嗎？」榛尾不安地問，顯然不太相信自己的直覺。

棘爪點點頭，「應該知道，我在回想我們從屋頂上看到的景象。」

「我再也不想爬上那裡了！」樺落抱怨著。

「我們沒有必要再去屋頂，」棘爪要他放心，「只要隨時派個爬樹高手到樹上察看一下，很快就知道有沒有走錯路。我們走吧！」

冬青葉緊跟著副族長的腳步，擠過圍籬的缺口，接著發現他們就身在轟雷路邊的草地上。他們昨晚夜深時來過這裡。但是現在路上盡是來回奔走的怪獸，那鮮豔的色彩讓冬青葉目不暇給，隆隆的吼叫聲和刺鼻的臭味甚囂塵上。

「我討厭這裡，」她對獅焰低聲地說，「不管我們對這裡已經多熟悉了，我還是很怕會有貓被輾平。」

棘爪站在轟雷路路邊，怪獸經過時把他的毛吹亂了。「當我說跑的時候，你們就得像被群狗追一樣拚命跑。」

獅焰嘆了一口氣，「好，我們已經很有經驗了。」

冬青葉注意到蕨毛刻意排在波弟旁邊，似乎希望對他有所照應。而索日則是站在波弟的另一邊，眼光注視著轟雷路對面。

一隻巨大的怪獸疾駛而過，牠肚子發出的隆隆巨響比整個貓族吶喊還大聲。就在牠逐漸遠去時，棘爪迅速地看著轟雷路上下兩邊，「就趁現在！跑！」

冬青葉往前衝，獅焰和樺落也在她的兩側。在她飛奔的腳下，路面顯得十分堅硬。在安全通過的那一剎那，她一股腦地跌坐在對面的草地上。

冬青葉轉頭看到所有夥伴都安全的過來了，除了波弟以外。他還步履蹣跚地穿梭在轟雷路中央，蕨毛就跟在他身邊催促著他。

「別緊張，小伙子，」波弟說，「現在沒有怪獸。」

「但是——」蕨毛急得不得了。

蕨毛突然打住，他聽到有怪獸靠近的聲音。當那呼嘯聲在視線範圍之內時，他用力地推了波弟背後一下。這隻老虎斑貓驚叫了一聲往前衝，就在怪獸疾駛而過的千鈞一髮之際，他啪嗒一聲安全地跌坐到草地上。蕨毛也及時地跳到他身邊。

「波弟，不要再這樣子嚇我們了！」棘爪憤怒地嘶吼著。

這隻老貓站起身來，眨眨眼，「什麼？剛才根本就沒問題，而且也沒有必要那樣推我。」他委屈地瞪了蕨毛一眼。

蕨毛嘆了一口氣，「對不起。」

「你們這些年輕小伙子，總是大驚小怪。」波弟咕噥地抱怨著。

冬青葉轉動著眼珠子，「這一路上會很有趣。」她跟獅焰低語。

棘爪揮動尾巴把巡邏隊集合在一起，然後沿著轟雷路再出發。不久之後冬青葉聽到有許多小兩腳獸的尖叫聲，傳遍早晨涼爽的天空。「那是什麼？」她不放心地問，腳掌微微發顫。

「沒什麼好擔心的，」波弟要她放心，「妳很快就會知道。」

冬青葉不確定是不是能信任這隻老貓的判斷。就在下一個轉角處，他看到一間巨大的兩腳獸窩，周圍有一大片石頭地環繞著，一道狹窄、發亮的圍籬把那區域和轟雷路隔開。有一大群小兩腳獸在奔跑、叫喊、互相丟東西，冬青葉從來沒看過這麼多兩腳獸同時出現過。

「這是什麼地方？」她好奇地問。

波弟聳聳肩，「不知道，牠們只有在白天的時候才來這裡。」

冬青葉驚訝地看著波弟走向圍籬，把鼻子伸進圍籬的缺口，立刻有許多小兩腳獸跑向他，對他伸出手。

「他在做什麼？」蕨毛低聲抱怨。「波弟！」

波弟並不理會，那些小兩腳獸伸出手摸他，他舒服地發出呼嚕聲，連站在好幾條尾巴以外的巡邏隊都聽得到。

「還記得吧，他以前是隻寵物貓，」樺落低聲地說，「一定就是這樣，他才會舉止怪異。」

棘爪什麼話都沒說，只是抽動著尾巴引導巡邏隊，和圍籬保持一段安全距離走過去。他們就在轟雷路邊，距離他幾條狐狸尾巴的地方等他。就在他們經過波弟身邊的時候，冬青葉注意到有一個小兩腳獸從他身上掏出什麼遞給波弟，波弟竟然熱情地舔了起來。

他瘋了嗎？

最後終於有一陣猛烈的叮噹聲從兩腳獸窩傳來，所有的小兩腳獸都往巢穴入口排隊走進去，波弟這才轉身走回巡邏隊。

「你們幹麼盯著我看？」他蓬著毛髮質問著。

「波弟，這樣好嗎？」棘爪問，冬青葉聽出來他正壓抑著怒氣。「那個小兩腳獸餵你吃什麼？」

「不知道，」波弟眼睛發亮，還用舌頭舔著嘴巴，「反正很好吃就是了。」

棘爪嘆了一口氣，「好吧！我們出發了。」

再往前走一陣子，兩腳獸的窩變得比較稀疏了；然後再往前走，轟雷路兩側是一片樹林，他們就在這裡停了下來。棘爪這時候轉變方向，偏離轟雷路，走進樹林。冬青葉頓時感到從頭到腳都輕鬆了起來。就在他們要更深入林地的時候，棘爪又停了下來。

「我們可以在這裡檢查一下我們走的方向，」他說，「誰要爬樹？」

「我！」獅焰馬上自告奮勇。

「不行，我去，」榛尾力爭著，「我比較輕，我可以爬得比較高。」

棘爪點點頭，「好，那就榛尾去。」

當榛尾跳上附近一棵樹的樹幹，腳爪刺進樹皮時，獅焰看起來一臉不高興的樣子。冬青葉的心怦怦地跳著，看著她的朋友攀上禿枝，愈爬愈高，一直爬到樹頂，攀附在樹梢隨風擺動。冬青葉沒有辦法不去想那次意外，煤心在森林裡從樹上掉下來，傷了她的腿。

如果榛尾受傷的話怎麼辦，我們還有那麼長的路要走？

但是就在轉瞬間，榛尾開始往下爬了；很快的她就爬到最下面的樹枝，一躍而下，加入同伴的行列。

「我看到好遠好遠！」她叫著。

「我們走的方向是對的嗎？」棘爪問。

「沒錯！」榛尾的毛興奮的蓬起，「雖然我看不到湖，但是我知道它就在風族的山脊後面，我們要從這邊走，」說著就用尾巴指向一處樹林，「這樣我們就不用再經過任何兩腳獸的地盤。」

「真是太好了，」棘爪對這年輕戰士讚許地點點頭，「做得好，榛尾。」

榛尾得意得眼睛發亮，隨巡邏隊繼續前行。現在的路比較寬廣了，冬青葉注意到蕨毛和樺落他們各走在索日的兩側。

這隻獨行貓看了他們倆一眼，他琥珀色的眼睛一亮，笑著說，「你們不用這樣盯著我，我又不會跑掉。」

波弟停下腳步，困惑地看著索日，「盯著？這是怎麼一回事？」

棘爪也被迫停下來，不耐煩地抽動著頰鬚說，「那不重要，我們要趕路。」

「雷族覺得我做了一件事，」索日不理會棘爪，回答波弟，「這就是他們要把我帶回去的原因。」

「什麼？」波弟倒抽一口氣，「真是頭腦不清楚！」他轉向棘爪，「你知道嗎？你們錯了，索日是一隻正派的貓，他不會做壞事。」

棘爪並不想多做解釋，他只是揮動著尾巴，要巡邏隊繼續往前走。就在這時候一隻被他們打擾的野雞，從一處蕨叢裡衝出來，沙啞地發出警告聲。同一時間，一隻松鼠顯然是被雞叫聲嚇到了，從牠躲避的地方衝了出來，往附近的一棵樹上跑。冬青葉立刻撲向前去，攔截住牠，一掌把牠抓下來。

「抓得好！」樺落喝采。

所有巡邏隊隊員都圍過來分享這突如其來的獵物，波弟提出的問題，也暫時被大夥兒拋到腦後。但是冬青葉知道他會再問起，**到時候誰要告訴他實話呢？**

巡邏隊繼續在林地裡走著，中午才沒過多久，冬青葉就發現波弟累了，跌跌撞撞的，一下碰到蕨葉一下撞到荊棘。她走過去用尾巴扶著他，但很顯然的他根本沒辦法撐到傍晚。

冬青葉衝到前面去找棘爪，「波弟好累的樣子，我們要怎麼辦？」

棘爪回頭看，「真是老鼠屎！我們不行把他丟在這裡。」顯然副族長已經開始後悔邀波弟同行了。「好吧，我們待會兒就休息，」他說，「冬青葉，妳就先盡量幫他。」

「當然，」冬青葉在那兒等著波弟走過來，「你要靠著我的肩膀嗎？」她提議。

波弟瞪著她，「妳以為我沒辦法自己走嗎？自以為是的狂妄小貓！」

「對不起。」冬青葉猜想他生氣是因為自己被看穿了，但是他的自尊心不允許他接受幫忙。冬青葉索性退後幾步看著他，一直等聽到棘爪喊停的聲音，她才鬆了一口氣。

「這麼快就要停了？」獅焰問，看著太陽還高掛樹梢，「我們還能在天黑前多走些路。」

「我知道，」棘爪瞄了波弟一眼回答道，「但是我們在兩腳獸地盤的時候都累壞了，我們需要找些食物休息休息，這裡應該有很多獵物。」

那是一塊橡樹林間的空地，地面鋪滿落葉，一股泉水從旁邊青苔覆蓋的石縫涓涓流出，流向一個小池子。波弟蹣跚地走向前去，舔了幾口水之後就蜷成一團癱在地上，沒多久之後，就發出很大的鼾聲。

索日走向一塊陽光照得到的地方坐下來，好整以暇地把尾巴繞到他的腳前，琥珀色的眼睛閃著金光。很顯然他並沒有要自己狩獵的打算。

冬青葉循著一股濃烈的味道，朝一處矮樹叢走去，很快的就抓到一隻老鼠和一隻畫眉鳥。**或許早點休息是對的，**冬青葉邊想邊把泥土踢向她的獵物，**因為這時候比較溫暖，獵物還在外頭活動。**

當她又抓到另一隻老鼠趕回空地的時候，發現夥伴們已經在水池邊堆起獵物堆了。樺落拖來了一隻大兔子，他得意的將尾巴翹高，「那裡還有更多呢，」他用尾巴比劃著，「今晚我們可以吃得很豐盛。」

冬青葉把一隻老鼠和畫眉鳥放進獵物堆，另一隻老鼠則拿到波弟身邊，然後戳一戳他把他叫醒。

這隻老虎斑貓嚇得噴了個鼻息，然後緊張地四下張望，「什麼事?是狐狸嗎?讓我來對付牠們！」

「沒事，波弟。」冬青葉把尾巴放在他的肩膀上，「我帶了一隻老鼠回來給你。」

波弟眨眨眼，「妳真好，」說完就開始狼吞虎嚥，然後又尷尬的停下來把食物推過來，「來——妳也吃一些。」

「不，這是給你的，」冬青葉說著，心想**波弟有多久沒有好好的吃上一餐?**「食物還有很多。」

當大夥兒都吃過了以後——棘爪也給索日一份獵物——他們就在樹林間安頓下來睡覺。現在太陽已經下山了，暮光依稀可見。一陣涼風吹來把樹枝吹得嘎嘎作響。

冬青葉發現波弟在發抖，她揮動著尾巴叫榛尾，「波弟實在沒辦法照顧自己，」她對榛尾咬耳朵，「我們過去睡在他身邊幫他取暖。」

「好，」榛尾有些遲疑，「我希望他身上不會有跳蚤。」

我確定他身上一定有跳蚤，冬青葉心想著，一邊和榛尾把枯葉扒成一堆作床，**還有蝨子。在讓他靠近鼠毛之前，我們得先幫他全身都抹過老鼠膽汁才行。**

***

當冬青葉醒過來時，天色還很昏暗。她依稀可見禿枝襯著天空，還有閃爍的星光。波弟的鼾聲更大了，榛尾蜷曲在他身邊，用尾巴遮住耳朵。

冬青葉知道她沒辦法再入睡了，她悄悄地起身不驚擾到大家，眨眨惺忪的雙眼四處張望。棘爪、蕨毛和樺落睡在水池的那一邊，他們三個都睡得非常恬靜；樺落抽動著尾巴好像在作夢。

三隻貓……而不是四隻……索日走了！冬青葉迅速地環顧四周，並沒有看見這隻毛色與眾不同的貓的蹤影。她嗅了嗅空氣，聞到了他的氣味。雖然微弱，但很新鮮。

冬青葉有股要叫醒棘爪的衝動，但是她內心有個聲音要她走向另一個方向。她跟著索日微弱的氣味走，悄悄地穿過樹林，腳掌踩到清脆的葉片時就縮了一下。不久她聽到了流水聲，愈向前走水聲愈大，樹林愈來愈稀疏，接著地面往下降，有溪水沿著石頭潺潺流出。索日就坐在坡頂上，背對著她，凝視著淡淡的星光。

「冬青葉，妳還相信他們掌握了所有問題的答案嗎？」他連頭也沒回的就問了這句話。冬青葉身上的每根毛髮都豎立起來，後來才發現她是站在溪流這邊的上風處，索日一定是聞到她的氣味了，「我……我不知道，」她回答，「我有很多事都搞不清楚了。」

現在索日轉向她，琥珀色的眼睛同情地眨眨眼，「為什麼會這樣呢？」

冬青葉嘆了一口氣，「如果我以前相信其他貓講的話，事情就單純多了。」就在她說話的當頭，她不敢相信她竟然把心裡的疑慮說出來，就算是自己的兄弟姊妹她也沒說過。

「妳要相信妳自己，冬青葉，」索日用低沉渾厚的語氣對她說，似乎是要鼓舞她的信念，「只有妳自己知道什麼是對的。」

「我有時候也很困惑，」冬青葉的聲音在顫抖，「我不想什麼事都必須自己決定。」

「事情會愈來愈容易，小貓。」索日站起身，「走吧，我們回去吧！」

冬青葉跟著索日走回空地時，內心不住地翻攪著。**他幾乎毀掉了影族！大家都認為他殺死了灰毛！而為什麼我覺得我可以信任他？**

當他們走回空地時，整個巡邏隊已經騷動了起來。棘爪停止梳洗抬起頭來，琥珀色的眼睛流露出驚訝的表情。不過他只說，「我還以為你們去哪裡了。」接著就去查看波弟。

這隻老虎斑貓把自己撐起來，「我非常健康，」他堅稱，然後抖抖身體甩掉一身的枯葉，「不需要你們這些年輕小貓大驚小怪。」

大夥兒把昨晚獵物堆剩下的食物吃完之後，又再度上路。經過冬青葉剛才碰到索日的地方，來到樹林的邊緣。很快的他們就站在樹林最外圍眺望一片原野，原野上有一點一點灰白色的棉團，冬青葉知道那是綿羊。

「我不喜歡這裡，」他們穿過原野的時候波弟抱怨著，提心吊膽的看了綿羊一眼，「這些動物到底是什麼？」

「是綿羊，波弟，」冬青葉一面回答，一面走向他，「上次我們遇見你的那個農場裡沒有嗎？」

波弟嗤之以鼻，「從來沒見過。」突然有一隻綿羊從羊群中漫步走過來接近貓群，波弟嚇了一跳，全身毛髮豎起，「快──跑！」

「沒事的，」冬青葉說完，那隻綿羊就停下來，在一塊新的草皮上吃了起來，「牠們根本沒有注意到我們。」

「這裡太……空曠了，」波弟抱怨著，把身體壓得低低的，「沒有樹，沒有直行獸──就是你們說的兩腳獸。」

「你的意思是說你希望有兩腳獸？」冬青葉激怒的情緒像雨水從樹葉上傾瀉下來一樣，「如果你要住在雷族的話，那是行不通的。」

「嘿，放輕鬆。」獅焰走過來，把尾巴放在波弟的肩膀上，「波弟不是部族貓，這也是不得已的。」

我們不也是一樣嗎！冬青葉幾乎要把這話說出口，但又及時打住。**還有多久我們才會說出彼此心中的祕密呢？**

她費了很大的力氣才讓自己放鬆下來，「我知道，對不起，波弟。」

快到中午時，冬青葉看得出來這隻老貓又累了，接著很快的又聽到棘爪喊停，他們停在一處有金雀花叢環繞的樹林。波弟就地側躺下來，費力地喘著氣。索日又向前走了幾步才坐下來，眺望著原野。

「嘿，來看看這個！」榛尾聞著一團東西，那東西看起來像是薊花冠毛卡在金雀花叢上。「這是什麼？」

冬青葉向前查看，樺落也好奇地跟過去，「是綿羊的味道，」冬青葉說完後環顧四周，看到了更多棉團被卡在樹叢上，「一定是牠們經過這裡的時候，毛被荊棘給勾住了。」

「好柔軟，」榛尾用牙齒拉下一團，咬在嘴裡，「我要帶一些回去育兒室。」

樺落強忍住笑意，「妳看起來好像吞了一朵薊花！」榛尾要用尾巴打他，他及時躲過，「真是好主意，」他急忙說，「我也要幫我的孩子收集一些。」

冬青葉留下忙著採集羊毛的他們，走回到波弟身邊。這老貓體力恢復了不少，而且在遠離羊群之後看起來也鎮靜多了。

「我們有時間狩獵嗎？」她問棘爪。

副族長的耳朵驚訝地抽動著，「妳又餓了嗎？」

「不，」冬青葉壓低聲音回答，「我只是需要一隻老鼠，我要老鼠的膽汁。如果讓波弟就這樣帶著一身跳蚤蝨子回營地的話，事情會搞得沒完沒了。」說著說著就舉起後腳搔起癢來，她接著說，「我想我可能已經被他傳染了。」

「好吧，」棘爪的眼中閃過一絲笑意，「但是要快，得繼續趕路，我們已經離湖區不遠了，我的腳感覺到了。」

ﾉﾉﾉ

巡邏隊穿過原野來到一條轟雷路的時候，已經夜幕低垂。冬青葉嗅一嗅空氣，聞到了馬兒的氣味，「是馬場！」她大叫，「我們就快到家了！」

棘爪帶著大家鑽過發亮的圍籬，穿過一片白色的石頭地，再經過兩腳獸窩和馬廄。當他們來到草原上的時候，冬青葉四下張望尋找馬群，但並沒有任何蹤影，「牠們一定被關在牠們的木頭巢穴裡了。」她低聲對獅焰說。

她也沒看到小灰和絲兒，雖然有聞到他們的氣味。她的腳掌感到一股力量驅策著，想要儘快回到那溫暖熟悉的岩石山谷，但同時她又知道即使回到那裡也沒有真正的平安。

或許任何地方都一樣，她悲傷的想，**所有的謊言和背叛要到什麼時候才有個終了？**

第十五章

「謝謝你，松鴉羽。」松鴉羽把一包狗舌草放在白翅面前時，白翅向他道謝。

現在的育兒室既溫暖又安靜，黛西和蜜妮把孩子們帶出去運動，要讓這隻白貓后可以多休息。

「妳一定要把這包藥草全部吃掉，」松鴉羽對她說，「妳的孩子就要出生了，妳需要儲備所有的體力。」

「我知道了，」白翅嘆了一口氣，「希望不用等太久，我覺得我的肚子已經很大了！」

「妳會沒事的。」松鴉羽安撫她，然後跟她道別走出育兒室。早晨的空氣很涼爽，不過微弱的禿葉季陽光還是把昨晚的霜給融化了。

「現在，」他自言自語著，「希望葉池還在外面找著草……」

他穿過荊棘圍籬走進巫醫窩並沒有聞到導師的氣味，但有另一隻貓在裡面焦躁地等著。

這下可好！松鴉羽想，**現在得應付他。**

「莓鼻，」他說，「我可以為你做什麼嗎？」

「我的尾巴，」這年輕戰士告訴他，「很痛，而且有怪怪的味道。」

松鴉羽聞著莓鼻剩下的那一截尾巴，那腐臭的味道幾乎讓他退避三舍。「你的尾巴發炎了。」他說。

「怎麼會這樣？」莓鼻好像很生氣的樣子，「上次我被狐狸陷阱夾到之後，葉池說已經好了啊！」

「上次是好了沒錯，」松鴉羽也同意，「一定是傷口又裂開了，想想看你最近有沒有被什麼東西勾到？」

莓鼻猶豫了一下，「我在追一隻兔子的時候，在荊棘叢裡卡住了。」他終於承認。

「那就有可能，」松鴉羽說，「不過沒什麼好擔心的，只要抹上金盞花藥膏就可以了。你等一下！」他走到儲藏室洞穴，找出金盞花，然後把葉子嚼爛，再走回莓鼻身邊。「不要動，我幫你把藥抹上去。」他嘴裡含著藥膏咕噥地說著。

「那我就可以不用輪班執行勤務囉？」這奶油色戰士冀望地問。

松鴉羽不假辭色地說，「不行偷懶，你又不是用尾巴巡邏或狩獵。不過你明天還是要來這裡，我幫你換藥。」

「好吧！」莓鼻說，「謝謝你，松鴉羽，真的好多了。」

好了，莓鼻走了之後松鴉羽心想，**現在總算可以進行我的計畫了……**他走回洞穴，收集山蘿蔔、蒲公英、琉璃苣的一些葉子，跑到長老窩去，把葉子放在鼠毛面前。

「這裡頭有妳說的那種藥草嗎?」他追問著。

鼠毛惱怒地嘶叫一聲,「什麼藥草?」

松鴉羽放下嘴邊的藥草,聞到了新鮮獵物的味道,他想他一定是打擾到長老用餐了。「就是妳跟我講過,葉池混到艾菊裡面給妳吃的那種藥草啊!」

「哦,那個啊!」這位瘦長老還是一副不高興的樣子,「你知道那個要做什麼?」

「只是好奇!」松鴉羽發現他的語氣太急切了,他可不想鼠毛向葉池打小報告,「很難講,或許有用!」

鼠毛哼了一聲,懷疑地聞了聞那些藥草。

「我也聞聞看,」長尾主動走過來,「雖然我沒吃,但是那氣味或許我還記得。」

「怎麼樣?」兩位長老仔細地聞過藥草之後,松鴉羽追問著。

「沒有,這些都不是,」鼠毛說,「這些藥草我都知道。葉池常常拿來治療發燒或是傷口發炎。」

「沒錯,」長尾接著說,「很可惜這裡面都沒有。」

松鴉羽壓抑住挫折地嘆息,「連這也不是?」他把山蘿蔔推向前去。

「你聽不懂『不是』的意思嗎?」鼠毛怒吼著,用尾巴重重地甩了他一下。

「好吧,」松鴉羽把藥草收起來,「謝謝你們,我會再帶別種藥草過來。」

他說完就走出長老窩,「讓我先把這隻兔子吃完再說吧!」鼠毛在他背後喊著。

松鴉羽回到自己的窩裡,想再找更多的藥草給鼠毛和長尾聞聞看。不過他把山蘿蔔、蒲公英、琉璃苣放回原來地方的時候，聽到了葉池走進來的聲音，也聞到一股濃濃的蓍草味道。

「松鴉羽，你在做什麼？」她厲聲問道，「你是睡在儲藏室裡嗎？怎麼一身藥草味道？」

「呃……我在裡面跌了一跤，」他結結巴巴地說，「身上沾到藥草粉。」

葉池長長地嘆口氣，「真的嗎？松鴉羽，我們這裡真像是有隻小貓咪！你在儲藏室裡翻東翻西的到底要做什麼？」

葉池的焦慮不安讓松鴉羽升起一股怒氣，**為什麼我不能到儲藏室看看呢？**他覺得很奇怪。**我和她一樣都有資格在那裡！難道她藏了什麼在裡面？**

「我並沒有翻東翻西，」他反駁，「我只是把裡面清理一下。」

葉池哼了一聲，「那就把這蓍草放進去吧，」她命令著，「我要去檢查一下蜜妮的呼吸，她跟孩子們在外頭可能玩得太久了。」

葉池一走，松鴉羽就趕快把蓍草放進去，再偷偷拿出一片雛菊葉和一段牛蒡根。**如果不是兩種的其中一種，我就是老鼠！**他先確定葉池和蜜妮在育兒室，然後急忙趕到長老窩去。

「又是你！」鼠毛含糊地說，「現在是什麼時候了？」

她很快地把松鴉羽放在她面前的藥草都聞一聞，還嚐了雛菊葉。「不是，都不是。」

長尾也過來聞了一下，他也覺得這兩種都不是。

松鴉羽嘆了一口氣，「好吧，我們下次再試試。」

「你是不是頭腦有毛病啊。」鼠毛說完就趴下來睡覺。

松鴉羽在獵物堆旁吃著田鼠，聽到火星從他身邊經過走向巫醫窩。他趕緊囫圇吞下最後幾口，跟過去，站在荊棘垂簾外面偷聽。

「葉池，我想問妳……」火星一副很尷尬的樣子。

「什麼？」葉池語氣尖銳地催促著。

「我只是想知道妳和星族說過話了嗎？」松鴉羽聽得出來族長故作輕鬆的語氣，好像要問一個稀鬆平常的問題，不過他卻做得很糟。

松鴉羽提心吊膽地等待葉池的答案，不過他又很快的平復情緒。**如果葉池和灰毛說過話，全族早就知道了！**

「沒有！」葉池很快地回話，「如果有的話，你會是第一個知道的。」

「哦，好……謝謝。」火星慢慢地往門口走，停頓了一下，再一躍而去，連松鴉羽站在門外都沒注意到。

為什麼葉池不想跟星族講話？松鴉羽納悶著，**她在怕什麼？**

他渴望著要走出營地，或許就去湖邊吧，去找那根枯木，看看磐石怎麼說。但是磐石已經告訴過他，答案就在這裡，在自己的營地裡。**星族，為什麼不幫幫我？**松鴉羽默默地質問著，**引導貓族不就是祢們的責任嗎？**

似乎回應他無言的請求，沙暴穿過空地走到他身邊，「你要不要跟我到森林裡走一走？」

松鴉羽驚訝地抽動著耳朵，「為什麼？」

沙暴微微地發出一陣愉快的呼嚕聲，「難道我就不能單純地找你陪陪我嗎？不過，被你猜對了，」她接著說，「我的確要和你談談，我們找個不會被打擾的地方吧！」

「好，」松鴉羽同意，「但是我得先問問葉池。她……呃，她最近有點愛生氣。」

「我知道，」沙暴告訴他，「你在這裡等著。」她穿過荊棘垂簾，松鴉羽聽見她說，「葉池，松鴉羽借我一下，我們要去林子裡走走。」

「好吧，」葉池答應了但語氣聽起來很不情願，「叫他順便帶些艾菊回來。」

松鴉羽的腳掌發顫，跟著沙暴穿過金雀花隧道，沿著小徑走向風族邊境。他一直都很尊敬這隻薑黃色的母貓，即使現在知道和她並沒有血緣關係，他仍然很尊敬她。

當沙暴沿著風族邊界的小溪走時，並沒有說什麼特別的話。松鴉羽只是有些不耐煩地聽著她評論獵物的情況，還有風族有可能會越界的種種。他並不以為忤，他知道如果還沒準備好，沙暴是不會說的。

終於他們來到樹林和沼澤地的交界處，冷風從山上吹下來，一直吹向月池。

「我們休息一下吧。」沙暴說著就在溪邊坐了下來。

松鴉羽走過去和她坐在一起，轉身迎著風，享受著霜雪的氣息把他的毛吹得平貼在身上。

「松鴉羽，」沙暴說，「你覺得葉池還好吧？她最近好像很緊張。」

原來是要問這個！「我也有感覺。」他小心地回答。

「是因為綠咳症的關係嗎？」沙暴問，「還是更棘手的事？你覺得……有可能是因為灰毛的死，讓她感到內疚嗎？」

松鴉羽用爪子緊抓地面好讓自己站穩，**這個問題我還沒有心理準備！**他想告訴沙暴，**灰毛的死和葉池一點關係也沒有。我敢保證！**但如果說得這麼斬釘截鐵，是非常不明智的。沙暴一定會問更多的問題——那些他根本不能回答的問題，如果要回答的話，一定會把雷族搞垮。

「應該不是吧。」他喃喃低語。

「或許她覺得自己應該要能預知這件事，才能防範於未然，」沙暴繼續說，「或者她認為自己應該要去星族找灰毛問出真相。」

松鴉羽愣住了。所以火星沒告訴沙暴他去找過葉池，要求她去找灰毛談。到底大家互相隱藏了多少祕密呢？

「我想葉池只是因為疲於應付綠咳症吧！」他知道總得說些什麼來解釋，「而且我知道她很擔心白翅，她的孩子就要在這種寒冷的季節出生了。還有，大家都在為灰毛的事傷心呢！」

嗯，或許並不是大家……隨口說出了謊言，讓松鴉羽的爪子縮得緊緊的。

「或許你說對了，」沙暴嘆了一口氣，「火星和我都很擔心她。畢竟她不只是巫醫而已，還是我們的女兒呢！就像你如果出了什麼事，棘爪和松鼠飛一定也會很擔心的。」

才不會呢……松鴉羽發現要自己點頭，竟是那麼的困難，希望自己的表情不要洩露出內心的感覺。

「如果你發現了什麼一定要告訴我。」沙暴說。

「我一定會的。」**一定不會的！**他跟著這隻薑黃色的母貓回到營地，心想下一個來向他刺探祕密的會是誰，他所知道的驚天祕密還能隱藏多久。

⚡⚡⚡

「孩子們，現在就進到育兒室去，」黛西溫柔地說，「你們該睡覺了。」

「但是風族現在正在攻擊我們！」小玫瑰抗議著，「我要當族長把他們擊退！」

「妳可以明天再當族長。」黛西催促著。

松鴉羽聽出小貓們進入育兒室，他們高頻率的叫聲也漸漸消失。沁涼的晚風拂過他的毛髮，他也走回自己的窩。

自從上回和沙暴談話後已經過了兩天，葉池還是那麼敏感，松鴉羽也還是不知道為什麼。他確定他的導師在害怕著什麼，但他不敢問原因。

他才走到門口的荊棘垂簾就聽到雲尾大叫，「棘爪！蕨毛！嘿，他們回來了！」戰士窩裡一陣騷動，貓兒們都衝到空地，有些還衝過松鴉羽身邊，搶先著要跟歸來的巡邏隊打招呼。松鴉羽跟在後頭，試著要從那混合的氣味中認出從荊棘遂道一一走進營地的貓。帶隊的是棘爪，跟在後頭的是蕨毛，突然松鴉羽嚇了一跳，他聞到索日的氣味。這隻獨行貓冷靜的從隧道裡走出來，在進入空地之前，暫停片刻。他一副胸有成竹的樣子，一點也不像是被抓回來的罪犯。

這時營地裡一陣議論紛紛。

「是索日！」

「他們找到他了！」

「他好鎮定，」亮心疑惑地說，「他怎麼看起來一點也不像殺了灰毛的樣子？」

「我才不會輕易地饒過他，」塵皮怒吼，「看看他對影族幹了什麼好事。」

「火星會怎麼處置他？」狐掌的聲音因興奮而顫抖著，「我想他會扒了他的皮，然後丟給烏鴉。」

「不，」灰紋的聲音壓過嘈雜聲，「這不是火星的行事風格，他會先跟索日談談，弄清事情的真相。」

但願不要，松鴉羽心想。

另一隻貓跟在索日後頭走進空地，松鴉羽聞不出他的味道，雖然好像似曾相識。接著進來的是榛尾，殿後的是冬青葉和獅焰。知道他的兄姊平安歸來，松鴉羽終於鬆了一口氣。

整個貓族突然靜了下來，火星與松鴉羽擦身而過，走了過來，「索日，你好，」他的語氣冷靜而有禮貌。「謝謝你走這一趟。」

「希望幫得上忙。」索日也一樣禮貌性的回答。

「今晚就先休息一下，」火星繼續說，「這樣長途旅行你一定很累了。莓鼻！蜜蕨！」

「火星，什麼事？」這兩個年輕的戰士跳出來。

「請你們幫索日鋪床，好嗎？就在巫醫窩和戰士窩之間，有懸岩遮避的地方。」

而且有個狹小的入口，方便看守，松鴉羽心想。

在蜜蕨和莓鼻匆匆離去時，火星繼續說，「做得好，棘爪，還有你們大家，這一路上一定很辛苦。」

「的確是超乎我們的想像，」棘爪承認，「我們在兩腳獸的地盤找到索日和——」

「和我！」一個生氣的聲音打斷棘爪的話，松鴉羽突然知道他剛才無法辨認的味道是誰。**波弟，他在這裡做什麼？**

「我倒想知道你們為什麼要大老遠的把索日帶回來這裡！」這隻老貓繼續說，「希望你們不是胡亂指控他做了一些不是他做的事吧！」

一陣訝異的竊竊私語在貓群中傳開，松鴉羽分不清是因為波弟的出現，還是因為波弟的一番話所造成。

「棘爪，他是誰？」火星驚訝地問。

「他的名字叫波弟，」棘爪回答，「他是隻獨行貓，我們第一次去太陽沉沒之地的時候就遇見過他了。波弟，這是我們的族長火星。」

「波弟，歡迎你。」松鴉羽猜火星一定在向這老貓點頭致意，歡迎他來到營地，「你就睡在長老窩裡。狐掌，請你把他帶去，介紹給鼠毛和長尾認識好嗎？」

「謝謝你，火星。」波弟說，「索日，有需要的話就叫我，知道嗎？」說完就跟著狐掌走向長老窩。

老獨行貓走了之後，葉池走向前來仔細地聞聞索日，「這趟旅程你有受傷嗎？」她又接著問，「腿有不舒服嗎？」

「沒有，」索日的語氣好像覺得很好笑一樣，「我習慣長途旅行。」

沒錯，因為誰也不想和你在一起太久，這尖酸刻薄的話在松鴉羽嘴邊，卻沒有說出口。

「好了，索日，我帶你去你睡覺的地方。」蕨毛說。

他們兩個走了以後，火星小聲地叫著蛛足，「今晚你負責好好看守著索日，」又低聲說，「拿些獵物給他，讓他在這裡乖乖的待到明天早上。」

「沒問題的，火星。」蛛足說完就奔向獵物堆去了。

火星朝他自己的窩走去，留下聚集在營地入口的貓群們。

「我敢說他就是凶手！」罌粟霜叫著，「你們看到他那雙眼睛了嗎？他看著你的時候好像會把你看穿一樣。」

「我好怕，怕得不敢睡覺了，」冰掌說，「如果他在床鋪邊把我們殺死怎麼辦？」

「對啊，」鼠鬚也附和著說，「我真搞不懂為什麼火星還會讓他進來這裡。」

「火星要找出事情的真相。」亮心說道。

「而且我相信沒什麼好擔心的，」栗尾嚴峻地說，「蛛足不會讓他離開他睡覺的地方。」

不管這隻母貓怎麼保證，松鴉羽的腳掌還是在發抖，毛還是倒豎著。空地上空好像將有場暴風雨一樣，充滿恐懼不安的情緒，大家似乎都感覺到有大事要發生了。

不管自己不安的情緒，松鴉羽走向趴在荊棘隧道旁邊的冬青葉和獅焰。

「嗨！」他說，「這趟旅程還好吧？」

「很長，」獅焰沒精神地說，「我還以為我們再也回不來了。」

「我們遇上了一些貓，」冬青葉說，「他們面臨狗的威脅，而索日鼓勵他們要迎戰。結果有好幾隻貓戰死了，從那時候開始他們只要一出門就要與狗爭戰。」她疲倦地嘆了一口氣，「索日的罪狀又多加一條。」

「他真是擅長製造麻煩。」獅焰打了個呵欠附和著。

其實松鴉羽想問的問題是──你覺得是他殺了灰毛嗎？──但是他卻沒問。他感受到他們經歷了一段疲倦、恐懼和痛苦的旅程，不忍心再繼續追問了。

「真高興你們回家了。」他告訴他們。

獅焰和冬青葉都沒有回應。曾經讓他這麼思念的兄姊，現在回來了，但是灰毛的死還是他們之間的心結。

松鴉羽拋開那樣的想法說，「來吃點東西吧，然後你們兩個再好好的睡一覺。」

不曉得我們有沒有機會和索日談談，他一邊想著一邊和他們一起走向獵物堆。**畢竟他是唯一知道那則預言的貓。**他突然想起：**索日和我們說話的時候，好像我們就是預言裡的那三隻貓。可是現在已經不可能是我們了，因為松鼠飛並不是我們的母親啊！**

難道索日不知道這件事？還是索日也跟他們撒謊？

第十六章

獅焰被周圍嘈雜聲和騷動吵醒，他抬頭看到夥伴都從戰士窩裡出去，走到空地上。他掙扎地站了起來，咬牙忍著全身肌肉的痠痛，也跟著穿過樹枝走出去。

天空很清澈，但是太陽還沒升上山谷，黑影籠罩著巢穴，也覆蓋住蛛足蜷伏的地方，就是索日的巢穴外頭。即使時候還很早，但似乎大部分的雷族貓兒都已經聚集在空地上了。連黛西、蜜妮和白翅也坐在育兒室外，防衛性的用尾巴環繞住小貓咪，而那些小貓都害怕的瞪大眼睛，望著空地的另一邊。狐掌和冰掌也跑過來戰士群當中，此刻他們似乎覺得有必要和年長、有經驗的戰士在一起。

冬青葉也已經起床了，她和榛尾、蕨毛站在一起。她並沒有看到他走出來，不知怎麼的他就是不想走到她的身邊。

似乎那曾經屬於我們共同擁有的一部分，隨著灰毛的死，也已經不存在了！

火星從擎天架上的巢穴現身，然後從亂石堆上俐落地跳下來，來到灰紋身邊。族長的出現，使得空地上的騷動達到最高點。

「火星來了！」

「有事情要發生了！」

獅焰盡量地想放鬆身上的肌肉，他聽到一陣腳步聲，刺爪正帶著黎明巡邏隊歸營。

「現在怎麼了？」這隻金棕色的戰士喘著氣走到空地中間，然後停住腳，「我們錯過了什麼嗎？」

棘爪走向他，「你們怎麼這麼早回來？」他質問著，「你們不可能這麼早就完成影族邊界的巡邏吧！」

「喔！一切都還好啦，」莓鼻說著，轉頭看刺爪，「沒什麼好擔心的。」

棘爪的尾端抽動著，「好吧，」他怒吼著，「但是下一次要巡邏久一點。」他又走向戰士群當中，「狩獵巡邏隊準備出發，」他宣布，「沙暴，請妳帶一隊；亮心，妳可以——」他突然打住，生氣地甩著尾巴，發現根本沒有貓在聽他說話。

他挫折地看著火星，火星和灰紋正朝著他走過來。「他們根本靜不下來，」棘爪說，「大家都沒那個心情吃東西。」

灰紋點點頭，靠過去跟火星耳語。獅焰只聽到：「你倒不如現在就把這件事情處理了。」

火星豎起耳朵，「你說的沒錯，棘爪，去把索日帶出來。」

每隻貓都緊盯著副族長，看著他穿過樹叢要走進索日睡覺的地方。他和蛛足簡短地說了幾句話，然後消失在樹叢中。沒多久他又出現了，索日就跟在他後頭。

這隻獨行貓走向火星的時候，第一道曙光正好射向山谷，照在他的毛皮上。他的毛皮像是花了長時間打理般的光滑，不像是剛從兩腳獸地盤那裡長途跋涉過來的樣子。相較之下，獅焰看起來顯得又疲倦又邋遢。

當棘爪把索日帶到空地中央時，雷族貓們紛紛退向兩側，睜大著眼睛，豎起了毛髮。

他們怎麼了？獅焰不安地納悶著。**索日不過是隻貓！幹麼緊張兮兮的像極了膽小的兔子？**

「索日！等等我！」波弟的叫聲在山谷中迴響，他正從長老窩裡衝出來，鼠毛和長尾跟在後面。波弟衝到空地的時候，鼠毛和長尾就停在榛樹叢的外圍。他一身的毛倒豎著，沾了一些青苔屑，眼中燃起熊熊怒火。

蕨毛擋住他的去處，「別緊張，波弟，」他低聲地說，「我們不會傷害他的，你先和大家一樣退後。」

波弟驚訝地喘著氣還來不及回答，榛尾就走向他，把他推過來坐在自己和樺落之間。

火星和索日面對面的站在貓群中央，「你知道我們為什麼把你帶回這裡？」他問。

索日把頭一斜，「有隻貓被殺了，你們覺得我有嫌疑。」他信心十足地迎向火星注視的眼光，毛皮在微弱的寒光下發亮。

「是你殺了灰毛！」刺爪向他怒吼。

「對，」雲尾也怒吼著，「當時你也在風族邊界，別想否認！」

「你為什麼要殺他？」栗尾質問，「他有對你怎麼樣嗎？」

索日根本不理會那充滿敵意的叫喊，只是定睛看著火星。火星揮動尾巴要大家安靜下來。

火星在四下安靜之後說，「我們一位戰士的屍體在風族邊界的溪流裡被發現，他的喉嚨有咬痕，是你做的嗎？」

索日盯著他看，眼睛眨都沒眨一下，「想想你說的話，火星，時機到的時候，真相就會大白。」

獅焰看到火星的綠眼閃過一絲挫敗，索日對他們的指控既沒有承認也沒有否認。

「要他認罪！」貓群中出現這樣的嘶叫聲。

火星不理會那激進的話語，眼睛仍然盯著索日，「你在風族邊界做什麼？」他問。

索日聳聳肩，「我怎麼會記得？那是好多天以前的事了。」

「你在那裡有看到灰毛嗎？」獅焰感覺得出，就連火星在質問這隻獨行貓的時候，語氣也很難保持平靜。

「灰毛……？」

「就是很強壯、有一身濃密灰毛的貓。」火星的語氣裡帶著些許不耐煩；獅焰想索日根本很清楚地知道灰毛是誰。

索日搖搖頭，「我沒有看到任何貓在那裡。」

「你有聞到任何氣味嗎？」

獅焰從索日的眼中看出他一絲愉悅的神情，這隻獨行貓似乎已經看出火星感到愈來愈絕望，「我聞到了雷族和風族的氣味，但並沒有什麼特別的味道。」

「你有聽到任何打鬥的聲音嗎？」

索日慢慢地眨眨眼，「沒有。」

火星停頓了下來，尾巴尖端挫折地抽動著。獅焰發現就連族長也摸不透索日的底細，他的心不禁涼了半截。

「去吃些東西吧，」火星終於這麼說，「但是別以為這樣就沒事了，」他警告索日，「我們下回再談。雲尾，換你看守索日，好嗎？」

「當然了！」這白戰士低吼著。雲尾緊跟在索日和棘爪後面，副族長先帶著索日到獵物堆，再送他回巢穴。雲尾就守在那巢穴外圍的樹叢底下，表情嚴肅，毛髮豎立。

索日離開空地之後，棘爪才有辦法組織狩獵巡邏隊，讓他們出發。

「所有參與去尋找索日的隊員，今天早上都可以睡個夠，好讓體力恢復，」副族長對獅焰說，「你好好休息一下吧！」

獅焰覺得這不太可能，因為夥伴們都圍著他和出這趟任務的隊員，要求他們說說旅程中發生的事。

「要把索日帶回來，很辛苦嗎？」罌粟霜問道。

「他有沒有想要逃走？」狐掌也很興奮地問。

「沒有，」獅焰回答，「他自己願意來，配合度很高。」

這點很奇怪，他自己對自己說，**難道有什麼原因讓他願意來這裡？**突然間他全身毛髮豎起，**難道他以為可以像對影族一樣，對我們重施故技嗎？**

「你害怕嗎？」鼠鬚睜大雙眼低聲地說，好像想像著各種災難就要發生。「那隻貓什麼事都做得出來。」

「看看你們說了些什麼，小伙子！」波弟的聲音響起，他匆匆地走進貓群中，「你們不曉得你們在說什麼，索日是一隻好貓，他是我的朋友。」

鼠鬚嚇了一跳，對這隻老虎斑貓的嚴詞抗議感到訝異。

「但是他被看到——」煤心才說到一半。

「索日絕不會傷害任何貓，」波弟堅持，和這群年輕的貓對峙著，「你們的腦袋有問題嗎？」

「波弟，你聽我說。」獅焰想著要怎樣對這隻老貓說。

沙暴打斷他的話，「沒關係，波弟。如果索日是無辜的話，誰也不會傷害他的。走吧！我帶你去獵物堆。」

波弟嘴裡唸唸有詞地瞪著這些年輕戰士，然後才跟著這隻薑黃色的母貓走。

「呼！」獅焰看著冬青葉，「他的口臭快把我給薰昏了。」

冬青葉同情地說，「哦！他是目前唯一幫索日說話的貓，其他貓幾乎都已經定他罪了。」

獅焰才想要問，妳認為呢？冬青葉就已經走開，這個問題一直沒有說出來。獅焰再仔細想想，其實並不想知道答案。

就在他要回戰士窩休息的時候，聽到火星召喚的聲音。族長把戰士們都聚集在亂石堆下，然後走上擎天架。他看起來焦躁不安，伸縮著爪子好像想要有所行動，卻又不知要做什麼。

「葉池，」族長發言了，他看到巫醫就站在群眾的外圍，「妳有辦法可以確定灰毛是索日殺的嗎？」

巫醫搖搖頭。

「可以看看咬痕？」栗尾建議，「我們可以叫索日在葉子上咬一下，再把他的齒痕拿去和灰毛傷口上的咬痕比對一下。」

「聰明！」火星讚許地看了這隻母玳瑁貓一眼，「我可以——」

「這行不通，」葉池打斷他的話，「灰毛已經埋起來很久了。」

「我們一定得想想其他的辦法，」灰紋說，「還記得從前在舊森林的時候，我們把碎尾囚禁在雷族嗎？結果他和虎爪聯合起來，在雷族內部搞窩裡反。現在索日待在我們營裡，我們絕對不能掉以輕心。」

「那我們就處罰他，」樺落甩動他的尾巴，「絕對不能讓他引起任何麻煩。」

「叫他去收集老鼠膽汁！」罌粟霜的眼睛一亮，顯然是想起她當見習生時的工作。

「也可以叫他負責狩獵。」蕨毛建議。

「可是他可能會趁機逃走。」獅焰說。

「除非我們確定他有罪，否則不能處罰他。」火星說，「我們現在能做的就只有等待。葉池，請妳留心看看星族有沒有任何指示！我們的戰士祖先一定知道真相。」他的爪子劃過地面，在潮溼的土地留下深刻的抓痕，「祂們為什麼到現在都還沒有任何指示呢？」

葉池的表情非常地謹慎，「星族會在適當的時機告訴我們該知道的事。」

火星低下頭，接受她說的話，「那麼索日就必須待在這裡，直到我們掌握更多的證據，」他看了葉池一眼，又接著說，「一直等到星族要幫助我們為止。」

接下來幾天，雷族就開始適應這跟平日不一樣的作息，送食物給索日吃、讓他到空地上放風伸展四肢、陪他去上廁所。索日從來就沒有發過脾氣，而且對每隻貓都非常地友善。

獅焰苦無機會和他單獨談話，他非常想要和他談談有關預言的事。他忘不了他在面對群狗的時候，身上的那股力量，他確信自己還是那三隻貓裡的其中之一。但是索日從沒有落單過，只有資深戰士才能看守他。

雖然每天早晨樹葉的邊緣都覆上一層霜，白天的天氣還是很晴朗乾爽。有時候中午的陽光還會把懸崖底下的幾塊平坦岩石曬暖，鼠毛特別喜歡到那裡伸展四肢，曬太陽。

「長老應該隨時都可以來這裡曬太陽，對我們一身的老骨頭非常有幫助。」她嘆口氣，抽動著耳朵說，「在舊樹林時我們有一塊陽光岩，所有的貓可以一起在那裡曬太陽。」

波弟來了以後，她就常常帶著他一起躺在岩石上。獅焰對他們的友誼有些訝異，不過他想他們聊天的話題不外乎是：現在年輕的貓兒多沒禮貌、還有他們以前的獵物多好吃等等。

一天中午，獅焰正和蜜蕨、莓鼻從外頭走回營地。他們花了一整個上午和松鼠飛、蕨毛以及兩個見習生進行訓練課程。隨著白翅的預產期愈來愈近，蕨毛開始接手冰掌的訓練任務。

「他們表現得很好，」蜜蕨震動著喉嚨說，「你有沒有看到冰掌跳得好高？」

「狐掌也閃避得很快，」獅焰也有同感，「松鼠飛讓他們一次又一次的練習，他們現在都抓到要領了。」

莓鼻停下來做個伸展，還張嘴打了個哈欠，「我好想躺在陽光下休息一會兒，不知道鼠毛會不會讓我們也在那岩石上曬一下太陽。」

「好主意。」獅焰說道。

他穿過荊棘隧道後，看到鼠毛、波弟和長尾都在那塊平坦的岩石上打盹。莓鼻急切地跑過去，獅焰和蜜蕨也跟在後面。

波弟並沒有睡著，「所以我的直行獸，」他們接近時他還在說著，「牠對我說，『波弟，只有你有辦法趕走那老鼠，而且——』」他突然打住，眨眨眼看著這些年輕的貓。

獅焰注意到雖然波弟在講故事，鼠毛和長尾都已經睡著了。

「嗨，波弟，」他和這隻老虎斑貓打招呼，「我們可以和你們一起在這裡曬太陽嗎？我們訓練了一個早上，有些累了。」

「現在的年輕小伙子就是沒有耐力。」波弟咕噥地發牢騷，站起來伸展身體，然後把鼠毛和長尾叫醒。

「什麼？」鼠毛嚇了一跳醒過來。

「這些年輕小伙子想要曬太陽。」波弟解釋。

鼠毛的尾巴尖端抽動了一下，獅焰很訝異她竟然沒有反對。「好吧，」她含糊地說，「我們把位子讓給你們，但是你們要送些獵物到我們窩裡，我想要吃一隻肥美的田鼠。」

鼠毛把尾巴靠在長尾的肩膀上，引導他走下岩石，然後三位長老就一起朝著他們在榛樹叢底下的巢穴走去。

「謝謝！」獅焰在他們背後喊著。

「妳剛才睡著了，錯過了一些故事內容，」波弟邊走邊對鼠毛說，「我只好再重新說一遍。有一隻老鼠……」

獅焰和莓鼻爬上岩石，蜜蕨也跟隨在後。剛才長老躺的地方很溫暖，有明亮的陽光灑在上頭，獅焰在那裡躺下來，全身暖起來。**真希望我可以永遠躺在這裡**，他心想，**不用再擔心任何事情。**

在岩石的另一邊，莓鼻和蜜蕨一邊互舔毛皮，一邊看著蜜妮的孩子們在附近嬉戲。

莓鼻低下頭來在蜜蕨的耳邊說，「有一天我們也會有自己的孩子。」

蜜蕨抬頭看著他，害羞地眨眨眼，「我很期待。」

聽到莓鼻的聲音這麼溫柔，獅焰感到非常訝異；他總覺得資深戰士都是頤指氣使的討厭鬼，只要能叫其他貓做的，自己絕不動手。或許蜜蕨成為他的伴侶是件好事。

至少他不會再來煩我。

這隻奶油色的戰士舔著蜜蕨的肩膀，「妳一定是個很棒的母親。」

看著他們在一起，獅焰突然感到一陣落寞。**我的母親是誰？她為什麼不要我？**他閉上眼睛，想像她長什麼樣子，不知她是否想過被她遺棄的孩子？

「看我！看我！」小花的聲音從空地的一邊傳來，「我跳得比誰都高！」

「妳才不行呢，我才可以！」小蜂爭著說。

獅焰睜開眼睛，看到蜜妮的三隻小貓咪在距離他們不遠處蹦蹦跳跳打成一團。小薔一個翻滾跌到岩石牆面的裂縫旁邊；她一躍而起，撐起後腿保持平衡，前腳舉在空中。

「我敢說你們都不會！」她誇耀地說。

在這同時，獅焰看到一長條黑影從小貓背後的岩石竄出來，襯著灰色的岩石背景牠撐了起來，而小薔這時候太興奮了，根本沒有注意到。獅焰倏然坐直身體。

有蛇！

他繃緊肌肉作勢要跳，蜜蕨早他一步，從岩石上跳下去把小薔推開。那隻蛇弓起牠的頸部發動攻擊，蜜蕨來不及閃避，肩膀被牠的利牙給咬住。

蜜蕨往後跳開，發出痛苦的叫聲，「救命啊！」

第十七章

冬青葉叼著一隻田鼠和兩隻老鼠從荊棘隧道口走進來，只是走到獵物堆的時候，她的鼻子和腳掌都凍僵了。禿葉季的陽光沒有辦法穿透樹叢，地面的陰暗處還是非常寒冷。

她把獵物放下後聽到一聲慘叫，那是從巫醫窩的峭壁底下傳來。才一轉身，就看到獅焰衝到空地，他豎起全身的毛好像被敵族追趕。

「救命！快來啊！」他大叫著，「蜜蕨被蛇咬了！」

恐懼的寒意流貫冬青葉全身，她快速地衝過空地，營地裡從來沒有出現過蛇啊！她衝到峭壁底下時，看到小薔捲縮在一旁發抖，睜大眼睛十分恐懼的樣子。蜜妮這時也跑過來，用尾巴裹住她保護著。

莓鼻蹲在蜜蕨身邊，蜜蕨的四肢攤開側躺著，呼吸急促，眼中充滿了恐懼。她肩膀上有鮮血流出來，那就是被蛇咬到的地方。

栗尾和蕨毛從戰士窩裡衝出來看到受傷的

女兒時，眼中也帶著同樣的恐懼。煤心也緊跟在他們後面。

他們走近停下腳步，栗尾的臉靠在蕨毛的肩膀上，「不……喔不……」她喃喃地說，「我已經失去小颼！不能再失去另一個孩子了！拜託，星族……」

這時獅焰跑回來，冬青葉問他，「罌粟霜在哪裡？」栗尾在這時候需要她所有的孩子。

「出去巡邏了，」獅焰回答，「她——」

他突然打住，看到葉池穿過貓群走過來。「退後，讓個空間給我。」她命令著。

莓鼻看著她吼著，「我不走！」

葉池沒有理會他，蹲在蜜蕨身邊把一隻前掌搭在她肩膀上說，「盡量不要動。」

冬青葉以為葉池要開始救她，她應該知道怎麼做才對？但是她竟然什麼藥草也沒帶，只是靜靜地坐在這顫抖的虎斑貓身邊，什麼事都沒做。

葉池抬起頭來，眼光環顧貓群，然後定睛在煤心身上。那乞求的眼神，既急切又渴望。冬青葉往後縮，**我不懂**，她想，**她要煤心做什麼？**

「救我！」蜜蕨開始痛苦地抽搐翻滾，「我身上的血好像都在著火！拜託！好痛！」

莓鼻盯著葉池，「快點救她！」他乞求著，然後轉向周遭的貓群，「你們誰來救救她！」

葉池似乎沒聽到他的聲音，她只是把眼光從煤心身上拉回，低頭看著拚命掙扎的蜜蕨。

栗尾伸出爪子，不敢相信地盯著巫醫，「妳為什麼不做些什麼？」

葉池低下頭來低聲地說，「我非常抱歉，我無能為力，蛇毒已經流貫她全身了。」

栗尾抬起頭發出一聲悲鳴，蕨毛用尾巴環繞她的肩膀緊依著她。

蜜蕨緊縮四肢，痛苦地弓著背，一陣痙攣後整個身體癱軟下來，她的胸口幾乎看不出呼吸的起伏，四肢繼續抽動，眼睛開始變得呆滯。

這時四周一片鴉雀無聲，冬青葉和大家一起往後退，讓出空間給莓鼻，好讓莓鼻送蜜蕨走上星族之路。這隻奶油色的公貓蹲在她身邊，輕撫著她身上的毛，「我們本來可以一起生兒育女的，」他喃喃地說，「現在只能盼望有一天我們會在星族相見。」

蜜蕨的嘴動了一下，喉嚨發出聲響，好像要回答一樣。

「妳救了小薔，」莓鼻彎下身來舔著她的頭，「星族會以妳為榮。」

蜜蕨發出一聲長嘆，冬青葉無助地看著她朋友的四肢靜止不動，胸口起伏也完全停止。最後，她的藍眼睛空洞地望著天空。

冬青葉感受到一陣如蛇咬般的疼痛，她看著煤心驚恐的表情，想像著失去手足的感覺。

不！冬青葉的爪子刺進了泥土，**絕對不能發生這種事！**

這時葉池要走向蜜蕨，但是蕨毛擋住了她。蕨毛轉而走向莓鼻，把尾巴搭在這年輕戰士的肩膀上說，「她走了，她已經和星族同行。」

就像慈祥的父親一般，蕨毛把莓鼻扶起來帶到旁邊，然後再向葉池點頭示意。

巫醫蹲在蜜蕨身邊，把掌子放在她胸口檢查是否還有任何呼吸跡象。然後她輕輕地搖搖頭，轉身對獅焰說，「找些戰士來幫忙，把她的身體抬到空地上，我們要離開這裡，那隻蛇可能還會在這附近出沒。」

「我來幫忙。」冬青葉立刻主動地說。

獅焰搖動著尾巴招喚蛛足和刺爪，四隻貓合力將蜜蕨的屍體搬離戰士窩不遠處的地方。就在他們穿過空地時，灰紋出現在荊棘隧道口，口中銜著許多獵物。罌粟霜和鼠鬚也緊跟進來。罌粟霜一看到手足的屍體，馬上丟下獵物衝過來。

「發生什麼事了？」她哀嚎著，「蜜蕨，醒醒！」

栗尾過來引導她走在蜜蕨的屍體後面，他們相依地走在一起，等戰士們把屍體放下，他們一家都圍過來，彼此安慰著為她守靈。

陽光雖仍舊高照，冬青葉卻感覺全身發冷，忍不住地顫抖。「你還好嗎？」她問獅焰，「你目睹這一切。」

獅焰黯然地點點頭沒有回答。

「蜜蕨的死對雷族是一大損失。」

聽到索日的聲音冬青葉嚇了一跳，轉頭一看，這隻獨行貓已經走出他的巢穴。刺爪一定是離開看守索日的崗位，也來看發生什麼事。索日流露出悲傷的眼神，他低著頭似乎也感到十分悲傷。

「年輕的生命就這樣結束，真是可惜。」他又接著說。

冬青葉知道她應該要把索日帶回巢穴，但她就是提不起勁來；其他貓也似乎悲傷得無暇管索日了。

就讓他待在這裡吧，她想，**他還能搞什麼鬼嗎？**

波弟和長老們也出現了，他們走過來加入貓群當中。

「沒有比失去年輕生命更難過的事了，」波弟說，「她本來還有一大片美好的前景。」

「她是隻好貓，」鼠毛說，「剛才還拿了一些獵物給我。」

貓兒們都穿梭在空地上不知所措，這時灰紋走到他們當中，舉起尾巴要大家安靜，冬青葉才鬆了一口氣。

「鼠鬚，」他指示，「你去找火星，他領著狩獵隊往兩腳獸的舊巢穴那裡去。棘爪帶領的是邊界巡邏隊，我們只能等他們回來，因為我也不曉得他們現在在什麼地方。」鼠鬚走了之後，他又接著說，「葉池，妳檢查一下小薔，確定她有沒有事？」

葉池點點頭，她看起來很高興終於有事可做了。蜜妮把小貓帶到巫醫面前，她爪子抓著地面，流露出憂慮的眼神。黛西也跟在後面，小心地看顧其他小貓，小貓們似乎也一樣受到驚嚇。

就在葉池檢查小貓，把她全身上下聞了又聞的時候，冬青葉低聲對獅焰說，「她一定沒事的，蜜蕨不會死得沒有價值。」

終於葉池點頭告訴蜜妮，「她沒事，我會給她一些罌粟籽，讓她好好的睡個覺。」

「但是蛇怎麼辦？」黛西叫著，「我們營地裡從來沒有出現過蛇啊！」

「是啊，怎麼辦？」蜜妮也說，「我們一定要有對策，不然會有更多的意外發生。」

灰紋轉身面對獅焰，「帶我去看看蛇出現的地方。」

冬青葉跟著弟弟和灰紋穿過空地走向他們作日光浴的地方。冬青葉很佩服灰紋處理事情的方式，以前在舊森林時他一定是很棒的副族長。

「蛇就是從那個縫隙跑出來的，」獅焰用尾巴指著岩壁上一道很深的缺口，「不過我沒看到蛇是不是又溜進去了。」

灰紋小心翼翼地走近岩壁，仔細地聞了又聞檢查每一個縫隙。「沒看到蛇，」灰紋說著走回獅焰身旁，「不過蛇可能藏身在任何地方，有些縫隙很深，有很多地方可以躲。」

冬青葉怕得手腳發麻，如果蛇隨時都可能不動聲色從岩壁溜出來，把另一隻貓也咬死的話，那這個山谷怎麼能繼續住下去？

「蜜妮說的沒錯，」冬青葉說，「我們一定要採取行動。」

灰紋還沒來得及回答，入口突然閃進一團火焰色的毛球，原來是火星趕回營地。灰紋跑過去迎接，冬青葉這時注意到火星的表情從焦慮轉成恐懼。火星走近蜜蕨的屍體，在哀傷的親友旁邊蹲下來。

冬青葉在附近聽得到火星說的話，「對不起，」火星顫抖著說，「蜜蕨在這裡本來應該是很安全的，我保證這樣的事情以後再也不會發生了。」

可是你又怎麼阻止得了呢？冬青葉想不透。**錯又不在你，你怎麼可能事先知道有蛇躲在岩壁底下呢？**

鼠鬚也跟著火星回到營地；塵皮和樺落，這些在火星那一組的巡邏隊隊員都跟著回來了；接著是亮心和松鴉羽，嘴裡各自咬著貓薄荷。從他們臉上驚訝的表情，冬青葉知道，鼠鬚一定什麼都跟他們說了。最後回營地的是棘爪的巡邏隊，剛探勘完風族的邊境，聽到這個消息，哀嚎聲此起彼落。冬青葉這時候最想做的，就是回到戰士窩的床位上，把眼睛埋進青苔和蕨葉堆裡矇頭大睡，然後醒來時發現蜜蕨的死只是一場惡夢。

可是她還沒邁開步伐，火星就跳到擎天架上頭說，「雷族貓們！」他提高音量讓空地的每一個角落都能聽得到，「發生一件可怕的事情，可是我們要保持鎮定；蜜蕨為了保護小貓咪，英勇的犧牲，我們不只在今夜要哀悼她，在以後的日子裡也一樣。我們一定要想辦法，讓蛇不再來危害我們。」

「我們該怎麼做，你儘管吩咐。」蕨毛大聲回應。

火星跟棘爪點點頭，「首先，我們用荊棘把岩壁隔開，塵皮，請你負責這件事好嗎？」這隻棕色的虎斑貓用力地點頭答應，「不准有貓靠近岩壁，蜜妮和黛西，妳們一定要讓小貓咪都了解這一點。還有，大家都別去那裡曬太陽，蛇在禿葉季時通常會在那裡睡覺，我想一定是有貓在岩石上活動驚動了蛇。」

冬青葉看見波弟和鼠毛驚惶地互看一眼，「被蛇咬的有可能是我們！」波弟感嘆地說。鼠毛低下了頭，眼裡充滿哀傷喃喃地說，「是我就好了，可憐這隻貓還那麼年輕。」

「好了，」火星說，「大家都回到自己的工作崗位，今天晚上大家為蜜蕨守夜。」說完火星輕輕一躍跳下岩石，跑向棘爪。

「獅焰！」塵皮說，「拜託幫我蓋圍籬，帶著狐掌和冰掌去森林裡收集荊棘。」

「我這就去。」獅焰說完和冬青葉碰了一下鼻子就跑去找那兩個見習生。

黛西和蜜妮把小貓咪集合起來準備走回育兒室。「你們誰也不准靠近那一區的岩石，」蜜妮很嚴肅地告誡小貓咪，「火星說的話你們都聽見了。」

「我們不敢。」小花因為害怕，所以聲音聽起來很尖銳，其他的小貓們這次看起來都乖得非比尋常。

白翅跟在小貓咪後頭也要回育兒室，樺落跑向她，把鼻子貼在她的肩上，不安地說，「妳一定會小心的，對吧？」

白色母貓深情款款地看著樺落，然後眨一下眼說，「我一定會小心，你不要大驚小怪。」樺落的耳朵指向還趴在蜜蕨屍體上的莓鼻，堅定地說，「我絕不會讓妳先去星族，我還要跟妳在一起很久很久。」

白翅和樺落彼此依偎在一起，尾巴交纏著。

大家都走了以後冬青葉還呆站在那裡，不知道要做什麼，想去安慰煤心，又怕吵到正在為蜜蕨哀悼的親族。最後冬青葉猶豫地走向戰士窩，這時候葉池跑過來了。

「冬青葉，妳能幫亮心整理草藥嗎？」葉池問，「我和松鴉羽要去察看一下懷孕的母貓和小貓咪，看看他們有沒有受到驚嚇。」

「當然好。」冬青葉很高興終於有事情可以做，她接過松鴉羽嘴裡的貓薄荷，然後走到巫醫穴裡。亮心已經開始整理起一捆一捆的草藥，冬青葉趕緊幫忙。巫醫窩裡飄著藥草味聞起來很舒服。冬青葉想起了以前跟著葉池當見習生的日子，**那時候一天到晚擔心自己分不清藥草的種類。如果現在要擔心的事情像以前那樣單純該有多好！**

「如果我們有藥可以治療被蛇咬就好了。」亮心悲傷的一邊喃喃自語，一邊用前掌把枯掉或是有損傷的葉子摘掉。

冬青葉點頭，但是心裡很清楚再怎麼樣也無法讓蜜蕨活過來。這時候冬青葉豎起耳朵，聽到洞口簾子的聲音，轉頭一看，原來是葉池進來了。

「我來拿罌粟籽給黛西，」巫醫說，「黛西有點歇斯底里。」

「不能怪她啦，」亮心說，「如果我現在有小貓要帶，一定也會被嚇得半死。」

葉池用葉子包好了罌粟籽正準備要出去，火星卻在這時候從洞口探頭進來。

「有事嗎？」葉池問，聲音裡有讓冬青葉不解的緊張。

「我們一定要解除蛇的威脅。」火星小聲地說。

葉池眨眨眼感到很困惑，「我有什麼辦法？難道我能把蛇從洞裡給叫出來。」

「不是這樣的，」火星回答，「但是妳可以讓蛇永遠不再接近我們營區，我要妳在蛇洞四周佈上死莓。」

冬青葉聽到死莓這兩個字就四肢僵硬，好像被釘在地上，她和亮心驚恐地互看一眼。大家都知道死莓太危險了，所以葉池從不把它放在營地裡。

「火星，你要知道——」巫醫開始說話。

「跟小貓和每一隻貓都解釋清楚死莓是什麼東西，為什麼不能碰也不能吃，」火星打斷葉池，「他們會懂的，一定要這麼做，我不想再有貓被蛇咬死了。」

葉池猶豫了一下，不情願地點點頭，「那好吧，松鴉羽和我今天就會去採，不過這個做法我並不喜歡，」接著葉池又更進一步強調說，「如果一個月內死莓沒有把蛇毒死，我們就要另外想別的辦法。」

第十八章

獅焰帶著狐掌和冰掌到森林裡收集樹枝。他在那邊發愣，那恐怖的場景一遍又一遍地浮現在眼前。

我是不是早該做些什麼？如果我的動作再快一點……或許如果是我先跳下去，我就能殺掉那隻蛇。

這兩個見習生還在害怕的發抖，一聽到樹葉沙沙的響聲，就想到可能有蛇藏匿其中。

「我真不敢相信，我們才抓到索日，就有蛇出現在營地。」冰掌說完就被一片落下的橡樹葉嚇得往後跳。

「我懷疑是索日把蛇召來殺死蜜蕨。」狐掌聲音顫抖地附和著。

「太可笑了！」獅焰的聲音出乎自己意料得大，兩個見習生嚇得往後跳。「那隻蛇剛好出現，就算沒咬到蜜蕨，也可能咬到索日。」

「咬到索日就好了。」狐掌咕噥著。

獅焰什麼話也沒說，**最近營地裡的噩耗還**

不夠多嗎？

他領著見習生走向舊轟雷路附近的荊棘叢，他鑽進樹叢裡咬住枝條的底部，兩個見習生還在樹叢外圍猶豫著，緊張地眨眨眼。

「過來啊！」獅焰催促著，「怎麼了？」

「裡面有蛇嗎？」冰掌小聲地問。

「如果有的話，我早就死了。」獅焰不悅地回答，「好吧！」他嘆了一口氣，「我把莖咬斷，你們負責把枝條拉出去。」

他們持續工作了好一陣子，荊棘已積成一堆，狐掌突然停下來，嘴裡還咬著枝條的一端。

「怎麼了？」獅焰問，「你要把枝條拉走，我才能再進行下一個。」

狐掌放下枝條，「我聞到風族的味道！」

冰掌也放下她拖著的枝條，嚐嚐空氣的味道，「不對，是河族！」她叫著。

獅焰很快的從樹叢中鑽出來，深深地吸了一口氣，「你們兩個都對，」他說著並豎起頸部的毛，「而且還有影族。」

狐掌壓平了耳朵蹲低身體，「我們又被入侵了嗎？」他尖叫著。

「應該不是，」獅焰強作鎮定，「這氣味聞起來不像有很多貓，」他用尾巴比劃著說，「到我後面待著，別輕舉妄動，聽我指示。」

獅焰面對氣味飄過來的矮樹叢，兩個見習生待在他身後緊靠著。突然一叢蕨葉抖動著，影族的黑星從那裡現身，接著是花楸爪。不一會兒出現的是豹星和蘆葦鬚，最後是一星和裂耳。

三族族長都來了！獅焰看著他們，心跳加速。**這是什麼巡邏隊？**

「你好，獅焰，」黑星點頭致意，「我們要和火星談談。」

「好——」獅焰說，「跟我來。狐掌，冰掌，拜託你們把這些荊棘枝條帶回去。」

獅焰把兩個見習生留下來工作，自己帶著訪客回山谷，走進荊棘隧道。這時空地比他離開時安靜了許多，蜜蕨的屍體還安放在遮蔭底下，他們一家仍然蹲伏在四周，要守靈到夜晚。索日已經不見了，刺爪又守在索日的巢穴外頭。貓后和小貓咪都回到育兒室裡面了。

「你們好，」火星客氣的向族長們點頭致意，帶著警戒的語氣，「有什麼事嗎？」

黑星連聲招呼也不打的就直接問，「索日在嗎？」他質問著。

「真的是他殺死灰毛嗎？」豹星追問。

一星露齒咆哮，「你什麼時候才打算告訴我們你拘禁了凶手？」

火星豎起耳朵，尾巴尖端左右抽動著，獅焰看得出火星的綠眼珠裡流露出驚訝的表情。

「你們怎麼這麼快就發現的？」火星問。

「我們的巡邏隊員看見雷族貓和索日沿著湖邊走回來，」一星回答，聲音充滿緊張和憤怒，「他們講給河族的巡邏隊聽，河族又把消息告訴影族。」

火星一一環顧每個族長，然後冷冷地說，「這不關你們的事吧？」

「因為你讓我們身處險境。」豹星反駁。

「你知道那隻貓的威脅有多大，」一星前爪撥弄著泥土，「而你竟然把他帶回湖邊。」

黑星趨前走了一步。獅焰不相信黑星敢在雷族的營地攻擊火星，不過他還是繃緊肌肉做好準備，要是有誰膽敢出手，他就要去保衛族長。

「難道你忘了索日的不良企圖？」黑星生氣地說，「他不要我們相信戰士守則！」

把我當成是隻蠢老鼠！獅焰譏諷地想。這時候灰紋和棘爪也互望了一眼，獅焰知道這兩隻資深戰士的想法和他一樣。黑星還在推卸責任，根本忘了當時是他自己要被索日牽著鼻子走。

「你打算怎麼處置索日？」豹星質問。

火星猶豫了一下，看起來愈來愈不安了，不過他還是把爪子收得緊緊的。「我還沒決定，」火星承認，「我們還在調查事情的真相。」

一星咪起眼睛，鼻孔好像要噴出火來，「索日太危險了，絕不能讓他留在湖區，應該**立刻**把他送走。」

「你們不應該把他帶來這裡，」豹星咆哮著，「任何有基本常識的貓都會懂。」

「那麼殺死灰毛的凶手就會逍遙法外。」火星反駁。

「不能光想著報仇，」一星怒嗆，「讓我們大家陷入險境，萬一再出什麼差錯，我們是不會挺你的。」

其他兩位族長點頭附和，他們的三個跟班也低聲威嚇。獅焰頓時覺得很心寒，雖然他體內熱血沸騰，很想把這些傲慢的貓撕成碎片。**他們有什麼權利干涉雷族的事！**

黑星抬起下巴堅定地說，「索日必須在下次大集會之前離開，否則我們會親手處理他。」

松鴉羽跟著葉池的腳步爬到山脊上，那裡林木較稀少，腳底下踩到的是刺刺的松針。他往下坡走向糾纏的矮樹叢時，感覺到地面變得潮溼容易打滑。他重新抓住平衡，聞到了一股濃濃的紅豆杉樹皮和果實的味道。

「就是這裡了，」葉池說，「我爬到樹上把樹枝弄彎，你在下面幫忙。」她把他又往前推了幾步，「你就站在這裡。」

松鴉羽聽到導師爬樹的聲音，沒多久就感覺到紅豆杉樹枝碰到他頭頂，那股強烈的死莓氣味讓他渾身的毛都豎了起來。

「盡量往上伸，」葉池的聲音就在他上方，「有枝帶果實的葉柄就在那裡，要很小心。」

哪還需要妳告訴我！松鴉羽心裡嘀咕著。

他舉高前腳、往上伸展，有個羽毛般的葉柄碰到了他的臉，還有一串沉甸甸的死莓也碰到他的身體。他試著要用牙齒從主幹分枝咬下去，卻感覺到葉池的口鼻也湊過來要幫她咬斷。

一股不愉快的情緒從巫醫的身上傳過來，松鴉羽幾乎要站不住腳。他移動後腳緊緊地扣住潮溼的松針地面，然後繼續咬著那帶有死莓的枝條。葉池對於山谷裡接二連三的噩耗感到非常焦慮，還沉浸在悲傷的情緒當中幾乎無法自拔。

然而她的聲音還是很鎮定，「就是這樣。」然後松鴉羽聽到那枝條掉落在他腳邊的林地。他鬆了一口氣，動動肩膀放鬆伸展時的壓力，然後咬住枝條的一端，盡量小心的不讓死莓碰到他的嘴巴。

聽到他身邊輕盈的落地聲，他知道葉池從樹上跳下來了。「你走在前面，」她說，「我在後面確定沒有果子掉下來。如果掉在這裡還沒什麼關係，但如果散落在營地附近就不行。」

ϟϟϟ

他們穿過荊棘隧道走進營地，發現空地上擠滿了貓，像一群生氣的蜜蜂鬧哄哄的。松鴉羽找到獅焰的位置走向他，先把死莓暫時放下，「到底發生什麼事？」

「其他三個貓族的族長來訪，」獅焰低聲怒吼著，「他們要火星在下次集會之前把索日趕走，否則他們自己會來把他趕走。」

「什麼？」松鴉羽甩著尾巴，「他們有什麼權利要雷族族長怎麼做？」

松鴉羽感到獅焰的怒火，「他們對灰毛的死才不在乎，」他的哥哥怒吼著，「他們像是嚇壞的兔子，一直認為索日會跳出來把他們撕成碎片。火星絕對不能讓步！」

松鴉羽低聲表示同意，但他的腳掌不安地顫抖著。他不喜歡別族也都知道灰毛死亡的消息，但是這件事像漣漪般愈傳愈遠，而且沒有消失的跡象。

正在他努力要擺脫這不安的情緒時，聽到葉池叫著他，「松鴉羽，把莓子放在這片葉子上，我們必須讓所有的貓都知道這有多危險。」

她把一片平坦的葉子放在松鴉羽面前，讓他把死莓放在上面，然後拖著葉片讓松鴉羽跟在她後面，穿過營地走向育兒室。「把狐掌和冰掌也帶過來。」她說。

松鴉羽聞聞空氣，發現這兩個見習生正在峭壁附近和塵皮一起蓋圍籬。「狐掌！冰掌！」他轉頭對他們喊，「葉池找你們。」

「來了！」冰掌說。

松鴉羽聽到塵皮發了一陣牢騷，「我看啊，這圍籬要等到綠葉季才蓋得好。葉池那邊結束後，你們立刻給我回來！」他命令這兩個見習生。

松鴉羽趕上在育兒室外頭的葉池時，她正喊著，「蜜妮！黛西！請把小貓帶出來。」

「什麼事？」黛西吃了罌粟籽，聲音聽起來很想睡的樣子。

「我有樣東西必須讓你們大家看看。」

葉池和松鴉羽在那裡等著兩個貓后把小貓們帶出來，白翅也跟在他們後面，蹲在入口處。

「現在注意，」葉池開始說，「你們看過這種莓子嗎？」

松鴉羽感受到小貓們的好奇，只不過他們還是默默地沒有回答。

一陣靜默後，小蜂第一個回答，「看起來很好吃的樣子。」

「不！一點也不好吃！」葉池的聲音顫抖著，充滿憤怒及厭惡，「這些莓子很可怕，叫作死莓。如果你們不小心吃到一個，不但會肚子痛，還會死，而且連巫醫也沒有辦法救你們。」

松鴉羽知道這並非全然是事實。鼠毛告訴過他，栗尾曾經誤食死莓而大病一場，但煤皮救了他，不過當時情況相當危急。葉池這麼做是要嚇嚇這些小貓，讓他們絕對不敢靠近死莓。

「既然是這樣，妳為什麼要把這東西帶進營地裡呢？」黛西焦慮地問。

「因為火星要我用死莓來毒殺蛇，」葉池回答，「我必須讓大家都知道不可以靠近。」

「你們聽到了嗎？」蜜妮大聲地問孩子們，「仔細看清楚，要記住。」

「我們會小心的。」小玫瑰害怕地說著，其他的小貓也低聲附和。

「狐掌？冰掌？」葉池緊接著問。

「我們會記住，」狐掌說，「絕對不會碰。」

冰掌也接著說，「我們以後在森林裡，也會注意的。」

「很好，那麼你們可以走了，不過不要忘記我說的話。」說完葉池就拖著這片載著死莓的葉子穿過空地，但是突然停住對松鴉羽說，「拜託你到獵物堆，幫我帶隻老鼠過來。」

松鴉羽隨即跑開，去帶了一隻老鼠回巫醫窩。「這隻很肥。」他說。

「不是我要吃的，」葉池說，「是要給蛇吃，我要用死莓來塞這隻老鼠。」

「妳的腳掌會沾到毒液的！」松鴉羽叫著。

「不會，我會用樹枝把莓子塞進老鼠的喉嚨。」

當松鴉羽牢牢地把老鼠固定住時，他感受到葉池對她自己現在所做的事非常厭惡。他幾乎能看透她的心思，**我是巫醫！我要做的應該是治療，而不是殺害！**但他什麼話也沒說，任憑葉池不斷地把死莓往老鼠的身體裡塞。

如果我這時候跟她講話，準會被她扒了一層皮。

終於，葉池嘆了一口氣說，「好了，這樣應該就可以了。我還順道放了一些荊棘的刺，這樣蛇吞食了之後，會刮傷腸胃，毒性就會更快散布到全身。」

松鴉羽點點頭。他很訝異葉池這麼不喜歡把她的專業知識用在此，並把咬死蜜蕨的蛇看成是被害者。而他卻對這種帶有毒性的植物深感興趣。**會不會還有其他的種類呢……**

葉池把塞有死莓的老鼠放在葉子上，拖到外面的空地，塵皮正在蛇洞外圍搭起荊棘圍籬，獅焰和其他兩位見習生正在幫忙。

松鴉羽則走向獅焰，葉池跟塵皮解釋她採取的措施。

「好主意，」棕色虎斑貓說，「那我就把這毒老鼠放在圍籬後面靠近蛇洞的地方。」

「千萬要小心。」葉池警告。

「我不會有事的，」塵皮要葉池放心，聲音聽起來出乎尋常的輕柔。「妳看，我咬住老鼠的尾巴。」松鴉羽接著聽到塵皮跳過圍籬，不一會兒又跳回來。「辦好了，一切搞定！」塵皮說著轉身面對他的幫手們說，「你們還杵在那裡做什麼？快點把圍籬蓋好。」

葉池和松鴉羽回到巫醫窩之後，把剩下的死莓用葉子包起來。「最好把這些收起來，如果這一次的毒老鼠沒有奏效，」葉池解釋，「我實在是不喜歡這樣做，但是——」

這時傳來一聲哀嚎打斷了葉池的話，「葉池！葉池！」

「現在又怎麼了？」松鴉羽問。

松鴉羽聞到了，是樺落的氣味，這隻年輕的戰士衝過了荊棘垂簾，喘著氣說，「葉池，請妳立刻趕過去！白翅的肚子很痛。」

「好，別慌張，應該不是什麼嚴重的事，可能是要生了。松鴉羽，把那一包東西收好，」葉池匆匆出去時交待說，「放在儲藏室的最裡面，免得有誰不小心拿到。」

松鴉羽小心翼翼地把它一路推到了儲藏室最裡面，那裡存放了以前收起來的藥草，還有一堆堆乾枯的。「這些東西應該要清掉。」松鴉羽喃喃自語地把死莓推到最裡面的角落。

松鴉羽厭惡地抖動頰鬚，爬回巫醫窩，身上沾滿了草藥的細屑和小梗。他才開始清理肩膀上的細屑，葉池就回來了。

「白翅沒事，」葉池回報，「就是肚子痛，我去拿一些杜松子給她。」葉池說完就衝進儲藏室，咬了一包東西出來。「喔，對了，我剛才想起來，」她咬著東西含糊地說，「出了這麼多事，我忘了去檢查波弟的痛腳，你現在能幫我去看看他嗎？」

「沒問題。」松鴉羽嘆了一口氣，看來還要忍受好一會兒才能清理自己的身體。他走回儲藏室拿著草藥膏，走向長老窩。

松鴉羽爬進榛樹叢外圍就聽到波弟的聲音，「我不懂為什麼你們都跟索日過不去，今天來的那幾位族長還要火星趕走他！」老虎斑貓聽起來有些激動，「我說索日是一隻好貓，為什麼大家都不信？」

「波弟，大家跟你講索日在這裡的所作所為，你根本沒在聽。」鼠毛的語氣聽起來似乎有些不耐煩。

反正鼠毛本來就沒什麼耐性，松鴉羽想著在洞口停了下來。

波弟不客氣地回答，「胡謅的事情還硬要我相信，如果不想聽就不必聽。」

沒錯！松鴉羽暗暗竊笑，**看來波弟沒有大家想像的那樣笨！**

「星族對我們而言很重要，波弟，」長尾說，「如果跟我們住久了你就會懂了。」

「懂那些天上的貓！」波弟不屑地說，「等刺蝟會飛的時候，我才會相信這樣的事，」接著又繼續說，「而且這些與火星對待索日的方式無關，把一隻貓關起來根本違背常理，索日應該跟大家住在一起。」

松鴉羽感覺到鼠毛愈來愈氣了，他走向前想阻止這場紛爭。鼠毛看到松鴉羽過來，嘶叫了一聲之後就跑到長老窩最裡面的地方蹲下來。

「嗨，波弟，我來檢查你的腳。」松鴉羽說明來意。

「正好，」老貓抱怨著，「我的掌墊像要燒起來一樣。」波弟把腳伸出來讓松鴉羽檢查。

松鴉羽很仔細地檢查他的四肢，都龜裂腫脹了，也許是因為長途跋涉的關係。「抹上這個藥膏應該會有幫助，」說著就開始上藥，「盡量不要走動，見習生會幫你把獵物拿過來。」

波弟長嘆了一口氣說，「這樣好多了，小伙子，你雖然是個瘦巴巴不起眼傢伙，可是你知道自己在做什麼。」

「多謝喔，」松鴉羽喃喃地說，「我會每天都來——」松鴉羽話沒講完長尾就伸長了脖子聞著他的身體。

「松鴉羽，這藥草的味道——」

「什麼藥草？」

「就是黏在你身上的，我也不確定，不過我想——鼠毛，妳過來。」瞎眼的長老喊著。

「什麼事啦？」鼠毛聽起來還是很不高興的樣子，但她還是走過來聞松鴉羽身上黏著的藥草。接著鼠毛從松鴉羽身上舔下一根藥草的梗，一定是他爬進儲藏室拿藥的時候黏到的。鼠毛細細地嚼了起來。

「妳在幹什麼？」松鴉羽問。

「就是這個！」鼠毛驚聲尖叫著，「松鴉羽，這就是葉池混在艾菊裡給我吃的東西。」

第十九章

松鴉羽扭動著身體，聞著還沾在他身上的藥草碎片。當他把鼻子湊近枯乾的葉片，感覺到那捲皺的葉緣時，聞到一股強烈的味道，他不知道那葉子是什麼。葉池一定很少用，她根本沒告訴過他有這種藥草。

他很快地幫波弟上好藥，「這樣應該就可以了，我明天會再拿藥來幫你擦。」接著轉身溜出洞穴，連波弟可憐地喊：「有什麼事嗎？」都沒注意到。

松鴉羽跑回自己的洞穴，發現葉池蜷伏在自己的床鋪。他跑到她身邊問道：「葉池，那——？」才剛開口就立刻打住，他想起以前問過有關這種神祕藥草的問題，當時她非常有戒心。**最好還是保持緘默，自己找出答案。**

「松鴉羽，幹麼這樣橫衝直撞的？」葉池的語氣聽起來像是快要累癱了，「趁著日落前我要小睡片刻，今晚全族要為蜜蕨守靈。」

「對不起。」松鴉羽咕噥著，不過他總算

鬆了一口氣，葉池並沒有追問他剛才要說什麼。

「今晚我們應該要去月池，」她繼續說，「這次你得自己去了，我要守靈，走不開。」

松鴉羽點點頭說，「好吧！」他盡量讓自己保持鎮定，其實他真想像隻興奮小貓一樣跳上跳下。葉池不在身邊，他就可以向其他巫醫打聽有關這神祕藥草的事了！

一陣涼爽的晚風吹得光禿的樹枝嘎嘎作響，松鴉羽正在樹林中走著。他剛才的興奮已經減退了；雖然信心十足的向前邁進，但內心還是充滿疑惑，其他的巫醫會怎麼說索日的事呢？

當他走到山脊時，他發現吠臉和隼掌正在溪邊等他。就在他走近時，小雲從影族的方向跑過來，松鴉羽嗅到另一隻貓的氣味，他訝異地豎起耳朵大叫，「焰掌！」

「你還記得我！」焰掌興奮不已，「褐皮帶著我還有虎掌和曦掌一起到你們營地的時候，我見過你，我們是親戚。」他很驕傲地說。

不，我們不是。他感到非常地遺憾，他很喜歡這三個年輕認真的見習生。

「焰掌現在是我的見習生，」小雲宣布，「今晚我會把他介紹給星族。」

「恭喜你。」松鴉羽用尾巴碰著焰掌肩膀。他還記得他和兄姊回到雷族的時候，焰掌有多麼失望，因為當時索日讓黑星深信影族再也不需要巫醫了。聽到他現在可以如願地走上星族為他準備的道路，真是替他高興。現在這時候並不適合讓他知道，他們根本不是親戚。

永遠不會有適當時機的，松鴉羽心想。

巫醫們互相打過招呼之後，河族的蛾翅和柳光還是沒有出現。

「我們不能再等了，」吠臉下決定，「我們今晚要做的事還有很多。」

「或許她們待會兒就會自己趕上來。」小雲說。

也許是蛾翅想補眠，不想大老遠地跑到月池來，松鴉羽想，**她通常都只派柳光來。**

巫醫們開始爬上最後一段陡坡，走向月池外圍灌木叢，突然聽到後面傳來一陣喘息聲，「等等我們！」

松鴉羽轉身，聞到蛾翅和她的見習生的氣味，那味道隨著她們快速追趕上來而愈來愈濃。

「對不起，」當蛾翅到達岩石底部時，上氣不接下氣地說，「我們有事耽擱了，小花瓣的眼睛被荊棘刺到了。」

「可憐的小貓，」吠臉低聲說，「希望妳已經把刺拿出來了。」

「已經拿出來了，只是還需要舔一舔，」蛾翅回答，「我讓她在育兒室裡睡一覺。」

「不曉得妳有沒有試過，」小雲說，「我發現白屈菜對眼睛很好，只要滴一點汁液到眼睛裡，就可以舒緩疼痛。」

「喔，謝謝你！」蛾翅叫著，「我沒試過，我們回去後馬上就試試看。柳光，我們的存貨裡還有白屈菜嗎？」

「應該有，」柳光回答，「剩下不多，但應該夠。」

「我們該繼續上路了，」吠臉說，「我們已經浪費很多時間了。」

松鴉羽爬上岩石山坡，穿過灌木叢，到達月池所在的山谷邊緣。他聽到了瀑布的流水聲，想像著池面上有無數的星光閃耀著。

「我有事要宣布，」大家都在池邊坐定之後，吠臉高聲地說，「松鴉羽，我知道我們的族長都到你們營裡去討論索日的事情。」

松鴉羽的胃一陣翻攪，他鼓起勇氣面對，心想該來的總是要來。

「我想說的是，這對火星來說一定很難做決定，」這老巫醫說，「我認為我們當中誰也無法判斷，怎麼樣做才是對的。」

其他巫醫也都低聲表示贊同。

松鴉羽的耳朵抽動著，這是他最意想不到的話，對於他們的支持，他感到既訝異又感動，「這——這是掌握在星族手中的事。」

「該開始和星族溝通了，」松鴉羽聽到小雲站起來走到水池邊緣，「但首先，我要向戰士祖靈介紹焰掌。焰掌，你準備好了嗎？」

「好了。」他一開口，聲音竟成了高亢的嗓音，松鴉羽感覺到焰掌非常尷尬，但那尷尬之情中帶著敬畏。

「焰掌，」小雲接著說出那古老儀式的話語，「成為一名巫醫，進入星族的神祕國度，這是你的願望嗎？」

「是的。」此刻他已經比較能夠控制自己的聲音，雖然還是興奮地發抖。

「那麼到我面前來。」

焰掌經過松鴉羽，站在他導師的面前。

「星族戰士，」小雲說，「我獻上這名見習生給祢們，他選擇巫醫這條路，願祢們賜給他智慧及領悟力，讓他了解星族的作為，按著祢們的旨意醫治他的貓族。」接著他停下來，低聲的說，「蹲下來，喝池裡的水。」

就在焰掌照著做時，松鴉羽和其他所有的巫醫也都伸長脖子，舔著月池的池水。當那冰涼的池水流入松鴉羽的喉嚨時，他蜷曲起身體試著放鬆。**星族，求求祢們，**松鴉羽乞求，**啟示我一些有用的事吧，我的部族就快要散了。**

他睜開眼睛發現自己在一條狹窄的森林小徑，兩邊茂密的羊齒叢形成拱型遮蔭，陽光從空隙灑下來照得他身體暖暖的，腳下的草地也有斑斕的光影。但松鴉羽就是看不到任何貓的蹤影，他伸出舌頭嚐嚐氣味，感受到的卻只有綠意盎然的氣息。

「祂們都去哪裡了？」他自言自語的向前走。

突然間聽到前方矮叢窸窣作響，蕨葉搖晃抖動。松鴉羽很努力地聞，但是傳來的氣味卻不是他所期盼的。

「焰掌！」松鴉羽大叫，那年輕的見習生走出來，瞪大眼睛，充滿興奮和恐懼地膨起全身的毛。

「松鴉羽，是你！」焰掌驚呼。「我們在哪裡？發生這樣的事對嗎？」

「保持鎮定，」松鴉羽告訴他，「不會有事的。」

真倒楣！松鴉羽心想，**我跑到他的夢境裡了！這樣到底有什麼用？**

「我想和虎星見面，」焰掌承認，一雙明亮好奇的眼睛，順著小徑上上下下打量，「虎星是我的親戚，我聽了很多關於他的事！」

「我不知道虎星在哪裡，」松鴉羽回答，他小心翼翼的不讓這見習生知道黑暗森林的事，「不管碰上星族的哪位戰士，你都應該很高興才對。」

「我知道，可是……祂們見到我會高興嗎？」焰掌蹲下來，看起來既小又害怕，「我不知道該跟祂們說些什麼！」

松鴉羽用尾巴尖端碰碰這見習生的肩膀，「你看到祂們自然就知道該怎麼辦了，」松鴉羽要他別擔心，「你傾聽就好。」

焰掌懷疑地看了松鴉羽一眼，不過卻堅決地站了起來，沿著小徑走下去。「那就再見了。」焰掌說。

現在不管見到任何一個星族戰士我都會很高興，松鴉羽心想，**祂們會不會是故意躲我？**

松鴉羽和焰掌走相反的方向，來到一處空地，上面有一個小水池，周圍長滿了芬芳的藥草。他記得以前來過，在這裡和斑葉講過話，可是此刻這隻玳瑁母貓卻不見蹤跡。

松鴉羽低頭看著池水，竟被嚇呆了，明明是大白天，可是綠色深邃的潭水倒映的竟是閃爍的繁星。

「祢們都躲在下面幹什麼？」松鴉羽喊叫著，腳掌抓著草地，「上來跟我說話！」

回答他的只有一片沉重、窒息的黑暗，像被毛皮覆在身上似地。松鴉羽一時之間失去了方向感，跌跌撞撞發現腳下踩的不再是草地而是石頭。他從夢裡醒來，其他各族的巫醫此時紛紛起身準備離開。

松鴉羽對自己的夢境還是深感不解，但是也只好跟著大家站起來，爬上迴旋小徑。當大家都爬下岩石山坡到達沼澤地，松鴉羽發現走在自己身邊的是小雲。

「我覺得焰掌的第一次表現得很不賴，」影族貓說，「焰掌在舊森林裡遇見夜星，就是我們以前的族長。」

「那很不錯。」松鴉羽低聲說，故意不提自己在夢中見過焰掌。

「我覺得他會成為很棒的巫醫，」小雲繼續說，「焰掌已經認識不少藥草了。」

藥草！松鴉羽一心想要和星族碰面，所以壓根忘了本來想要問的問題。

「我發現一種藥草，」松鴉羽開始說，「可是不曉得是什麼。」**星族的祖先，拜託保佑，別讓小雲問我為什麼不直接去問葉池！**

「是哪種藥草？」小雲問。

「味道很刺鼻，葉子皺皺的，」松鴉羽描述著，心想如果能清楚描述植物的外觀就好了，不過話說回來，枯掉的葉子對辨認植物的原貌，或許也沒多大的幫助。「吃起來涼涼的，像毛皮上面結的霜，乾葉子嚐起來卻有新鮮的味道。」松鴉羽想起了鼠毛對那種植物的描述。

「這個嘛，嗯，」小雲若有所思的向前走，不一會兒說，「聽來像是荷蘭芹，這種植物葉子的形狀很特殊，像是很多小爪子聚在一起，而且新鮮的跟乾燥的吃起來味道都一樣。」

「那是拿來做什麼用的呢？」松鴉羽盡力克制住興奮的情緒。

「功用不大，」小雲回答，「如果小貓夭折了，拿來給母貓退奶倒是很好用。」

松鴉羽整個呆愣住。

或是小貓咪沒夭折，送給別的貓扶養！

松鴉羽的心跳像是要從胸膛炸開一樣。為了解開自己的身世之謎，之前所陸續收集的一些零星片段，現在全都彙集成一幅可怕的圖樣。

「你還好吧？」小雲焦急地問。

「什麼？喔，還好，我沒事。」

松鴉羽勉強自己向前走，他的內心天旋地轉，到了邊境時差點忘記和其他巫醫說再見。他從小就聽說松鼠飛沒有奶，他和兄姊都是依靠蕨雲和黛西的奶長大的。這也就是說松鼠飛根本不需要吃荷蘭芹來退奶，**所以也許是我們的生母需要吃荷蘭芹來掩飾。**

松鴉羽把記憶帶回自己很小的時候，他在雪地裡掙扎的走著。**他一定得回想起來！一定要記起當時的氣味，**松鴉羽這樣告訴自己，因為答案就在這裡。他的嗅覺每到重要時刻都不會失敗，這次也不能例外。

當時有一隻貓離他很近，在雪地裡走得很慢，毛上面有奶味。不是松鼠飛——不可能是松鼠飛。突然，松鴉羽深深地吸了一口氣，他知道是哪一隻貓的味道了。

終於水落石出了。是誰能完全倚靠松鼠飛的忠心，知道她願意長時間隱藏事實的真相，甚至對自己的伴侶說謊？是誰總是對他們兄弟姊妹充滿關愛？是誰絕不能承認自己生過小孩呢？

是葉池！葉池就是我們的親生母親！

第二十章

冬青葉疲倦地眨眨眼，在這霧氣瀰漫的清晨，看著長老們和波弟扛著蜜蕨的屍體走出營地。天空覆蓋著一層厚厚的灰雲看不見太陽，微風帶來了山雨欲來的氣息，全族都默默地站著，目送蜜蕨的最後一程。

當長老們的身影消失於荊棘隧道後，棘爪才開始組織巡邏隊。冬青葉看到栗尾垂著頭、尾巴拖著塵土，悲傷地朝戰士窩走去。她追上前去，在荊棘叢外趕上她。

「我真的覺得很遺憾，」她說，「我會很想念蜜蕨的。」

「我們都會很想念她。」栗尾哽咽地說，「她是這麼溫柔的一個孩子，領悟力又那麼的高！她在當見習生之前，大部分的格鬥技巧都已經知道了。」

「她是一個很好的玩伴，和她在一起很愉快。」冬青葉說著，用鼻尖碰碰栗尾的肩膀。

栗尾眨眨眼，「她很喜歡和你們玩在一

起，她以前總是很擔心，因為松鼠飛無法親自餵你們，你們會沒有足夠的奶水喝。」

冬青葉一聽到這個名字，這個曾經以為是自己母親的名字，不禁直豎起毛。她努力讓自己的情緒平復下來，不去想這件事，因為現在更重要的事，是要安慰栗尾。

「那不是松鼠飛的錯，」這玳瑁母貓顯然是會錯意了，「你們都被悉心照料著，蕨雲和黛西餵你們奶水，而葉池也幾乎一步都沒有離開育兒室，忙著拿琉璃苣給她們吃，讓她們的奶量增加，還拚命地去找一些增強體力的藥草來。」

「葉池做了這些事？」冬青葉問。

「喔，對啊！你們的事她總是擺第一。可能因為你們是她姊姊的孩子吧，或者因為是她一路陪你們回到營地的。」

「我並不知道這件事。」冬青葉感到全身的毛倒豎，**如果當時葉池在場，她應該知道我的生母是誰！**

栗尾點點頭，然後弓背伸展全身。「我要去試看看有沒有辦法睡點覺，」她喃喃低語，「或許蜜蕨會進入我的夢中。」

栗尾走進戰士窩之後，冬青葉就四處尋找巫醫。她已經發誓不再詢問松鼠飛任何有關自己親生父母的事；她再也不想和這欺騙她的貓說話了。或許葉池能告訴她些什麼。

她看到葉池在荊棘隧道入口和火星講話，於是穿過空地，到他們附近徘徊等待機會要和巫醫單獨說話。

「妳守靈守了一整夜，」火星說，「已經很累了！為什麼不到森林裡走走，呼吸些新鮮空氣，伸展一下四肢？或者找個安靜的地方睡一覺，不受任何干擾。」

「我不應該離開營地……」葉池不贊成。

「松鴉羽已經從月池回來了，」火星說，「妳暫時不在營裡應該沒什麼大礙。」他關愛的和葉池碰碰鼻子，「這是命令。」

葉池打了個哈欠，「好吧，火星，不過中午之前我就會回來。」

「妳想待多久都沒關係。」火星低頭轉身離去。

冬青葉等葉池走出荊棘隧道後，就尾隨著她到森林裡。巫醫已經不見蹤影，冬青葉循著她的氣味追蹤，來到了一處沒有樹、可以看到湖泊的小山。葉池尾巴環繞著腳掌坐在那裡，眺望著湖水。

發現冬青葉出現在她身邊，葉池嚇了一跳。「冬青葉！妳在找我嗎？」

「對啊，我……我想問妳一件事。」是時候了，冬青葉對自己想做的事並不十分有把握。這個答案可能改變她一生，這是她想要的嗎？**我一定要知道答案！**

葉池流露出警戒的眼神，「那就說吧！」

她已經知道謊言被拆穿了！冬青葉猜想，她的胃翻攪著。**松鼠飛一定把那天在懸崖那裡發生的事告訴她了。**

「怎麼樣？」葉池追問。

冬青葉深深吸了一口氣，「把妳知道的都告訴我，一字不漏，我要知道真相！」

葉池琥珀色的眼睛充滿哀傷，她向前一步走向冬青葉，搖擺著尾巴似乎想搭在冬青葉的肩上，但又沒有這麼做。

「妳不用擔心，」葉池安慰地說，「我不會說出去，但是請妳告訴我為什麼這樣做。」

冬青葉好像有東西塞在喉嚨說不出話來，她想說的其實不是這個。「我做了什麼？」冬青葉勉強擠出話來。

葉池長嘆了一口氣，閉上雙眼似乎在為即將說出口的話做準備，然後看著冬青葉。

「妳為什麼殺死灰毛？」

不！冬青葉把爪子深深鉗進地裡。**她要談的不是這個！而且葉池怎麼會知道！**她開口準備回答，可是否認的話卻出不了口。

「我知道，冬青葉，」葉池很溫和地說，「我在清理灰毛的屍體，讓大家為他守靈的時候，在他的爪子上發現一撮妳的毛，我把毛藏在找不到的地方。我是為我自己而藏，是我不願面對這樣的真相。」葉池停頓了一會，吞一下口水又問，「為什麼？」

「他必須死！」冬青葉憤怒地嘶了一聲，「妳很清楚為什麼？」

「不，我不知道。」

葉池的雙眼看起來大感不解，冬青葉這才發現葉池壓根就不知道，松鼠飛已經把這個可怕的祕密告訴了灰毛。

「他得死，因為他知道，」冬青葉大叫，「在那個暴風雨的夜晚，松鼠飛在懸崖上告訴灰毛，我們不是她生的。灰毛打算在大集會的時候，把這個祕密抖出來。我不能讓他這樣做！大家都以為我們跟他們一樣，是血統純正的貓。我絕對不能讓大家知道真相——火星家族的血統這麼的不純正。這樣一來灰毛肯定會毀了雷族的。」

葉池開口說話時，沮喪得睜大著雙眼，「噢，星族，不！」葉池喃喃自語，「這一切都是我的錯……」

冬青葉此刻的思緒混亂，無法思考；她只知道掌握真相的貓，就在她面前。「松鼠飛也跟妳說過我們的事吧？我們回到山谷的時候妳也在場，妳一定知道我們的親生母親是誰。」

葉池很鎮定地看著冬青葉，「是的，我知道。」

「那麼請妳告訴我——拜託！」

頃刻間，葉池沉默不語，她站在那裡眨著眼睛，全身肌肉緊繃好像正要朝一個大洞跳進去。然後，她開口了。

「我就是妳的母親，冬青葉，松鼠飛是為了要保護我。」

這一刻短到只有一次心跳，卻長得像一個月，冬青葉盯著葉池看。**不，這不是真的！**但是她心裡明白葉池說的是真話。

冬青葉甩著尾巴然後跳開，雙腳在樹葉上打滑，滑落坡底，四肢和尾巴纏繞在一起。她勉強站起來，朝森林的最深處飛奔而去，要遠遠地離開營地山谷。她不知道自己要往哪裡去，只想跑得遠遠的，把這一切的謊言，和她嘴裡灰毛的血味，拋諸腦後。

一切都沒有意義了！我卯足了勁要挽回一切，可是沒用！一切都毀了……

第二十一章

松鴉羽掙扎著走過深達腹部的積雪，卡在掌墊中的雪塊，讓他更是舉步艱難。有隻貓走在松鴉羽前面，他認得她身上淡色的虎斑毛皮。他哭喊著要她幫忙，但是她卻沒有回頭。然後松鴉羽腳下的雪地塌陷了，他就這樣一直墜落……墜落……

松鴉羽在床鋪驚醒，床鋪因他做夢時的抽動而亂七八糟。他坐起身，心還在快速地跳動著。他聽到葉池在儲藏室的最裡面翻東西，她苦悶的強烈情緒讓他一度以為她要尖叫出來。

松鴉羽一躍而起，走到洞穴入口，內心燃燒著一股熾熱的衝動，他想開口問巫醫是不是他母親；但是此刻葉池極度的苦悶，他又不能坐視不顧。「葉池？」他問，「妳怎麼了？」

葉池從儲藏室裡走出來，「我……我跟冬青葉說了不該說的事。」她坦白地說。

松鴉羽立刻明白了，現在所有的祕密都像潰決的洪水般一湧而出。他抬起下巴質問，

「妳跟她說妳是我們的母親，是嗎？」

他聽到葉池震驚地倒抽一口氣，「你知道這件事情有多久了？」

「我不知道，現在才完全確定。其實我一直想把這整件事拼湊起來，到了昨晚才終於看出全貌。松鼠飛對我們親生母親的忠實情感以及我在雪中旅程的模糊記憶，還有妳對我們的特別關注，再加上妳無意中把荷蘭芹加到鼠毛的艾菊裡，荷蘭芹就是用來退奶的，而妳就是那個必須食用荷蘭芹的母親。」

他說完之後一陣沉默，松鴉羽幾乎聽得到自己的心跳聲。

「如果你已經知道了這麼多，」葉池終於出聲，「你知道接下來會發生什麼事嗎？」

「不知道。」松鴉羽有一種強烈的感覺，葉池還有什麼話想告訴他，但是她卻沒有說出口。他想進入她的思緒裡一探究竟，但卻又不敢。對於可能會發現的事，怕自己承受不起。

「你得幫助你的哥哥姊姊，」葉池的聲音顯得尖銳急促，「為了貓族，你們必須學習帶著這個事實活下去。」

妳沒有權利要我們怎麼做！但是松鴉羽沒有把這想法大聲地說出來，也許是因為巫醫說的話有些道理，他們遲早都要找到自己的出路繼續走下去。

「拜託，」葉池急切的語氣說，「在事情還沒發生以前，把獅焰和冬青葉找出來。」

會出什麼差錯嗎？松鴉羽想，不過他還是點點頭跑了出去。現在葉池為她的三個孩子十分擔心，就像她一直以來為貓族即將面臨的難題擔憂一樣。

松鴉羽在空地上搜尋著，發現獅焰正銜著一嘴的獵物走向獵物堆。松鴉羽跑向獅焰，「快把東西放下來，跟我走，」他說完就掉頭，「我們必須談談。」

松鴉羽感覺到獅焰滿肚子疑惑，但他並沒有異議，放下獵物後就和他朝營地入口走去。

「冬青葉在哪裡？」松鴉羽問著，一想到這個事實的真相對她的傷害可能最深，一股不祥的預感就逐步地逼近。**戰士守則對她來說意義重大！**

「我不知道，」獅焰回答，「我想應該是出去了，守靈儀式結束後，就沒看到她了。」

「我們得趕快找到她，」松鴉羽說這話時，他們已經走出隧道進入森林裡，「她……她發現了一件讓她很難過的事。」

「什麼事？」

「等找到冬青葉，我再告訴你。」松鴉羽抬頭嗅著空氣，尋找任何冬青葉的蛛絲馬跡。

「現在就告訴我，」獅焰堅持地說，「難道祕密還不夠多嗎？就連我們三個之間也幾乎無話可說了。」

松鴉羽轉身面對獅焰，「葉池是我們的母親。」

有如晴天霹靂般，獅焰感到震驚不已，「我不信，」獅焰說，「她是巫醫，這不可能！」

「你現在該相信，」松鴉羽冷峻地說，「她親口跟我說的，我們現在得決定該怎麼做。」

⚡⚡⚡

松鴉羽和獅焰在森林裡努力分辨各種混雜著冬青葉的氣味，找了許久之後，終於在一個面向湖邊，長滿青苔的緩坡上找到了冬青葉。松鴉羽一靠近冬青葉馬上就感應到她神經緊繃。

「冬青葉，我們得談一談，」松鴉羽開口。

「沒什麼好談的。」冬青葉聽起來很遙遠，松鴉羽知道她並沒有轉身面對他和獅焰。相反的，冬青葉望著湖面，好像答案就隱藏在波濤裡。「一定要找出我們的親生父親是誰，這樣就能終結所有的祕密。」

「什麼意思？」獅焰走近問著，「現在還不知道灰毛是誰殺的，除非索日認罪。不找出這個祕密大家是不會罷休的。」

「真遺憾，」冬青葉聽起來意興闌珊，但是松鴉羽察覺出她內心湧現一股新的緊張情緒，「還有比那個祕密更重要的事，我們必須知道我們的親生父親是誰。」

「沒錯，」松鴉羽有同感，好奇心讓他毛髮直豎，「可是光靠我們自己是很難理出頭緒，妳問過葉池了嗎？」

「沒有，就算問了她也不會說。」

松鴉羽認為冬青葉說的有道理。葉池不會在這個時候把隱藏了那麼久的祕密說出來；而且如果讓族貓發現葉池的所做所為，她的一生就毀了。不過這也是遲早的事，松鴉羽認為這事再瞞也瞞不了多久，但她不會想要把另一隻貓也拖下水。

「等等，」獅焰說，「我們真的要這麼做嗎？」

「你這樣問是什麼意思，鼠腦袋？」冬青葉不悅地說，「你打算這樣過一生，不知道自己的親生父親是誰嗎？」松鴉羽聽到冬青葉用爪子用力扯著青苔的聲音，「我可不想這樣！」

「妳仔細想想自己說的話，」獅焰在松鴉羽身旁坐下，「我們沒想過要查個水落石出，而且灰毛死了，也沒有查的必要，葉池是不會說的。」

「我想知道！」冬青葉的尾巴甩著地面的枯葉。

「為什麼呢？」獅焰質問，「只要我們什麼都不說，事情就又會回到原來的樣子。」

如果你真的以為是這樣，那就太天真了，松鴉羽心裡這麼想，但是沒有說出口。

「妳不知道這件事情的意義嗎？」獅焰繼續說，聲音開始有點興奮，「葉池是我們的母親，火星是葉池的爸爸。我們還是屬於預言裡的一部分！」

***

獅焰從沙坑隧道溜出去，沿著山谷邊緣來到暴風雨之夜他們差點被活活燒死的地方。那裡的草還是焦黑的，到處都是燒焦的樹枝碎片。一想到那躍動的火舌和灰毛眼裡燃燒的怒火，獅焰不禁全身發抖。

他頭頂上方湛藍的天空，懸掛著即將滿月的月亮，四周點綴著閃耀的冰冷星光，沒有半點雲朵遮蔽。**星族啊，這難道意味著祢們也贊同我的作法？**獅焰默默地對他的戰士祖先說著。當他知道他們還是預言的一部分時，他就計劃要這樣做了；不過他還是花了一天的時間考慮，才決定採取行動。**不管祢們怎麼想，我就是要這樣做。**

俯視著山谷，獅焰看到囚禁索日的荊棘叢，樺落就蜷伏在外面。枝葉纏繞著茂密的荊棘，讓獅焰看不見索日，但他還是聞到了索日的氣味。

「就是那裡，」獅焰低聲地說，「走吧！」

他一步一步地爬下峭壁，每個立足點都小心翼翼地先試踩了之後，才敢把重量放上去。他不只怕自己會掉下去，還怕會打草驚蛇。如果不慎把石頭踢掉了，或是失足要掙扎著自救，就會讓樺落知道了。所以每當他經過的地方有草叢從岩縫中長出來，或是不慎把腳下的碎石踢灑的話，他就會定住不動。但是樺落並沒有什麼動靜。

守夜的時候在睡覺？獅焰猜想。

就在他跳下最後一步，輕盈地踩在荊棘叢外的地面時，感覺好像過好久好久。他的腳發抖著，快速地瞄了沉睡的樺落一眼，然後爬向荊棘叢的下面。

微弱的光線穿透樹枝，他看到索日蜷伏在青苔床鋪上，尾巴覆蓋在鼻子上，身體隨著呼吸規律的起伏著。獅焰爬向他，戳戳他的肩膀。索日打開眼睛的瞬間，獅焰似乎看到那雙琥珀色的眼睛閃過一絲驚訝。他張開嘴，但是獅焰立刻用尾巴摀住他的口鼻，免得他發出聲音。

「安靜！」

索日點點頭，獅焰才把尾巴移開。

「對不起，獅焰，剛才我還以為你是一條蛇呢。」索日鎮靜下來以後，他在獅焰的耳邊小聲地說，「找我有事嗎？」

「我……我要和你談談。」獅焰已經成功的和囚犯面對面了，但要說出心裡的話比他想像中的還難。「我發現我母親並不是我親生的母親，我想知道這會影響到那預言嗎？」

「很好，」索日輕聲地說，他坐起來，開始整理毛皮，把青苔梳理掉，「你可得先幫我逃離這裡。」

「我——我不能這樣做！」獅焰記得要把聲音放低。

「你當然可以。你能從峭壁上爬下來沒讓樺落發現，你就可以帶著我爬回去。我並沒有殺死灰毛，這點你是知道的。」

「對雷族來說，你是唯一有可能的嫌疑犯。」獅焰駁斥，他也搞不清楚自己是怎麼想的。他沒忘記索日答應過要幫他們實現預言，而現在索日也的確需要協助，但是要背叛貓族把這隻獨行貓放走，並非他所願。

「如果你不幫我的話，為什麼我要幫你？」索日用那雙琥珀色發亮的眼睛看著獅焰，然後冷靜地舔著前掌，開始洗起臉來。

獅焰挫折無奈地望著他，**他不回答我，我也不幫他！**

「好吧，」他咕噥著，「我要走了！我不能幫你逃跑，這樣會惹來太多麻煩。」

「給你惹麻煩？」索日質問。

「給我的貓族惹麻煩！」獅焰嘶叫著。想也知道，別族族長如果聽到索日逃脫會有什麼反應。他們一定會責怪雷族！他把身體壓低，準備爬出荊棘叢。

「等等！你難道不想知道你的父親是誰嗎？」

獅焰停下來，回頭問，「你知道？」

「當然。」索日用腳掌撥撥耳朵。

「是誰？」獅焰問，他的胃忍不住地翻攪。

索日流露出愉悅的神情，「天下沒白吃的午餐，你幫我離開這裡，我就告訴你。」

「我怎麼知道能不能信任你？」話一出口，獅焰才發覺講得太大聲了；一陣腳步聲從外頭傳來，他靜止不動。

「索日？」樺落叫著，「你還好嗎？」

索日也停頓在那裡，抽動著頰鬚。有螞蟻爬過獅焰的身體，他屏住呼吸，心想就要被發現了。**火星會扒了我的皮，把我扔去餵烏鴉的！**

「索日？」又傳來樺落的聲音，這次的語氣更急促了。

「我沒事，樺落，」索日回答，「只是在自言自語。」

「那就好，晚安。」

聽到樺落又走回去趴下來，獅焰總算鬆了一口氣，不過他的身體還緊張得發熱。

「你怎麼知道能不能信任我？」索日繼續說，一派輕鬆的語調，「你是不能，但知識就是力量，獅焰，現在我知道的事比其他的貓更多。」

「好吧，」獅焰緩慢地回答，「我帶你出去，但是你必須答應，要告訴我有關我父親的事……還要對那預言提出你的建議。」

索日點點頭，「我答應你。」

不管代價是什麼……「好吧，跟我來，」獅焰低聲地說，「我的腳踩在哪裡，你就跟著踩那裡。很難爬！而且因為我們不能被發現，更是難上加難。」

索日緊跟在他後面穿過荊棘叢，然後開始往上爬。他們頭上的峭壁似乎永無止境似的向上延伸，獅焰幾乎不敢相信在這麼明亮的月光下，他們攀附在岩石上竟然沒被發現。不過的確沒有任何吆喝聲從空地傳來，最後他終於爬上峭壁頂端，轉身等待索日也爬上來。

這隻獨行貓喘了一大口氣也把自己拽上來，然後用尾巴示意獅焰跟著他離開這峭壁邊緣，大約走了幾條狐狸尾巴遠的地方停下來。

「好了？」獅焰質問，「你現在已經自由，該說了吧？」

「這裡不行，」索日回答，「太危險了。而且，如果你在這裡待太久，會被發現你不見了，你應該趕快回去戰士窩。」

「但是你答應過我的！」

「我會說話算話的。」索日用他的耳朵指向影族領土的方向，「我會去影族邊界外面舊的兩腳獸窩等你，儘快帶著你的姊弟過來。」

「好吧。」獅焰挫折地感到胃不斷翻攪，「你最好會在那裡。」

索日心不在焉的彈彈尾巴，「我會的。」然後轉身，朝著影族邊界奔去。

獅焰望著他，直到他的身影消失在矮樹叢中。然後他又走回荊棘圍籬，沿著和離營時相同的路線回去。但願沒被發現為什麼上廁所要這麼久。

我做的是對的，他和自己爭論著。**冬青葉說我們得找出我們的生父是誰，而更重要的是，索日是唯一可以幫助我們實現這個預言的貓！**

「火星！火星！」樺落的叫聲把獅焰從沉睡中驚醒，他戰士窩裡的夥伴們都被吵醒了。

「我們被攻擊了嗎？」亮心的毛豎起來，「樺落的聲音好像很驚恐的樣子！」她從床鋪爬起來衝到外面去，雲尾緊跟在她後面。

「火星！」樺落的尖叫聲似乎就在戰士窩外面。

「他是怎麼了？」塵皮抱怨著，站起來把身上的青苔屑抖一抖，「難道連好好的睡上一覺都這麼難？」

愈來愈多的戰士都走出來大聲質問。獅焰完全明白是怎麼一回事，但他必須和大家一樣表現出很關切的樣子。他也跳起來穿過樹枝，衝向外頭灰濛濛的晨光中。空地的邊緣仍然黑影幢幢，地面上覆蓋著一層霜。

火星從亂石堆上跳下來，樺落急忙衝上前去。

「火星！」這年輕的戰士喘著氣說：「索日逃走了！」

火星豎起耳朵奔向荊棘叢，把頭探進裡面，樺落緊跟在後。愈來愈多的貓都跟過來，獅焰也在貓群當中，想知道自己是不是把氣味也留在那峭壁底下。

「他真的走了嗎？」棘爪問道，他衝過來時，火星正好退出荊棘叢。

火星點點頭。

「嘿，峭壁上有腳印！」榛尾把腳掌伸上去搭在一個地方，那裡的幾塊小石子被踢掉了。

「索日一定是從這裡逃出去的。」

「走得好，我就說嘛，」雲尾低吼著甩動他的尾巴，「反正我們又不能把他永遠關在這裡。」

一陣同意的低語聲四起；獅焰看得出來大家都鬆了一口氣。

「火星，你不會想把他追回來，對吧？」沙暴問，「他給我們惹來的麻煩夠多了，而且他殺了灰毛，再怎麼處罰都不夠。」

「他顯然是畏罪潛逃，」蛛足說，「否則他不會冒險爬這峭壁。」

火星若有所思的樣子，刺爪接著說，「沒錯，他一定很怕我們會對他怎麼樣，他一定得到教訓了。」

火星踱步離開荊棘叢，然後看著身邊圍繞的貓群，「你們說的沒錯，」他低聲的說，「但願索日學到教訓，部族貓是不容許被侵犯的，而且他也別想再越過我們的邊界一步。棘爪，從現在開始增加巡邏次數，直到我們確定他已經不在我們的領土為止。」

「好的，火星。」副族長立刻點頭。

「你要跟別族怎麼說？」灰紋眼中流露出憂慮的神情，「如果我們說他是逃走的，他們會認為我們沒有能力看住他，然後怪我們讓他跑出來製造更多麻煩。」

火星抽動著耳朵，「我會說是我們把他逐出我們的領土，要他不准再越雷池一步。」

「但是事實並不是這樣，」沙暴有些不安，「我們真的要說謊嗎？」

「妳說的好像別族每次都跟我們講實話噢！」雲尾諷刺地回嘴。

「我想沙暴的考慮是對的，」亮心狠狠地瞪了伴侶一眼，「如果索日還在附近的話怎麼辦？那時別族會怎麼想？」

火星眼睛盯著自己的腳猶豫了一下，然後抬頭說：「就照著我說的話去做，這一切都是為雷族著想，」他又說，「我們必須表現出我們強悍的一面，信守戰士守則，而且用自己的方式處理自己的事情。當然我們要確定索日已經不在附近了。」

當所有的貓都準備離開，棘爪開始整頓他的巡邏隊。獅焰發現冬青葉站在空地的邊緣，她的眼睛像兩團綠火球般，看不出她在看哪個方向。

獅焰從沙暴和榛尾中間穿過去，走到冬青葉旁邊，「我有話跟妳講。」獅焰輕聲地說。

冬青葉好像沒聽到獅焰說的話，「他逃掉了！」她說著，爪子一伸一縮。

獅焰聽不出來冬青葉是高興還是悲傷，周遭的貓太多了，他不敢告訴冬青葉實際發生的狀況。「松鴉羽在哪裡？」獅焰問。

冬青葉的耳朵動了一下說，「我怎麼會知道？」

「我會找到他的，」獅焰說。「妳到森林裡的訓練場去等我們，不要和我爭辯！」冬青葉才張嘴獅焰就打斷了她，「聽話照做，這很重要！」

他的姊姊轉著眼珠，但還是走向營地的入口，停在陰暗處。獅焰見冬青葉已經動身，便前往巫醫窩，但是還沒走到，松鴉羽就從育兒室出來了，獅焰快步走向他。

「剛才怎麼那麼吵？」松鴉羽問。

「索日逃跑了。」

「是嗎？」

松鴉羽驚訝得睜大雙眼，接著嗤之以鼻地說，「那倒省事。」

「我們得談一談，」獅焰一邊低聲說著，一邊回頭看看正在整隊編組的貓群，「跟我一起到森林裡，我們在訓練場旁邊和冬青葉碰面。」

松鴉羽並沒有異議，這倒讓獅焰鬆了一口氣。「我去告訴葉池，說我去找蓍草，剛好蓍草就快要用完了，而且波弟的腳掌也還在痛。」說完松鴉羽便走回巫醫窩。

獅焰沒等他出來，在這個時候他們最好是單獨行動。獅焰排到一支由沙暴帶領、即將出發的巡邏隊後頭，對於必須做出這種欺騙的行為，他自己也覺得很討厭。一進入森林，獅焰就故意落後，而且為了怕被發現，他還假裝腳被荊棘刺到。等到巡邏隊在他眼前消失，獅焰就快步跑向訓練場。

冬青葉就蹲伏在那空地的一棵樹根底下，「現在可以說了吧？」獅焰一到，她劈頭就問。

「我們再等一下松鴉羽。」

沒等多久獅焰就聽到附近矮叢傳來窸窸窣窣的聲音，有松鴉羽的氣味，果然是松鴉羽從長長的草叢裡走出來和他們會合。

「現在請你告訴我們到底是怎麼回事？」冬青葉質問。

獅焰長話短說，交代了他是如何進到監牢，怎樣把索日帶上峭壁。「總之，現在索日躲在以前他待過的舊的兩腳獸窩，」獅焰終於把話說完，「我們得去那裡，索日會告訴我們誰是我們的親生父親——」

「難道是蜜蜂跑進你腦袋了嗎？」冬青葉尾巴一甩大聲叫罵，「你幫助雷族的囚犯逃脫？

這是違反戰士守則的！如果火星知道了，不知道他會怎麼處罰你？」

「火星不會知道，」獅焰很鎮定地說。「妳不是一直想解開生父之謎嗎？現在機會來了，我要去，你們來不來？」

松鴉羽有些不安，不過他還是點了頭，「我們也去，」松鴉羽推了一下冬青葉，「再抱怨也沒用，我們沒得選擇；真相不能只知道一半，這是我們唯一的機會。」

他們走向影族的邊境，進入他們不熟悉的那一片森林時，太陽已經高掛樹梢。離上次去的時候已經很久了，獅焰不太確定路要怎麼走，不過還好有索日留下的氣味可以依循。

看來索日是直接朝兩腳獸的窩去了，那麼他似乎是言而有信。

終於在叢生的蘆葦草、蕨類和荊棘當中，隱約有兩腳獸窩傾圮的牆壁進入眼簾。那裡有索日強烈新鮮的氣味，獅焰帶頭走向入口，朝裡面窺探。裡面岩石地板的縫裡長出了雜草，屋內角落結滿了蜘蛛網。

「索日？」獅焰問，「你在裡面嗎？」

「你們好。」聲音從獅焰的頭上傳來，他抬頭一看，原來索日坐在一堵牆上，身體一半被冬青叢遮住了。

這隻獨行貓一躍而下，來到了獅焰和他的姊弟旁邊。「你們好，」索日又再一次問安，「我剛才看到你們來了——」

「我們是來找尋真相！」冬青葉從獅焰身旁擦肩而過，「把你知道的告訴我們。」

索日眨眨眼睛說，「真相對你們沒有幫助，只要你們是預言的一部分，又何必管親生父親是誰？」

「真相很重要。」冬青葉大喊。

「等等，」獅焰走到冬青葉旁邊，「我同意索日的看法，我也想知道父親是誰，但真正重要的還是預言。」

「可是我們一定要知道，」松鴉羽反駁，「一個名字，我們想知道的不過是一個名字。」

索日的目光帶著一絲冷冷的笑意，獅焰知道索日因為占了上風而得意洋洋，突然間，獅焰也不確定索日到底曉不曉得他們的父親是誰；或許索日只是在撩撥他們，反正他們再也無法把他帶回雷族了。不過話又說回來，索日從一開始就知道他們是誰，還答應過要幫忙……

「這是我們實現預言的大好機會，」獅焰焦急地轉身面對他的姊姊弟弟，「索日什麼都知道……他甚至知道太陽什麼時候會消失！」

但是兩個都不為所動，松鴉羽看起來很堅決，而冬青葉則是肌肉緊繃，像是隨時要撲向索日，逼他說出真相。

不！如果冬青葉一出手，索日就永遠都不會說了！

索日琥珀色的眼睛仔細地審視著冬青葉；她的劍拔弩張似乎全然對索日沒有造成任何影響。「妳想想我能給你們什麼，」索日輕聲地說，「比起讓你們知道祖先的事還多更多！要成大事何必拘小節。聽好，我能教你們如何真正掌握星群的力量。」

冬青葉憤怒地嘶叫了一聲，蹲伏著作勢要撲上去。

「不要！」獅焰大叫一聲，撲到姊姊身上，咬住她的脖子拖到外面，任憑她揮舞四肢憤怒尖叫。「妳是鼠腦袋嗎？」獅焰怒斥著，在一處枯乾的蕨叢放開冬青葉，「如果妳把索日惹毛了，他就不會幫我們了。」

「我們哪需要他？」松鴉羽從裡面走出來，他的聲音很鎮定，頭側向一邊。「預言裡並沒有說我們需要幫忙，索日怎麼會比我們強？」

「我們現在還沒有星群的力量，對吧？」獅焰的胃翻攪著，「就讓他把他所知道的都教我們，這樣有什麼不好嗎？然後他就會說出我們的父親是誰。」

獅焰挫折萬分，覺得沒有必要來這一趟，冬青葉和松鴉羽根本沒打算和索日好好把話說清楚，也許他們和雷族貓一樣，都相信是索日殺死灰毛。他們現在根本就可以準備回家了。

獅焰回頭看著站在兩腳獸窩入口的索日，他閃亮的琥珀色眼睛正望著他們。「你們還沒準備好要聽我說，」索日跟他們講，「等準備好了再來，我在這裡等你們。」

第二十二章

冬青葉豎著一身的毛髮，挫折地和弟弟們回雷族。他們差點就可以解開生父之謎了！但索日總是喜歡賣關子，讓大家捉摸不定，像是私藏了肥美多汁的獵物，只留給自己享用。

我本來可以逼他說出來，如果獅焰不來攪局的話！

冬青葉一路上氣到不行，所以沒注意周遭動靜；突然間，松鴉羽用力推了她一下，害她幾乎跌倒。「是怎樣——？」冬青葉開罵。

獅焰用尾巴封住她的嘴，「是影族！快躲起來！」

三隻貓一起衝到灌木叢底下躲起來。冬青葉厭惡地啐了一口，因為腳掌被荊棘刺到，她用舌頭想把刺舔出來時，周遭已經瀰漫著影族的氣味。

「是藤尾、煙足和鴞掌，」獅焰從灌木叢的縫隙偷看，「他們在邊境巡邏，希望沒被發現。」

影族巡邏隊沒有發出警告聲，氣味也愈來愈淡，只留下標記邊境的氣味。

「現在安全了，可以出去，」獅焰等了一下之後說，「我們趕快回去。」

獅焰帶頭跑在前面，跑過寬曠的草地，穿過榛木叢和蕨叢，進到雷族邊境之後，才喘吁吁地停下來。

「我們最好沿路抓一點獵物，」獅焰說，「這樣我們就有藉口說我們是出來打獵。」

松鴉羽點點頭說，「我得要採一些蓍草，如果空手回去，葉池一定會問原因。」

冬青葉雖然聽話照做，在矮叢之間緩步穿梭，豎起耳朵、張開嘴巴努力聞有沒有獵物的氣味，卻一肚子氣。**我們根本不用這樣欺瞞說謊，為什麼我們不能以自己的能力為榮呢？**

冬青葉在跟蹤一隻松鼠時不斷回想，她本來可以逼索日說出她父親的名字。**我什麼事都做得出來，任何事！**她想起她往灰毛的咽喉咬下去時，是多麼地輕而易舉……

不，別想了！灰毛一定得死，因為他會毀了一切。不過他不重要了，現在重要的是我們！

冬青葉的爪子刺進長滿青苔的地面，驚動了松鼠，牠一下子就跳上最近的一棵樹，安全地逃脫。

「真倒楣。」冬青葉叫罵了一聲。

「妳在搞什麼？」獅焰問，咬著一隻黑鳥走過來，「妳以為獵物會自己跑到手裡嗎？」

冬青葉聳聳肩然後走開。**我們的父親如果知道我們是誰，一定會以我們為榮！也許他根本不知道有我們存在！也許他一直想要有孩子，結果現在出現了三個戰士，可以伴他度過餘生！**

快到營地時，冬青葉終於抓到一隻老鼠，這隻老鼠本來就老到快不行，冬青葉追牠的時候，牠連跑都不想跑。這個時節獵物不多，回到山谷以後，她和獅焰都沒有再抓到其他獵物，不過松鴉羽倒是採到蓍草，他把藥草咬在嘴裡和他們一起走回去。

冬青葉和弟弟們走進營地，她看到蛛足、樺落和榛尾聚集在獵物堆那裡。她咬著獵物走過去時，聽見樺落說：「我覺得索日沒有走，他一定是潛伏在某個地方。」

榛尾發抖著說：「希望不是，我一開始就認為不該把索日帶回來。」

蛛足聳聳肩說：「他沒辦法再造成什麼傷害了，愛去哪裡就去哪裡吧！」

「然後讓更多的貓受害，」榛尾的頸毛豎起，「這太誇張了吧！」

「如果他在這裡，我們的巡邏隊會找到他的，」樺落用尾巴碰碰榛尾的肩膀要她放心，「而且火星——」

這時候傳來塵皮的聲音，他從蛇洞周圍的圍籬跑過來，「我要大家提高警覺，」這棕色的虎斑貓戰士說，「那隻塞了死莓的老鼠還原封不動，所以蛇一定還在附近。」塵皮說完便衝向隧道口，去警告剛從外面回來的棘爪，和他帶領的巡邏隊隊員。

一股力量讓冬青葉從頭到尾顫慄不已。雷族從沒像現在這麼充滿活力！大家為了解除周遭的威脅都動員起來。似乎沒有他們辦不到的事！**如果由我當族長的話，也是無所不能！**

「冬青葉。」葉池從後面喊她，把她嚇了一跳。冬青葉把獵物放在獵物堆後轉頭一看，發現是巫醫，松鼠飛也在旁邊。

「我們得談談。」松鼠飛說。

冬青葉盯著葉池看，感覺心臟轟隆隆的像在打雷，**她要把我的事說給大家聽嗎？**

葉池輕輕搖一下頭，這讓冬青葉放心不少。

「要跟我們說什麼呢？」獅焰也走向獵物堆放他的獵物，正好聽到松鼠飛說的話。

「是啊，我們還有什麼好說的？」松鴉羽也接著說，他挑釁的語氣因為咬了滿嘴的蓍草，聽起來含糊不清。

「不能在這裡講，」葉池環顧四周說，「我們到森林裡去。」

冬青葉猶豫了一下，和獅焰互望一眼。獅焰好像在等冬青葉下決定，冬青葉最後點頭說，「好吧，我們跟妳談。」

等松鴉羽把蓍草拿到巫醫窩放好，松鼠飛就帶著大家走進森林，到了一棵根部長滿青苔的橡樹下。

「好啦？」松鴉羽質問，聲音中帶著尖銳的語氣，「這是怎麼回事？」

松鼠飛和葉池久久地望著這三姊弟。雖然這兩隻貓是這麼的不同，但她們的眼神卻是一樣的；冬青葉不想看出來，也不想承認那就是愛。

最後松鼠飛深深地吸了一口氣，「葉池是你們的母親，」松鼠飛開始說，「但我要說的是，我一直把你們當成自己的孩子一樣。我們一起養育你們，這才是最重要的。」

「妳們養育我們是為了讓我們相信一個謊言！」冬青葉沒等弟弟回答就先說，「跟妳們兩個沒什麼好說的。」冬青葉不管獅焰和松鴉羽臉上震驚的表情，又繼續說下去，「算了，這裡沒有所謂真正的母親，真正愛孩子的母親會把實情跟他們說。」

冬青葉在那站了好一會兒，沉浸在她帶給這兩隻母貓的痛苦中，然後轉身跑回營地。

「冬青葉，等等！」獅焰喊著。

冬青葉回頭看獅焰，憤怒使得她齜牙咧嘴地說，「還不快走！」

獅焰跟著她跑，松鴉羽也尾隨在後。「這樣做很傻，」獅焰抗議，「我們至少可以談談，她們或許要告訴我們一些我們該知道的事。」

「像是我們的親生父親是誰嗎？」冬青葉沒好氣地回答，「不用了，根本沒有問的必要，我們只會聽到更多的謊言。」她甩一下尾巴，好像要用力把松鼠飛和葉池從心裡清除掉。「索日會告訴我們的。」

⚡⚡⚡

「把青苔拿過來，」冬青葉指揮著，「白翅就要生了，她需要一個舒服的窩。」自從上次和索日碰面被她搞砸後，她就努力想要拋開背叛這回事，專心自己分內的工作，不過她辦不到。想到自己根本不該出生，又怎能成為優良的戰士呢？大家都知道巫醫不能有小孩，他們兄弟姊妹不過是個錯誤，一個葉池引以為恥、不願承擔的錯誤。不過或許他們的父親不這麼想……

狐掌和冰掌搖搖晃晃地把一些青苔球帶進來，育兒室裡似乎到處是母貓和鑽來鑽去的小貓咪，白翅則蜷曲在一旁。

「冬青葉，謝謝妳，」白翅說，「以後如果妳開始帶見習生，一定是個很棒的導師。」

「但願如此。」冬青葉回答。**我怎麼可能會有見習生？知道了這一切的事，叫我如何教導**

年輕的貓遵守戰士守則？

冬青葉在教這兩個見習生把青苔鋪平時，突然被空地傳來的警告聲嚇了一跳，還沒來得及抬頭看，小玫瑰就衝進育兒室，寒毛倒豎。「影族來了！」小玫瑰大叫，「影族來我們這裡了！」

黛西趕緊安慰受驚嚇的小貓，冬青葉則是往外衝，張開爪子準備迎戰。但是一到外面她就卸下了防備，影族只來了三隻貓：枯毛、橡毛以及藤尾，兩側有蛛足和鼠鬚跟著。火星正走過來會見他們，他那火焰般的毛色映著夕陽的紅光閃閃發亮，整個貓族都在火星後頭聚集。

冬青葉跑去和獅焰還有松鴉羽會合，「怎麼回事？」冬青葉問，「索日又惹麻煩了嗎？」

獅焰搖頭說，「我不清楚。」

「你們好，」火星跟影族的巡邏隊點頭問安，「索日已經走了。」

「我們不是為索日而來的，」枯毛撇著嘴說，「昨天你們有三隻貓到我們影族邊境——離你們雷族有一段相當的距離。他們來做什麼？」

「真倒楣！」松鴉羽喃喃抱怨，冬青葉感覺到自己的寒毛開始豎起來。**如果火星知道我們在做什麼就完了！**

「三隻雷族貓？」火星問，「確定嗎？」

「我們會分辨雷族的味道，」枯毛反駁，「而且藤尾看得一清二楚，藤尾，妳來指認。」

影族的母貓向前跨一步，用尾巴指向冬青葉、獅焰還有松鴉羽說：「那三個。」

其他的貓倒抽一口氣，冬青葉憤怒地看著他們。**我們又沒干擾到影族！幹麼來找麻煩！**

火星意味深長地看了三姊弟一眼，冬青葉只覺得渾身發熱很不舒服，同時她努力克制自己不要發抖。火星接著轉頭去看影族巡邏隊。

「我相信我的戰士到那裡一定是有他們的理由，」火星說，「你們應該知道有巫醫隨行的巡邏隊是不會去侵犯你們的，有想過他們可能是去找藥草嗎？」

三隻貓都點頭，松鴉羽補充說，「蓍草。」聽起來挑釁的意味十足。

「藥草……」枯毛低吼著，顯然她並不相信，但也不打算指控雷族在說謊。

「很抱歉他們到離你們邊境那麼近的地方，」火星繼續說，「這種事不會再發生了。」

「那就等著瞧吧。」枯毛說完轉身，甩動著尾巴把巡邏隊集合起來，然後朝荊棘隧道走出去，蛛足和鼠鬚也跟在後頭準備送他們走出邊境。

他們走到了營地入口時，枯毛回頭說：「火星，希望你能夠好好地管管自己的貓族。」說完便走進隧道口，沒有貓來得及回話。

冬青葉知道大家都在看他們三個，火星穿過空地走到他們面前。冬青葉硬著頭皮，迎向火星灼熱的眼神。

「我不想知道你們到底在做什麼，」火星的聲音聽起來非常焦慮，「拜託不要再犯了，你們覺得我最近還不夠忙嗎？」

那我們呢？冬青葉忿忿不平地想，**你根本就不知道我們最近經歷的事。**

「對不起，火星。」獅焰說。

火星只是嘆了口氣，轉身走向沙暴、灰紋和其他在獵物堆附近的貓。

等火星走遠了，冬青葉才對獅焰和松鴉羽說，「我們得——」話才說一半，獅焰用尾巴點了她的肩膀以示警告，冬青葉轉頭一看，原來是棘爪走過來了。**噢，這下可好！**

副族長停下腳步，用冷峻的眼光狠狠地瞪著他們，「你們要不要跟我說，你們到底在搞什麼鬼？」

冬青葉的嘴巴閉得緊緊地看著棘爪，獅焰和松鴉羽也一樣沉默不語。

「我不知道你們最近到底是怎麼搞的，」棘爪嘆了一口氣，「你們全都——」

「嗨，棘爪！」塵皮從戰士窩外面喊著，「我要帶夜間巡邏隊，你要派哪些貓跟我去？」

「我得走了，」棘爪跟他們三姊弟說，「不要鬧事，好嗎？」

冬青葉看著棘爪離開之後，把獅焰和松鴉羽兜攏在一起，「我們明天再回去找索日，我不管影族怎麼想，我們一定要知道事實的真相！」

獅焰有點擔憂地看著冬青葉，像是在想她這一次是不是又會對索日大發脾氣；而松鴉羽只是若有所思的樣子，不過最後也點點頭，「我同意。這一次他一定得說；如果他拒絕，我們就來硬的。記住，這預言屬於我們，不屬於他。」

第二十三章

冬青葉和弟弟們找到機會溜出去，前往兩腳獸舊窩時，太陽已經是升起又降落了。雲層堆積在夜空中，等他們走到雷族領土邊境的時候，雨就開始不斷地落下。

一越過了邊界，獅焰就帶著他們繞道走，穿過一片樹林，盡可能地遠離影族邊界。他們三個都提高警覺，隨時注意有沒有影族巡邏隊出沒。

如果我們這次被逮到，就真的麻煩大了，冬青葉這樣想。

當他們到了兩腳獸的老窩時，索日就坐在門口，好像在等著他們一樣。

「你們好，」他站起來迎向穿過溼淋淋的荊棘叢的他們，「我就知道你們今天會來。」

「直話直說吧，」冬青葉劈頭就講，「我們不想再和你爭論些什麼，只要你說出我們父親的名字，我們就讓你幫我們實現預言。」

索日的眼睛炯炯有神地盯著她看，冬青葉

不禁打了個冷顫。曾經她可以就這樣一直看著他，聽著他的聲音。即使知道他是個危險分子，她還是無法擺脫那致命的吸引力。

「我們可以進去了嗎？」索日邀請他們，好像是平常的友好拜訪。

冬青葉他們跟著他走進那潮溼的窩內，抖掉一身雨水，在那有裂縫的岩石地面上，找個地方蹲伏下來。

「你可能要找個新的地方住了，」冬青葉警告這獨行貓，「影族派了巡邏隊向火星報告，說他們在我們領土之外發現我們的行蹤。」

「什麼？」索日的毛豎了起來，「黑星竟敢這樣？在他們領土以外的地方，貓兒們愛往哪走他管得著嗎？」

「嗯，他就以為他可以。」松鴉羽咕噥地說。

「你們又沒做錯什麼！」索日叫著，琥珀色的眼睛燃燒著怒火，「黑星利用這件事來羞辱雷族。」

「我不曉得，」獅焰看起來有些不安，「我想黑星是有一點反應過度，他想藉機表現他遵守戰士守則。」

索日輕蔑地說，「戰士守則！信仰星族！真搞不懂你們為什麼把這些事看得這麼重要。」

冬青葉的胃一陣翻攪。**不！戰士守則比什麼都重要！**但是她知道她必須保持冷靜。如果和索日吵起來，他們就會失去這個解開親生父親之謎的機會。

「我知道的事比星族還多，」索日繼續說，「祂們告訴過你們太陽會消失嗎？你們自己很清楚，並沒有。如此看來，我難道沒有比你們的戰士祖先還要強嗎？如果連我這沒有預言能力的貓都有這樣的力量，那你們三個的力量不就更強大嗎！」

獅焰的眼睛一亮，松鴉羽不自覺的收放爪子，而冬青葉則努力的不讓索日的聲音給迷惑。**到目前為止他什麼都沒告訴我們**，她提醒自己，**他的話語只不過是煙霧和陽光，根本抓不住。**

「那很好啊，」她說，「但是我們要做什麼呢？」

「影族貓根本不值一提！」索日繼續說，「他們根本沒資格擁有那塊土地——況且他們只要一有機會就會入侵你們的領土。你們要做的就是製造影族盜捕雷族獵物的假證據，這樣你們的族長就可名正言順地發動戰爭。一旦取得影族領土，就可以繼續攻占河族和風族的領地。」他環顧四周，繼續用低沉顫抖的嗓音說：「這就是絕對的力量，掌控湖區領土上所有的貓！」

冬青葉看著索日，感覺到自己的腳掌顫抖著。難道他們真的要這樣做才能獲得力量——向所有的貓族宣戰？她試著去想像火星是否會容許這種事發生，不，這不可能。

「我並不認為——」她猶豫地說。

但索日並沒有聽她說話，他逕自走向巢穴內部的一個角落，從陰暗處拉出一隻兔子。他把兔子放到冬青葉面前，冬青葉聞到了一股影族的氣味。

「這是我在影族領土上抓到的，然後我把牠在邊界記號上抹一抹，」索日解釋著，「你們可以把牠帶回去，告訴族貓說你們趕走了影族巡邏隊。」他的眼中流露出冷漠、愉悅，「這樣一來影族還有什麼話說呢？那些笨貓，他們寧願相信育兒室裡講的祖先故事，也不願意自己解決事情。都是一些什麼星族預兆之類的荒唐事。」

冬青葉看了獅焰一眼；他正瞇著眼睛盯著索日，頸毛慢慢地豎了起來。

「你和虎星沒兩樣，」獅焰怒吼，「這樣做不是為了我們，而是為了你自己的野心。」

他拱起一身肌肉，伸出利爪撲向索日。冬青葉整個身體朝他撞了過去，阻止他攻擊索日。

「你在做什麼？」她把獅焰壓在地上。

「預言裡並沒有說要這樣做。」獅焰把冬青葉甩開站了起來，瞪著索日說：「他只想要利用我們，這力量是我們的，不是他的。」

「你說的沒錯。」松鴉羽也站起來，尾巴朝索日甩了一下。索日對獅焰的攻擊和指控既沒退縮也沒回應。「索日不在乎我們，他只想和影族打一場他自己的戰爭，這一切就因為黑星把他驅逐出境。這樣的戰爭跟我們一點關係也沒有，要找出我們的親生父親還有別的方法，但絕對不是這一個。」

獅焰站了起來，「我們走吧，」他大聲地說，「而且不要再回來。」

冬青葉不可置信地看著他，「不行！」她說，「我們必須知道——」

「我們再也不需要索日告訴我們什麼，」獅焰說，「我們明知道他對其他的貓做了什麼，還相信他，真是有夠傻。妳難道看不出來，他只想要挑起部族之間的紛爭？預言裡並沒有提到這件事。預言裡說我們的力量是與生俱來的，並不需要用武力去爭取！走吧！」

他大步邁出巢穴，松鴉羽緊跟在後。冬青葉隨後也跨出腳步，然後又回頭看了索日一眼，但這獨行貓只是望著她，什麼挽回的話也沒說。

冬青葉發出一聲憤怒、絕望的嘶吼，奔向她的弟弟。**我們三個是命運共同體！我沒辦法獨**

自完成這件事！

在傾盆大雨中，獅焰和松鴉羽站在距離窩外幾條狐狸尾巴遠的地方等冬青葉。當她趕上他們時，索日出現在巢穴入口。

「等等！」他喊著，「你們不想知道你們的親生父親是誰嗎？」

獅焰不理他，「走吧！」他對冬青葉說：「這不是找出真相的唯一方法，我們這樣做是為了自己，而不是為了別的貓。」

冬青葉退讓地點點頭，但是當她穿過溼淋淋的草地，走在獅焰身邊時，似乎感受到索日琥珀色灼熱的眼光還盯著她看。

⚡⚡⚡

回到山谷時，松鴉羽已經累得腳好像不是自己的，而且又被淋成了落湯雞。他感覺自己像在蜘蛛網裡掙扎，那是一個由謊言和黑影交織成的巨大蜘蛛網，有一隻隱形的蜘蛛隨時等著要跳出來攻擊他。

在兩腳獸窩時，他還很篤定，覺得他們拋下索日是對的；但現在他卻不這麼確定，萬一通往真相的唯一道路真的要透過這隻獨行貓怎麼辦？

而且萬一火星問我們去哪裡，該怎麼回答？他肯定會把我們碎屍萬斷，然後丟到獵物堆！

但是當松鴉羽蹣跚地走進空地時，他聽到夥伴之間傳來興奮的聲音，大家聚在育兒室附近，誰也沒有特別注意到松鴉羽他們。

「發生什麼事了？」獅焰問。

一陣急促的腳步聲回答了他的疑問，狐掌跑向他們大聲說，「是白翅！她在生小貓。」就在這時，松鴉羽聽到亮心從育兒室內呼喊，「松鴉羽！快來啊——葉池需要你！」

松鴉羽忍住嘆息，他真想回到窩裡把身體弄乾，然後睡上一覺，但他還是朝育兒室裡去了。他和樺落擦身而過，這個準父親正焦慮得猛抓著草。

在育兒室裡，黛西和蜜妮早已經把他們的小貓咪各自帶到自己的床位，好把空間挪出來給白翅和葉池。白翅側躺著，呼吸又淺又急。

「妳做得很好，」葉池安慰她，「小貓咪也是，他們很快就要生出來了。」

「希望如此。」白翅喘吁吁地說。

葉池儘管看起來很冷靜，可是松鴉羽察覺到她的恐懼。葉池低頭在他耳邊說，「她體力就要透支了，我怕她沒有力氣把孩子生下來。」

松鴉羽把一掌放在白翅鼓脹的肚子上，然後全神貫注。他聽到裡面有兩顆心跳動的聲音，微弱但是很穩定。「這一胎有兩隻，」松鴉羽宣布，「加油，白翅，妳一定可以的。」

沒事的，小貓咪，松鴉羽俯身探視白翅，喃喃地為她們加油打氣，**再過一會兒，妳們就安全了。**

突然間，松鴉羽進入白翅的意識當中；他聽到邪惡的咆哮聲，看到獠牙和垂舌，白翅好像正想像著她的孩子被狗攻擊，跟她母親亮心以前一樣。松鴉羽還聽到貓族間打鬥的尖叫聲，看到血從深深的爪痕裡湧出，染紅白色的毛。松鴉羽眺望雪地裡的一片森林，肚子感到一陣飢餓。

松鴉羽的心思往回收，不斷地盤旋。在孩子們之前，**母親真的會在腦海中看到她孩子的一生嗎？**松鴉羽感受到白翅的恐懼，她靜靜地躺著，無聲地向松鴉羽求助。

松鴉羽回過神之後，靠向白翅說，「別擔心，妳的女兒們都會平安的出生，而且會受到貓族的關愛及保護，」他一掌輕撫著白翅的肚皮，「時候到了。」

「好。」白翅喘著說。

松鴉羽感覺白翅的肚子一陣強烈的起伏，她大叫一聲，然後一團小小溼答答的東西滑到青苔上。

「她還好吧？」白翅喘著問著。

「她很好，」松鴉羽要她安心，「現在輪到下一個。」

白翅靜靜躺了一會兒，接著弓起了背，整個肚子第二次起伏波動，又滑出另一團小東西。

「做得好！」葉池大叫，「妳們好，小傢伙，歡迎來到雷族。」

第一隻小貓咪叫得很大聲，逗得葉池輕輕笑了一聲，「這隻很小，可是很強壯。好了，小傢伙，都去妳們的母親那裡。」

「她們好漂亮啊！」白翅溫柔地說，「謝謝你，松鴉羽。還有妳，葉池。」接著白翅一掌把小貓咪攬過去，開始用力舔著她們。

松鴉羽得意洋洋地走到育兒室的入口大聲喊，「樺落！快來看你的孩子。」

樺落踉蹌地衝進育兒室，與松鴉羽擦身而過。他如釋重負，充滿喜悅的情緒幾乎快讓松鴉羽抵擋不住。「白翅，妳還好嗎？」樺落語帶哽咽，「感謝星族！這兩個孩子真漂亮！」

葉池照料著白翅，松鴉羽蹲在她旁邊，心想他們出生的時候，葉池是不是也有相同的感覺，**我們的父親是不是也分享了這份喜悅？**

這時候松鴉羽最想做的事就是和葉池談一談，聽聽她怎麼說，了解事情的真相。歷經剛才的合作無間，松鴉羽頓時覺得可以試試，「葉池……」松鴉羽開口。

葉池這時候轉身對松鴉羽說，「白翅現在沒事了，」打斷松鴉羽想說的話，「你去拿一些增強體力的藥草過來，還有幾片琉璃苣幫助乳汁分泌。」

機會已失，松鴉羽只好回答：「好。」接著走出育兒室。

松鴉羽把草藥送回育兒室時，雨勢已經變小。他走到獵物堆旁邊，打算吃點東西再回巫醫窩。已經有好多隻貓聚在那裡分享食物，他們喜悅的氣氛也感染到在一旁吃田鼠的松鴉羽。

「在禿葉季生小孩不是一件容易的事，」蕨雲說，「白翅很厲害。」

「她一定也會把小貓咪養得很好。」說話的是鼠毛，聽起來不像往常一樣壞脾氣，「白翅是我們族裡數一數二的貓了，她還是見習生的時候，就很勤勞地幫長老們換青苔，而且都是換乾的青苔。」

「等那些孩子長大離開育兒室時，我們的尾巴就得小心了。」塵皮帶著笑意說，「雲尾，他們是你的親戚，我們都還記得你小時候把火星整得有多慘。」

雲尾哼了一聲，「塵皮，她們長大一定會成為很棒的戰士，誰敢說不是，我絕不放過他。」

松鴉羽原本在吃東西，突然停頓，因為獅焰和冬青葉也來了，他們坐在一起，靜靜地聽著這愉快的談話。他們三個都沒想要加入話題，松鴉羽感覺到一份疏離感，即使在他們三個之間也一樣。

「我還記得你們三個小時候的樣子，」蕨毛說著走近他們，還用尾巴碰一下松鴉羽的耳朵，「竟敢去追狐狸！沒被咬死還成為見習生，真是奇蹟！」

「是啊，是啊。」松鴉羽意興闌珊地回應。突然間，松鴉羽感到這四周的歡樂讓他無法忍受，他吞下最後一口食物，甚至沒跟獅焰和冬青葉道別，就逕自走回巫醫窩。

松鴉羽蜷曲在自己的床位上，被一陣腳步聲吵醒，睜眼一看，有一隻骨瘦如柴的灰色母貓正把頭探向他。

「黃牙！」松鴉羽大叫一聲坐了起來。他還身在巫醫窩裡，在慘白的月光下，葉池蜷著身體在幾條尾巴遠的地方睡覺。

這隻昔日的巫醫把一根長長的黑色羽毛放在松鴉羽床邊。「謊言和祕密該結束了，」黃牙說，「真相應該要大白了，星族沒有早早向你們顯明是錯的。」

「那麼——？」松鴉羽開口，可是黃牙的身影已經開始消退，隱入月色當中，然後全然不見。最後連月光也沒了，松鴉羽從夢中醒來，四周又是一片漆黑。

「真是的！為什麼這些貓有話都不直說？」松鴉羽嘶叫著。但突然間他了然於胸，黃牙已經給了他要的答案。

松鴉羽四下摸一摸自己的床鋪，找到黃牙留下的那根羽毛，順著摸下去，又長又光滑。松鴉羽甚至可以想像這片烏黑的羽毛，在銀色月光下閃著光芒。

「黃牙給了我一根烏鴉的羽毛……」松鴉羽喃喃地說。

他從床鋪爬起來悄悄走出巫醫窩，小心翼翼地怕吵醒葉池。走到空地之後，松鴉羽便快步跑向戰士窩，先是在外面繞了一圈，聞出獅焰睡覺的位置靠近外圍。

松鴉羽隨便找了一根樹枝，穿過荊棘把獅焰戳醒。

「什麼東西？拿走開！」獅焰撥開那根樹枝。

「獅焰！」松鴉羽把嘴湊近獅焰睡覺的地方，小聲地喊著：「我要跟你講話，把冬青葉也帶出來。」

「現在是半夜！」獅焰抗議。

「小聲一點，你要把整個營地都吵醒嗎？這很重要，我們得找個地方說話。」

「好，好，稍安勿躁。」

松鴉羽不耐煩地等著哥哥姊姊穿過樹枝走出來。

「你說要『找個地方談』是什麼意思，」獅焰小聲問，「要去什麼地方？」

「到森林裡去，找個可以說話的地方。」

冬青葉打了個哈欠說，「最好是重要的事情，值得把我吵醒。」

「非常重要。」松鴉羽保證。

這三隻貓從如廁通道溜出了營地，沿著陰影走，怕驚動正在守夜的罌粟霜。接著松鴉羽帶他們穿過林木，朝風族的邊境走去。

「外頭好冷，」冬青葉抱怨著，「你不解釋清楚，我是連一步都不想再多走。」

「好，我說，」松鴉羽轉身面對獅焰和冬青葉，「我知道我們的父親是誰。」松鴉羽猶豫了一下，從哥哥姊姊身上傳來情緒如排山倒海一般，幾乎要把他推倒。他深深吸了一口氣之後說，「是鴉羽。」

頃刻間一片死寂，那翻攪的情緒如此複雜，不是他可以輕易釐清的。

「我們是混血貓？」冬青葉終於哽咽地開口。

「你怎麼知道的？」獅焰疑惑地問。

「黃牙託夢給我，」松鴉羽解釋，「她說該是真相大白的時候，還給了我一根烏鴉的羽毛。」

「但是那也不一定代表……」冬青葉話沒講完就止住。這根羽毛代表的意義其實三隻貓都了然於心，再否認下去也沒有意義。

「鴉羽知道這件事嗎？」獅焰急著問。

「就因為這原因，所以葉池不跟我們說嗎？」冬青葉跟著追問。

一連串的問題不斷拋向松鴉羽，「我也不清楚，」他回答，「我們去找鴉羽談，走吧。」

這三隻貓安靜地穿越森林。剛下過大雨，他們穿過樹叢時，身體都被灑落的水滴淋溼。一陣冷風迎來，松鴉羽聽見頭頂上傳來清晨的幾聲鳥鳴。

松鴉羽的心思在打轉，**這怎麼可能？**他們的母親是巫醫，而父親是風族戰士！他們兩個都應該知道是不能在一起。

如果我們根本就不該被生下來，那又怎麼能成為預言的一部分呢？

獅焰走在松鴉羽旁邊，怒火中燒，他生氣那些違背戰士守則的貓，用成堆的謊言來矇騙，因此而生下新生命。冬青葉走在松鴉羽的另一邊，她內心如漩渦一般的思潮，迷濛不可解。

終於，松鴉羽聽到了邊境小溪潺潺的流水聲，聞到了水清新的味道。「還很早，」松鴉羽說，「不過風族的黎明巡邏隊還是有可能出現。」

他們在溪邊駐足，松鴉羽的腿已經累得直發抖，實在很想在溪邊的草堆坐下，但他知道他要撐住，要抬頭挺胸地面對他們的父親。

四周的鳥叫聲愈來愈大，夜裡冷冽的寒氣漸漸消退，松鴉羽這時聞到一絲風族的氣味；冬青葉也聞到了，她大叫：「他們過來了！」

「鴞鬚、豆尾和鼬毛，」獅焰說，「在這裡等一下，我去跟他們說。」

「等等——」松鴉羽才想阻止，但是獅焰太生氣，顧不得不能越界的規定，已經跳過小溪到另一邊了。

「你們在這裡幹麼！」鴞鬚質問。

獅焰壓抑許久的憤怒都在聲音裡爆發出來，「把鴉羽找來。現在。」

「什麼？」鼬毛生氣地說：「你以為自己是誰，膽敢使喚我們？」

「對啊，」豆尾跟著說，「趕快滾回去，不然就扒了你們的皮。」

獅焰發出一聲低吼；松鴉羽可以想見獅焰正朝風族的三隻貓逼近，全身的毛膨起，看起來有平常的兩倍大。「照我的話做！」獅焰命令道。

「好，」鴞鬚用很尖銳的聲音回答，想掩飾自己的恐懼，「可是請回到你們那一邊去等。」

松鴉羽聽見風族戰士離去的聲音，接著聽到碰的一聲，獅焰從小溪那邊又跳回到松鴉羽身邊。等待的時候，獅焰撕扯著身旁的雜草，好像要為他的憤怒找個出口。

聞到風族貓靠近的氣味，松鴉羽的胃緊張得開始翻攪。只有一隻貓，鴉羽是單獨過來的，松鴉羽感覺到旁邊的冬青葉也在發抖，她的尾巴不斷地甩來甩去，刷著松鴉羽的身體。

終於，鴉羽的聲音從對岸傳來，「你們想幹什麼？」

松鴉羽的話卡在喉嚨裡說不出來，三隻貓就隔岸望著風族戰士，冬青葉深深吸了口氣。

但是獅焰沒有絲毫猶豫，「棘爪和松鼠飛不是我們的父母親，」獅焰說，「葉池才是我們的生母，而你是我們的父親。」

一陣靜默，「不要胡鬧，」然後鴉羽才怒聲回答，「這怎麼可能！」

鴉羽語氣如此堅定，一時間松鴉羽也懷疑他們是不是搞錯了。松鴉羽深深吸了一口氣，意識進入了鴉羽的心裡。眼前出現的是一團糾結的草叢，場景是山谷上方的峭壁。葉池懸掛在邊緣用乞求的眼光抬頭看，鴉羽咬住葉池的脖子後面把她拉上來，脫離險境。

接著松鴉羽看見鴉羽和葉池兩個蜷伏在草叢裡，鴉羽說，「跟我走吧，葉池，讓我來照顧妳，我保證。」接著松鴉羽看見他們兩個並肩走在荒原的斜坡上，來到一處空地和午夜這隻獾講話。「我得回去。」葉池說。

接著畫面充滿著貓的哀號聲，松鴉羽瞥見岩石山谷裡擠滿發動攻擊的獾，而雷族也全力反擊。最後的畫面是，在戰後的一片狼藉中，葉池看著鴉羽，「妳的心屬於這裡，」鴉羽喃喃地說；松鴉羽幾乎不敢相信這戰士會有如此溫柔的時候，「不屬於我，從來不曾真正屬於我。」

這些畫面出現的時間非常短暫，但松鴉羽離開鴉羽的意識時，他很清楚黃牙捎來的訊息並不是假的，松鴉羽也明白鴉羽並不知道葉池懷了他的孩子。

「是真的，」松鴉羽說，「你自己也不知道，對吧？」

「不……」有那麼一瞬間，鴉羽失神了。接著松鴉羽感覺到憤怒自鴉羽身上湧現，「我有伴侶，」鴉羽咆哮，「她的名字叫夜雲，我們有一個兒子叫風皮。我不知道你們為什麼跑來告訴我這些謊言，你們走吧，別再來了。雷族貓與我有什麼關係?你們對我來說沒有任何意義，什麼都不是！」

松鴉羽聽見冬青葉倒抽了一口氣，獅焰則是用爪子在石頭上磨來磨去。

松鴉羽鎮定地面對著他父親說，「真相已經大白，」松鴉羽警告，「我們誰都沒辦法再隱瞞下去。」

第二十四章

那天剩下的時光幾乎都在痛苦的陰霾中度過，冬青葉在窩裡睡覺時，做的夢也是漆黑一片。夢中，她周遭是濃密的矮樹叢，幾乎看不到天空。她聽到遠處有貓的叫聲，但無論她怎麼努力向前跑，就是趕不上他們。

她醒來，看到晨光穿透枝椏灑進窩裡，還是覺得筋疲力竭，好像真的在黑暗森林裡跑過一樣。她掙扎著站起來，撥撥獅焰。

獅焰眨眨眼望著她，「我們該怎麼辦？」她低聲急切地問著，「我沒有辦法再這樣繼續下去。」

「我不知道。」獅焰迅速環顧四周，好像怕被偷聽一樣，「我們待會兒再說。」說完就走出去。冬青葉認為獅焰想要迴避她，索性緊跟上去。

「冬青葉！獅焰！」他們一走出戰士窩，棘爪就看見他們，「沙暴正要帶一組狩獵隊出去，你們可以跟她一起去嗎？」

「當然沒問題。」獅焰轉個方向穿過空地朝著沙暴走去，她正在副族長的身邊等著，一旁還有莓鼻和榛尾。

冬青葉茫茫然地跟在後面，感覺腳好像不是自己的。現在知道了自己可怕的身世，她怎麼有辦法再適應每天的例行工作呢？她覺得天好像就要塌下來，月亮就要掉到山谷裡去了。

「別忘了，今晚要大集會，」棘爪提醒他們，「在出發前，全族要好好吃個飽。」

「我們知道——別擔心。」沙暴抽動著夾鬚，用尾巴示意巡邏隊朝營地入口走去。

冬青葉跟在後面，卻完全心不在焉。那痛苦猶如晴天霹靂一般，讓她不知如何是好。她生存的信念就建立在戰士守則上，如今卻讓她澈底失望。不過這也已經沒有關係了，反正早就破碎了好幾次。先是松鼠飛說謊；然後是鴉羽和巫醫相愛；最過份的是葉池根本就打破了戰士守則，還把它踐踏在腳下。她背叛自己的貓族、背叛巫醫的職份、還背叛自己的孩子。

一隻老鼠衝到冬青葉的腳前，她本能地撲上去，一把刺進那柔軟的身體。這時冬青葉腦海中浮現出葉池的影像，她一陣衝動，撕裂了那獵物，想像她奪取那令她恨之入骨的生命。

「冬青葉，住手！」榛尾被嚇到了，「妳在幹什麼？」

冬青葉腦中的幻象消失了，她看到自己的腳掌染成了鮮血色，被她抓到的獵物變成肉醬，已經沒有什麼可以帶回去的。

她怒火中燒，轉向榛尾說，「離我遠一點！」

榛尾嚇得往後退，趕緊轉身衝進蕨叢跑走了。

狩獵隊回營地之後，冬青葉心煩意亂得根本不想待在營裡。她跟誰都不想說話，尤其是獅焰和松鴉羽。她逕自離開營地，朝湖邊走去，沿著風族邊境爬上山脊，在那裡她可以眺望起伏的沼澤地。

風族的營地就在那裡，還有她父親。她身上也流有風族的血統，**但是我一點也不覺得！**冬青葉認為她的家就在樹林底下，他們以獵捕老鼠和松鼠維生。在風族原野奔跑的兔子看來瘦瘦小小的一點也不好吃，她討厭曠野和不斷吹襲的風。

冬青葉凝視她父親居住的土地，無聲吶喊著，**不！不！不！**

當夜幕籠罩岩石山谷時，火星召集參加大集會的貓群。冬青葉走向松鴉羽和獅焰，刻意不去看近在咫尺的松鼠飛和葉池。灰紋、棘爪和沙暴也跑過來，後面跟著煤心、罌粟霜和莓鼻。

「我們出發吧！」火星說，「索日的事情能少說就少說，知道吧？」

他帶領著大家走向湖區沿著湖邊走，越過邊界小溪。當冬青葉踩進風族領土時，她感覺到自己每根寒毛都憎惡地豎了起來。**我不屬於這裡！我不想和風族有任何關係！**

這一天稍早的時候下過雨，不過現在已是萬里無雲，只有一輪明月閃耀著。冬青葉停下來看著月亮，**星族，我要做的事祢們同意嗎？**

接下來每走一步，冬青葉都小心留意是否有風族的氣味或蹤跡，不知道鴉羽是不是也被派來參加大集會。**這有什麼要緊的嗎？**她激烈地想著，**他對我來說不算什麼，根本不算什麼！**

走在她前面的是火星，兩側伴隨著灰紋和沙暴。「你知道嗎，我還是很想念四喬木的那時候，」沙暴低聲地說，「不知怎麼的，那裡的月亮好像比較圓。」

火星親暱地推了她一把，「妳講這話聽起來像是個長老一樣！」

沙暴用尾巴甩了他一下，「你等著吧！我會是全族裡最愛生氣的長老，鼠毛和我比起來是既可愛又溫柔。」

「如果是那樣的話，刺蝟也會飛了，」灰紋說，「不過我也很懷念在舊森林的時候，那是我們出生的地方。這些年輕小伙子對湖邊也會有相同的感情，不是嗎？」他轉頭望了獅焰和冬青葉一眼。

獅焰很快地點點頭，但冬青葉根本沒有回應。一股嫉妒的情緒油然而生，她嫉妒這些貓知道自己屬於哪裡，他們依循戰士守則過日子，擁有美好的回憶。

他們並不知道這全是謊言！

雷族經過馬場時一片漆黑寂靜，沒有任何風族的蹤跡，冬青葉猜想他們已經走到島上了。當他們到達樹橋時，發現河族正在通過；火星讓自己的戰士先行退讓，禮貌性地向豹星點點頭。冬青葉在一旁等著，爪子一縮一放，胃不停地翻攪。

這將是一個誰都無法忘懷的大集會！

冬青葉從樹橋的另一端跳下來，她停下來嗅嗅其他三族混雜的氣味。

「我們是最後到的，」煤心也跟著從樹橋上跳下來，在她身邊說，「我們最好快一點。」

冬青葉跟著她走過卵石地，鑽到矮樹叢裡。根本不用著急，她已經踏上自己選擇的路，該她行動的時刻自然就會到來，就像季節交替一樣。

當她穿過樹叢，走進大橡樹周圍的空地時，猶豫了一下，不由自主的被眼前一大群貓給震懾住。各族的貓環繞著大橡樹混雜在一起。冬青葉穿過貓群往前走，與褐皮擦身而過時，幾乎沒有感覺到她在跟自己打招呼，更沒注意到對方被冒犯的眼神。她也不理會路上聽到的八卦，**現在這些跟我有什麼關係呢？**

她找到一個靠近大橡樹的地方坐下來，在那裡抬頭就可以看到族長們坐在樹枝之間：一星，舒服地坐在分枝處；黑星，垂著尾巴蹲伏在最低的樹枝上；豹星，站在較高處，不耐煩地抓著樹皮；火星一躍而上加入他們，他跳上的那根樹枝在他腳下晃動著，灑落了一些橡實。

獅焰跟在冬青葉後面穿過空地，在她身邊坐了下來，「鴉羽也來了。」他低聲地說。

「我知道。」冬青葉已經發現了那風族戰士，但是他似乎沒有注意到她。她朝獅焰尾巴指的方向望去，看到她父親和夜雲、風皮坐在一起。雖然他的頭撇向一邊，但冬青葉猜想他根本就知道他們兄妹身在何處。**他所有的孩子都在場，多好啊！**

一個尖銳的嚎叫聲從大橡的樹枝頭傳來，豹星向前走。一片嘈雜的空地頓時安靜了下來，大家都轉身看著她。

「大集會開始，」她宣布，「河族先報告，我們的獵物都很充足。霧足、蘆葦鬚和雨暴把一隻狐狸趕出我們的領土。」說完她就退回去，草率地向黑星點個頭。

接著影族族長站了起來，冬青葉的爪子扎進地面，身體緊張地顫抖起來。突然間她不確定自己該在什麼時候行動，**星族，給我一個暗示！如果祢們在看的話……**

「影族持續蓬勃發展，」黑星報告，「小雲收焰掌當見習生，而且已經在月池引見給星族了。」

貓群中揚起一陣恭喜聲，還加上「焰掌！焰掌！」的呼聲。冬青葉看見這隻年輕的貓和小雲以及其他巫醫們坐在一起，眼中閃著榮耀的光芒。她的心猶如被爪子撕裂般的疼痛，**我也曾經有過這樣的感覺。**

黑星說完換一星報告，他們在邊界小溪發現了一隻死羊，戰士們已經把牠拖上岸以保持水源的清潔，除此之外，他就沒有再說些什麼了。

接下來輪到火星，他在樹枝上站穩後俯視著空地，那綠色的眼睛映著月光閃閃發亮。「索日已經離開樹林了，」他說，「我們——」

「早就該這樣了。」黑星吼著。

豹星向火星點頭，冷冷的表達善意，「火星，很高興你終於清醒了。」

火星也點頭禮貌性的回應，儘管冬青葉看到他的爪子緊緊地扣住樹枝。「除此之外——」

就是現在！

「等一等！」冬青葉跳了出來，「我有話要對大家說。」

「幹什麼？」獅焰伸出掌子拉她，要她坐下來，「妳瘋了嗎？戰士在這裡沒說話的份！」

「這件事就可以。」冬青葉嘶叫著把他甩開。她瞥見松鴉羽坐在巫醫群裡，神情異常的驚恐，但她不管他。

「你認為——」冬青葉說。

「冬青葉！」火星的聲音從樹枝上傳來，他居高臨下瞪著冬青葉，憤怒的雙眼像是兩團綠色的火。「有什麼重要的事情非要在這裡說，也應該事先跟我商量過。現在請妳住口，不管是什麼事困擾妳，我明天再跟妳談。」

長久以來恪守戰士守則的習慣，幾乎讓冬青葉強忍著閉嘴坐下。**我得要服從族長！**但是她馬上又武裝自己，戰士守則已經死了！沒有必要再遵守。

「不！」冬青葉說，不理會周圍貓群的陣陣驚呼，「我現在一定要講！」

「對，讓她說，」豹星向前跨出一步，好奇的俯視著冬青葉，「我倒想聽聽她想說什麼。」

「我也想聽。」一星大聲回應。

「莫非雷族有什麼祕密不敢讓大家知道。」黑星挑釁地說，對著火星輕蔑地甩著尾巴。其他三族的貓開始此起彼落地起鬨，向雷族吆喝。冬青葉身處一片喧嘩當中，卻感到異常的平靜，她知道只要再等一下子。

最後火星高舉尾巴要大家安靜，「那好吧，冬青葉，」火星等沒有雜音時說，「妳要說什麼就說吧，願星族保佑妳不要後悔。」

這時候空地上一片鴉雀無聲，冬青葉甚至聽得到大橡樹底下，一隻老鼠從枯葉下面跑過的聲音。「你們都以為你們認識我，」冬青葉開始說，「還有我的弟弟，獅焰和松鴉羽，你們以為認識我們，可是你們知道的全都是謊言！我們不是棘爪和松鼠飛生的。」

「什麼？」棘爪從坐著的地方突然站起來，其他坐在橡樹底下的副族長也都一樣。他琥珀色的眼睛像是著了火，「松鼠飛，她為什麼這樣胡言亂語？」

松鼠飛站起來，恐懼的眼光褪去，取而代之的是——什麼呢？懊悔？內疚？或是身為一個母親將要永遠失去她的小孩的悲哀……？

「棘爪，我很抱歉，但這是事實。我不是他們的親生母親，而你也不是他們的父親。」

棘爪瞪著松鼠飛，「那到底誰是？」

松鼠飛把那雙悲傷的綠眼睛轉向冬青葉，長久以來她把她當成是自己的女兒。「告訴大家吧，冬青葉。這祕密我已經保守那麼久，現在我還是說不出口。」

「懦弱！」冬青葉指責松鼠飛，同時環視空地一圈，發現每一隻貓都盯著她看。「我不怕說真話！葉池是我們的母親，而鴉羽——沒錯，風族的鴉羽——就是我們的父親。」

話一說完大家驚訝得議論紛紛，冬青葉又提高音量，「他們以我們為恥，把我們送給別的貓，然後欺騙大家，好隱瞞他們不遵守戰士守則的事實。這一切都是她的錯，」冬青葉的尾巴轉了一圈指向葉池，「如果一個貓族的核心裡有懦夫和騙子，要怎麼延續下去？」

驚叫聲掩蓋了冬青葉說話的聲音，不過沒有再說下去的必要，該說的都說了。冬青葉雙腿發抖，好像剛剛越過整個領土，需要坐下來休息，但是她的內心卻出奇的平靜，彷彿刺破一個膿包，看著毒液慢慢流出來。

鴉羽憤怒的聲音凌駕在這一片喧嘩之上，「這不是真的！」他站了起來，灰黑色的毛皮抖動著，在他身旁的夜雲和風皮一臉疑惑及憤怒。「說謊的是冬青葉！」

這時葉池站了起來，貓群頓時安靜地看著她。

「這是真的，鴉羽，」葉池說，「很抱歉，我想告訴你，可是一直苦無適當的機會。」

葉池琥珀色的眼睛充滿了哀傷，看得冬青葉於心不忍，但她很快地把心一橫，**我恨她！她說謊背叛我們！**

「葉池，對我來說妳什麼都不是，」鴉羽的語氣冷漠，「一切都過去了，我現在只效忠風族，而且除了風皮以外我沒有別的孩子。」鴉羽看了身旁的夜雲和風皮一眼；夜雲這隻黑色的母貓耳朵壓得平平的，風皮則是齜牙咧嘴地低吼著。

葉池似乎不想爭辯地低著頭，接著抬起頭來看火星，他坐在樹枝上宛如石像般一動也不動。「我知道我不能繼續當雷族的巫醫了，」葉池說，「我對不起你，火星，也對不起雷族。請相信我已經盡力了，一直以來我為我所做的事深感懊悔。」說到這裡，葉池的聲音啞了，她停頓著吞了吞口水繼續說，「但是我不後悔生下孩子，他們很棒，我永遠以他們為榮。」

葉池最後看了鴉羽一眼，然後低頭穿越空地，前方的貓紛紛讓路。葉池就這麼穿出樹叢走出大家的視線，所有的貓都呆愣地望著她離去的背影。

棘爪最先有動作，他走到松鼠飛面前質問，「為什麼？」

松鼠飛被逼急了，「我別無選擇！她是我的姊姊！」

「妳連我也信不過？」棘爪的聲音發抖著，冬青葉看見棘爪全身一陣強烈的顫抖。頃刻間，她對自己所做的一切感到很抱歉。棘爪是一隻高貴的貓，沒有必要為任何的謊言負責，**我曾經為擁有這樣的父親感到無比驕傲！**

松鼠飛沒有回答，但對棘爪的目光並沒有閃躲。

「妳信不過我，」棘爪不斷重複，「如果妳早點說，我也會伸出援手，但現在太遲了。」

棘爪轉頭穿過貓群離開了。

「棘爪——」松鼠飛追了一步又停下來，低下頭，絕望地垂著尾巴。

冬青葉把頭別過去。**讓她受苦，她活該！**

有隻貓從後頭碰一下冬青葉，是煤心，「看看妳做了什麼？」

冬青葉訝異地眨一眨眼，「我做了對的事情。」

這隻灰色的母貓搖搖頭，「沒有所謂對的事情，這樣做只會帶來更多痛苦。」這智慧的言語好像是出自一隻年長、經驗豐富的貓。冬青葉原本還期待煤心多說些別的，像是同情冬青葉他們的遭遇等等，但是煤心卻掉頭離去。

冬青葉望著煤心的背影，心想為什麼她不懂呢？大家都應該看得出來他們沒有辦法繼續活在謊言裡？而且，星族沒有讓烏雲遮月，這就表示戰士祖先們應該很高興事情已經水落石出，欺騙的行為終於告一段落。

但是在場沒有一隻貓是高興的，連雷族貓也一樣。沙暴盯著她，綠色的眼睛裡充滿困惑與悲傷；灰紋琥珀色的眼睛因為難以置信而顯得空洞；罌粟霜和莓鼻交頭接耳竊竊私語，不時投來敵意的目光。

突然間，冬青葉再也忍受不了大家看她的眼光。她穿過貓群，顧不得身體被荊棘刺傷，衝進矮叢，跑過一片小碎石，上了樹橋。經過馬場之後，她開始往上坡爬，沿著風族邊境到了坡頂，在那裡她可以眺望一片湖水。

湖面上倒映著一道狹長的銀色月光，以及數不盡的點點繁星。

「這樣值得嗎？」冬青葉跟星族呼求，「身為見習生，不是要努力學習戰士守則嗎？我們還能做什麼讓事情改變？」

閃爍的星星沉默無語。

冬青葉繼續往下坡走，一直走回雷族的領土進入樹林。她進到岩石山谷時發現一片寂靜；前去大集會的巡邏隊還沒回來，除了看守營地入口的亮心以外，其他的貓都在睡覺。冬青葉從亮心旁邊走過，不理會她的問候。

在一片皎潔的月光下，冬青葉走過空地進入巫醫窩，但在裡頭卻看不到葉池的蹤影，冬青葉的心跳加速，**我知道該怎麼做，這一切都是葉池的錯**。

她爬進最裡面的儲藏室找到了一包死莓，小心翼翼地拖出來。她把它打開攤在地上，露出鮮紅欲滴的果子。雖然有些已經枯萎了，但是致命的毒性還是很強。

冬青葉坐在死莓旁邊，尾巴環繞前掌等著。不久她聽到腳步聲從外面傳來，葉池穿過荊棘垂簾來到冬青葉前面。

「冬青葉，」葉池好像一點也不訝異女兒就在這裡，她的眼裡充滿疲累和憂傷，「沒關係，」葉池說，「我原諒妳。」

「什麼？」冬青葉猛然站起身，「妳原諒我？該被原諒的是妳吧？妳遺棄自己的小孩！讓我們在謊言中長大，因為妳愚笨自私的行為，戰士守則就這麼被破壞了。」

「這些事還需要妳來告訴我嗎？」葉池的語氣疲倦卻平靜，「我只能告訴妳我有多愛妳，我對我做的事感到很抱歉。」

「妳期望我原諒妳嗎？」冬青葉大吼著，「不可能，絕對不可能。」她蓬起毛繞著葉池打轉，然後堵住入口。「看到那些死莓嗎？把它們吃掉——不然我會強迫妳做的！」

「什麼？」葉池聽得很困惑。

「吃掉！妳得死。」看到葉池沒有動作，冬青葉蹲伏著作勢要撲向前去，「我以前下過毒手，」冬青葉大叫，「不怕再做一次。」

冬青葉的母親眼中露出一種冬青葉看不懂的情緒。「冬青葉，」葉池說，「我已經失去孩子，我所愛的貓，還有當巫醫的資格。妳覺得死去和活著，哪件事對我比較難？」

答案只有一個，冬青葉靜靜地讓開，葉池從她身邊經過，走出巫醫窩。

第二十五章

松鴉羽衝進荊棘隧道，站在空地中央喘息。大集會一解散，他立刻從小島疾馳而回，摩肩擦踵地穿過那些滿臉疑惑的貓，搶先走過樹橋。

他聞到葉池從巫醫窩走了出來；這時候他實在不想跟葉池說話。在葉池後方，松鴉羽隱隱約約地聞到冬青葉的味道。

她在那裡做什麼？她跟葉池說了什麼？

松鴉羽衝過空地，撞進荊棘垂簾，質問冬青葉，「冬青葉！妳在這裡做什麼？」松鴉羽又聞到了另一股味道，「這些死莓為什麼會在這？」

「不要管我！」冬青葉尖叫。

松鴉羽連躲都來不及躲就被她撲倒在地，她的爪子抓住松鴉羽的肩膀。松鴉羽又踢又蹬，後腿抵住冬青葉的肚皮。冬青葉滿腔的憤怒和絕望一股腦地襲上他，她揮了松鴉羽一巴掌後，逃離巫醫窩。

「冬青葉，等等！」松鴉羽踉蹌地站起來，跟著追出去。

松鴉羽才到空地，冬青葉已經一頭衝出荊棘隧道。松鴉羽緊跟著奔向森林，腹部的毛不時飛掠過地面。這時松鴉羽聞到了更多貓的氣息，原來是參加大集會的巡邏隊回到營地了。

「松鴉羽，發生什麼事？」獅焰轉身跟著松鴉羽跑，「到底怎麼了？」他氣喘吁吁地問。

「冬青葉，」松鴉羽上氣不接下氣地說，「我們得追上她。」

冬青葉朝森林深處跑去，瞎了眼似的一路衝撞著荊棘叢和蕨叢。

「冬青葉，快回來，」獅焰大喊，「我們得談一談！」

可是冬青葉沒有放慢腳步，很快的就跑到通往兩腳獸廢棄巢穴的那一條小徑，再轉向一片矮樹叢。

「我知道她要去哪裡！」松鴉羽一股寒意襲過全身，「她要去廢棄的隧道……」

「不可以！」獅焰驚恐的說，「冬青葉，停住！」

繞過一叢荊棘之後，松鴉羽、獅焰就與冬青葉面對面相遇；冬青葉在半山腰的隧道入口前停了下來，這隧道就在廢棄的兩腳獸窩上方。這並不是松鴉羽以前進去過的隧道；有股狐狸住過的味道，夾雜著水和石頭的氣味飄盪在冬青葉身後的黑暗中。

松鴉羽強作鎮定說，「冬青葉，聽我們說。」

冬青葉好像沒聽見，「對不起，」她輕聲地說，「我只是盡力想做最有利的事，我不能留下灰毛！這是為了我們好，你們能體諒我，對不對？」

松鴉羽屏住了呼吸，在他旁邊的獅焰則倒抽一口氣，「妳……妳殺了灰毛？」

就算是冬青葉有回答，松鴉羽也沒聽到。他沒有比這個時候更討厭自己的超能力，他進入冬青葉的記憶。冬青葉跟蹤灰毛來到了風族邊境小溪，她小心翼翼地走，避免踩到碎石或擦過蕨葉發出聲響。一心尋找獵物的灰毛根本不曉得冬青葉在那裡。冬青葉如影隨形地跟著灰毛來到一處陡峭溼滑的河岸，底下的河水像是一條冒著泡泡的蛇。冬青葉從一塊岩石上飛撲過去，前掌抓住灰毛的肩膀，頭一扭往灰毛的咽喉深深地咬下。對殺紅了眼的冬青葉來說，灰毛不過是獵物，為了捍衛戰士守則和雷族的前途，一定要除掉這個絆腳石。

灰毛羸弱地還擊，但是鮮血不斷從喉嚨湧出，接著他的身體逐漸癱軟，冬青葉就在這個時候跳開讓灰毛掉進河裡。她站在那裡觀察了一會兒，等湍急的水把血跡沖掉，才到河岸上的一處水窪清洗手腳，把水染成紅色。在她身後，灰毛的身體沖撞了岸邊幾次後，就流到下游。

「灰毛應該被沖進湖裡看不見的，」冬青葉講話的聲音把松鴉羽從可怕的記憶中拉回來，「但是他們竟然找到屍體，現在什麼都毀了，我不能留在這。」

冬青葉的聲音絕望地顫抖著，「我知道我做的是對的，但是誰也不會了解。」說完冬青葉轉身朝洞裡跑去，松鴉羽也追過去，迎面傳來地底隆隆河水聲音。

「冬青葉，不要！」松鴉羽大叫，「我們可以一起想辦法解決——」話還沒說完就傳來一聲轟然巨響，持續好一段時間。松鴉羽可以想像得到泥土和石塊像雨一樣落下，隧道坍塌，把冬青葉壓在底下，壓碎了她，埋葬了她……

松鴉羽往前衝，大喊：「冬青葉！」

獅焰撲向松鴉羽把他壓在地上；松鴉羽激烈地扭動著。「放開我！」松鴉羽尖叫，「我們要把她救出來！」

「我們無能為力，」獅焰大叫，「隧道塌了，我們根本進不去。」

松鴉羽靜下來喘息著，等土石崩落的聲音漸漸停歇。在一片寂靜中，獅焰鬆手讓松鴉羽站起來。冬青葉把這條隧道當成是逃避雷族和一切所有過錯的地方，只不過她自己終究是逃不過——事情的發展和她設想的並不一樣。

「都結束了。」獅焰顫抖著說。

「我不懂，」松鴉羽因為驚嚇和悲傷而發抖，「她殺死灰毛是為了要保密，可是她自己又偏偏在大集會的時候把事情全都抖出來。」

「這不一樣，」獅焰向弟弟靠過去，松鴉羽感到他們兄弟倆沮喪的情緒連成一氣，「冬青葉無法忍受自己是巫醫的小孩，無法忍受自己只有一半雷族的血統；戰士守則是她的一切，而我們的身世粉碎了這一切。」

「我們早該採取預防措施的，」松鴉羽自責地說，「現在怎麼跟族裡說這件事？」

獅焰筋疲力盡地嘆了一口氣，「我們不能說灰毛是她殺死的，怎麼能讓大家想起她的時候，就只記得她做過這件事？」

松鴉羽點點頭，發生這些事之後，有個祕密還是要守下去，一切就為了冬青葉。「我們就說她為了追松鼠追進了隧道裡，然後隧道垮了。這樣大家就會紀念她是個勇敢的戰士，為了幫貓族覓食而犧牲生命。他們不需要知道她其實是想要逃避。」

慢慢地這兩兄弟跛著腳回到營地。松鴉羽感覺到清晨的冷風吹皺他一身的毛皮，他深深地吸了好幾口氣。又是新的一天開始，但是松鴉羽最想做的事是回到自己的窩裡，什麼都不想，倒頭就睡。發生了那麼多事情，太陽怎麼還能照常的升起來呢？

突然間松鴉羽停下腳步，「預言！」他脫口而出。

獅焰又向前走了幾步，才停了下來，「這個時候你怎麼還在想這件事情？」

「你還不懂嗎？」松鴉羽扒著地上的草，「如果冬青葉死了，那預言會變成什麼樣子？本來預言說會有三隻貓，現在只剩兩隻了！」

松鴉羽伸展僵硬的四肢，迎向清晨第一道微弱的陽光。儘管沒有冬青葉屍體要下葬，雷族也為她守靈守了一夜。松鴉羽身旁的貓開始動起來，就在不遠的地方，他聽到棘爪小聲集合黎明巡邏隊的聲音。

距離大集會和冬青葉葬身隧道的悲劇已經整整過了一天一夜，前一天火星已經在擎天架上對著遭受打擊的雷族貓精神講話。

「昨晚冬青葉透露了令大家震驚的祕密，」火星說，「但是過去的就過去了，沒法再回頭。相反的，我們大家要把眼光擺在前面，一起往前走。」

「其他的貓族怎麼辦？」塵皮說，「因為冬青葉的緣故，他們都知道了我們的家醜。」

「或許冬青葉根本就不該說，」火星承認，「但是她已經付出慘痛的代價。至於別族——如果他們認定我們會因為這樣就一蹶不振，我們就更應該證明我們沒有，雷族會生存下去的！」

在場聆聽的貓都高呼贊同；松鴉羽感覺得出大夥兒原本震驚沮喪的情緒，漸漸被一種新的使命感取代。

松鴉羽站起來，伸了一個懶腰，然後坐下來，伸長脖子梳理背後的毛。過了一下子，松鴉羽注意到育兒室外面有動靜，幾隻貓聚在那裡；他也走過去一探究竟。

「是白翅的小孩，」獅焰告訴他，「她們今天第一次從育兒室裡出來。」

「她們眼睛睜開了！」松鴉羽和獅焰走過去時，白翅喜悅地說：「她們是不是很漂亮？」

這兩隻新生的小貓咪叫著接近松鴉羽，然後停下來。松鴉羽感到一股強烈的好奇心衝著他而來。

「嗨，小傢伙，」獅焰說，「歡迎來到雷族。」

「這隻灰色的毛這麼蓬，」沙暴說著，「這隻小的白色虎斑紋這麼漂亮。都取好名字了嗎？」

「取好了，」樺落有點得意得迫不及待，「灰色的叫小鴿，白色虎斑紋的叫做小藤。」

「都是很好聽的名字。」亮心說。

這隻黃白相間的母貓坐雲尾身旁，看著他們女兒生的小貓咪；松鴉羽感受到他們倆看到孫子這麼健壯，心裡非常快樂，喜悅的情緒幾乎比樹梢上的太陽還要亮。

火星的氣味也飄過來了。「看到這樣真好，」火星說，「要不了多久她們就是見習生了。」

松鴉羽突然覺得肚子像是被打了一記，他對獅焰輕聲說：「那預言……」

「什麼跟什麼？不要鬧了！」獅焰聽起來很不悅。

「會有三隻貓，跟火星有血緣關係的……」松鴉羽的聲音顫抖著，不確定自己說的是對還是錯，「雲尾是火星的親戚，白翅是雲尾的女兒，現在又有小鴿和小藤……你還不懂嗎？預言還沒過去！與火星有血緣的不只我們。不管是白翅哪個孩子，我們這三隻貓都還在！」

國家圖書館出版品預行編目(CIP)資料

貓戰士三部曲三力量之. VI, 拂曉之光, / 艾琳・杭特（Erin Hunter）著；約翰・韋伯（Johannes Wiebel）繪；鐘岸真譯. -- 三版. -- 臺中市：晨星出版有限公司, 2024.04
288面；14.8x21公分. --（Warriors；18）
暢銷紀念版（附隨機戰士卡）
譯自：Warriors : Power of Three. 6, Sunrise
ISBN 978-626-320-791-2（平裝）
873.596　　113001533

貓戰士三部曲三力量之VI

拂曉之光 Sunrise

作者	艾琳・杭特（Erin Hunter）
封面插圖	約翰・韋伯（Johannes Wiebel）
譯者	鐘岸真
責任編輯	郭玟君、陳涵紀、謝宜真
文字校對	曾怡菁、葉孟慈、蔡雅莉
封面設計	陳柔含
美術編輯	陳柔含、張蘊方
創辦人	陳銘民
發行所	晨星出版有限公司 407台中市西屯區工業30路1號1樓 TEL：04-23595820　FAX：04-23550581 行政院新聞局局版台業字第2500號
法律顧問	陳思成律師
初版	西元2010年03月31日
三版	西元2024年04月15日
讀者訂購專線	TEL：（02）23672044 /（04）23595819#121
讀者傳真專線	FAX：（02）23635741 /（04）23595493
讀者專用信箱	service@morningstar.com.tw
網路書店	http://www.morningstar.com.tw
郵政劃撥	15060393（知己圖書股份有限公司）
印刷	上好印刷股份有限公司

定價250元

ISBN 978-626-320-791-2